The master
who taught my soul
to sing

诗篇,乃出自一种必然。在他的早年,他曾幻想了"茵纳斯弗利岛"那样一个"遥远的家园",拜占庭城堡神火的锤打之中。
该诗体现了他对自己矛盾复杂的一生进行"锤炼统一"的不懈努力,也显示了其炉火纯青的高超诗艺和语言功力。

从翻译的角度看,一个"拍手作歌"的灵魂不是来到拜占庭的城堡里。
里。正是在艰苦卓越的语言劳作中,一个诗魂得以"分娩"、再生,
当"皮囊的每个裂缝唱得更响亮"的时刻,也是原作的生命得到"新的更茂盛的绽放"的时刻。

The master
who taught my soul
to sing

大家读大家

主编/丁帆 王尧

王家新

教我灵魂歌唱的大师

艾略特
奥登
希尼
茨维塔耶娃
曼德尔施塔姆
阿赫玛托娃
帕斯捷尔纳克
布罗茨基
里尔克
……

人民文学出版社

图书在版编目(CIP)数据

教我灵魂歌唱的大师/王家新著.—北京:人民文学出版社,2017
(大家读大家)
ISBN 978-7-02-012510-4

Ⅰ.①教… Ⅱ.①王… Ⅲ.①散文集—中国—当代 Ⅳ.①I267

中国版本图书馆 CIP 数据核字(2017)第 040378 号

责任编辑　文　珍
装帧设计　刘　静
责任印制　王景林

出版发行　人民文学出版社
社　　址　北京市朝内大街 166 号
邮政编码　100705
网　　址　http://www.rw-cn.com

印　　刷　三河市西华印务有限公司
经　　销　全国新华书店等

字　　数　216 千字
开　　本　880 毫米×1230 毫米　1/32
印　　张　10.75 插页 1
版　　次　2017 年 10 月北京第 1 版
印　　次　2018 年 6 月第 3 次印刷

书　　号　978-7-02-012510-4
定　　价　46.00 元

如有印装质量问题,请与本社图书销售中心调换。电话:010-65233595

目 录

建构生动有趣的全民阅读　　　　　　　　丁帆　王尧　1

叶芝:"教我灵魂歌唱的大师"　　　　　　　　　　　　1
以文学的历史之舌讲话
　　——艾略特的《荒原》及其反响　　　　　　　　19
奥登:"我们必须去爱并且死"　　　　　　　　　　　37
"来自写作的边境"
　　——希尼与我们时代的写作　　　　　　　　　　64
她那"黄金般无与伦比的天赋"
　　——我心目中的茨维塔耶娃　　　　　　　　　　79
"我的世纪,我的野兽"
　　——曼德尔施塔姆的诗歌及其命运　　　　　　107
"你将以斜体书写我们"
　　——阿赫玛托娃画像　　　　　　　　　　　　130

"二月,墨水足够用来痛哭"	
——帕斯捷尔纳克的诗与小说	161
"它来到我们中间寻找骑手"	
——天才诗人布罗茨基	182
"诗的见证"与"神秘学入门"	
——从米沃什到扎加耶夫斯基	200
里尔克:"大地的转变者"	228
策兰:创伤经验,晚期风格,语言的异乡	244
"山顶上,蓝色的海追赶着天空"	
——纪念诗人特朗斯特罗姆	275
夏尔:语言激流对我们的冲刷	
——勒内·夏尔诗歌	287
"绿啊我多么希望你绿"	
——洛尔迦的诗歌及其翻译	300

建构生动有趣的全民阅读

丁帆　王尧

"全民阅读"的前提条件,是引领广大读者进入生动有趣的接受层面,否则难以为继。"大家读大家"丛书便应运而生。

"大家读大家"丛书的策划包含着这样两层涵义:邀请当今的人文大家(包括著名作家)深入浅出地解读中外大家的名作;让大家(普通阅读者)来共同分享大家(在某个领域内的专家)的阅读经验。前一个"大家"放下身段,为后一个"大家"做普及与解惑的工作,这种互动交流的目的就是想让两个"大家"来合力推动当下的"全民阅读",使其朝着一个既生动有趣,又轻松愉悦获得人文核心素养的轨道前行。

在我们的记忆中,儿时读《十万个为什么》,在阅读的乐趣中潜移默化地获得了一些科普常识并且萌生了探究世界的好奇心。这是曾经的"大家"读"大家"的历史。我们常与一些作家、批评家同仁闲聊,谈起一些科学家为普及科学知识,绞尽脑汁地为非专业读者和中小学生写书而并不成功的例子,很是感慨。究其缘由,我们猜度,或许是因为长期以来我们培养的科学家缺少的正是人文素养的熏陶和写作技巧的训练,造成其理性思维远远大于感性思维,甚而缺少感性思维以及感性表达方式。在更大的范围看,多年来文学教育的缺失,导致国民整体文学素养的凝滞,从而也造成了全社会人文素质的缺失。这是当下值得注意并亟待改变的文化危机。

于是,我们突发奇想,倘若中国当下杰出的人文学者,首先是一流作家和从事文学研究的专家学者换一种思维方法和言说方式,他们重返文学作品的历史现场,用自身心灵的温度和对文学的独特理解来体贴经典触摸经典解读经典,解读出另一种不同凡响的音符;在解读经典的同时,呈现自己读书和创作中汲取古今中外文史哲大家写作营养的切身感受,为最广大的普通作者提供一种阅读的鲜活经验……如此这般,岂不快哉!这既有利于广大普通读者充实人文素养和提高写作水平,更有益于提升民族文化核心素养。

因此,我们试图由文学阅读开始,约请包括文、史、哲、艺四个学科门类术业有专攻的优秀学者,以及创作领域里的著名作家和艺术家分别来撰写他们对古今中外名家名著的独特解读,以期与广大的读者诸君共同携手走进文化的圣殿,去浏览和探究中国和世界瑰丽的文化精神遗产。

现在与大家见面的第一辑文丛,是一批当代著名作家的读书笔记或讲稿的结集。无疑,文学是文化最重要的基石,一个国家和民族可以缺少面包,但是却不能没有文学的滋养。文学作为人们日常精神生活不可或缺的人文营养补给,她是人之生存和持续发展的精神食粮。作为专家的文学教授对古今中外名著的解读固然很重要,但是,在第一线创作的作家们对名著的解读似乎更接地气,更能形象生动地感染普通读者。——这是我们首先推出当代著名作家读大家的文稿的原因。

如今,许多大学的文学院或中文系都相继引进了一批知名作家进入教学科研领域,打破了"中文系不是培养作家的摇篮"的学科魔咒。在大学里的作家并非只是一个学校的"花瓶",他们进入课堂的功能何在?他们会在什么层面上改变文学教育的现状?他们对于大学人文教育又有什么样的意义?这些都是绕不过去的问题。其实,这是中国现代大学的一个传统,我们熟悉的许多现代文学大家同时也是著名大学的教授。这一传统在新世纪得以赓续。十年前复旦大学中文系聘请王安忆做创作专业教授的时候就开始尝试曾经行之有效的文学教育模式。近些年许多大学聘任驻校作家;北京师范大学成立了由诺贝尔文学奖得主莫言主持的国际写作中心,苏童调入北师大;阎连科、刘震云、王家新等也进入中国人民大学文学院。

在策划这套丛书的过程中,我们做了一个课堂实验,在南京大学请毕飞宇教授开设了一个读书系列讲座,他用自己独特的感受去解读中外名著,效果奇好。毕飞宇的课堂教学意趣盎然、生动入微,看似在娓娓叙述一个作家阅读文本时的独特感知,殊不知,其中却蕴涵了一种从形下到形上的哲思。他开讲的第一篇就是我们几代人都在初中课本里读过学过的名作《促织》,这个被许许多多中学大学教师嚼烂了的课文,却在他独到的讲述中划出了一道独特的绚丽彩虹,讲稿甫一推出,就在腾讯网上广泛传播。仔细想来,这样的文本解读不就是替代了我们大中小学师生们都十分头疼的写作课的功能吗?不就是最好的文学鉴赏课吗?我们的很多专业教师之所以达不到这样的教学效果,最根本的原因就是他们只有生搬硬套的"文学原理",而没有实践性的创作经验,敏悟的感性不足,空洞的理性有余,这显然是不能打动和说服学生的。反观作为作家的毕飞宇教授的作品分析,更具有形下的感悟与顿悟的细节分析能力,在上升到形上的理论层面时,也不用生硬的理论术语概括,而是用具有毛茸茸质感的生动鲜活的生活语言解剖了经典,在审美愉悦中达到人文素养的教化之目的。这就是我们希望在创作第一线的作家也来操刀"解牛"的缘由。

丛书第一辑的作者,都是文学领域的大家。马原执教于同济大学,他们在课堂上对中外作家经典的解读,几乎是大学文学教育中的经典"案例",讲稿出版后深受广大读者的欢迎。哈佛荣休教授李欧梵先生,因学术的盛名,而使读者忽视了他的小说家散文家身份。李欧梵教授在文学之外,对电影、音乐艺术均有极高的造诣,其文字表达兼具知性与感性。收录在丛书中的这本书,谈文学与电影,别开生面。张炜从九十年代开始就出版了多种谈中国古典、现代文学,谈外国文学尤其是俄罗斯文学的读书笔记,他融通古今,像融入野地一样融入经典之中,学识与才情兼备。阎连科在当代作家中是个"异数",他的小说和散文,都以独特的方式创造了另一个"中国"。如果读者听过阎连科的演讲,就知道他是在用生命拥抱经典之作。他对世界文学经典的解读另辟蹊径,尊重而不迷信,常有可圈可点之处。才华横溢的苏童,不仅是小说高手,他对中外小说的解读,细致入微,以文学的方式解读文学,读书笔记如同他的小说散文一样充满了诗性。叶兆言在文坛崭露头角之时,就是公认的学者型作家,即便置于专业人士之中,叶兆言也是饱学之士。叶兆言在解读作家作品时的学养、识见以及始终弥漫着的书卷气令人钦佩。王家新既是著名诗人,亦是研究国外诗歌的著名学者,他用论文和诗歌两种形式解读国外诗人,将学识、情怀与诗性融为一体。——我们这些简单的评点,想必会赢得读者的认同。我们将陆续推出当今著名作家解读中外大作家的系列之作,以弥补文学阅读中理性分析有余而感性分析不足的遗憾,让更多的普通读者也能从删繁就简的阅读引导中走进文学的殿堂。

无疑,不少从事文学研究的学者也擅长于生动的语言表达,他们对中外著名作家作品的解读在文学史的定位上更有学术的权威性,这类大家读大家同样是重要的。但我们和广大读者一样,希望看到的是他们脱下学术的外衣,放下学理的身段,用文学的语言来生动地讲解中外文学史上的名人名篇。

在解读世界文学名人名篇之时,我们不但约请学有专攻的外国文学的专家学者执牛耳,还将倚重一批著名的翻译大家担当评价和解读名家名作的工作,把他们请进了这个大舞台,无疑是给这套丛书增添了一道亮丽的风景线。新文学百年来翻译的外国作家作品可谓是汗牛充栋,但是,我们的普通阅读者由于对许多历史背景知识的欠缺,很难读懂那些煌煌的世界名著所表达的人文思想内涵,在茫茫译海中,人们究竟从中汲取到了多少人文主义的营养呢?抱着传播世界精神文化遗产之目的,我们在"大家读大家"丛书里将这一模块作为一个重头戏来打造,有一批重量级的学者和翻译大家做后盾,我们对此充满信心。

近几十年来,许多史学专家撰写出了像黄仁宇《万历十五年》那样引起了广大普通读者热切关注的历史著作,用生动的散文笔法来写历史事件,此种文章或著作蔚然成风,博得了读者的喝彩,许多作家也参与到这个行列中来,前有余秋雨的文化大散文《文化苦旅》,后有夏坚勇的历史大散文《湮没的辉煌》和《绍兴十二年》。我们试图在这套丛书中倡导既不失史实的揭示与现实的借镜功能,又笔墨生动和匠心独运的文风,让史学知识普及在趣味阅读中完成全民阅读的使命。这同样有赖于史家和作家们将春秋笔法融入现代性思维,为我们广大的普通读者开启一扇窥探深邃而富有趣味的中外历史的窗口,从中反观历史真相、洞察人性沉浮,在历史长河中汲取人文核心素养。

哲学虽然是一个枯燥的学科,但它又是一个民族人文修养的金字塔,怎么样让这个可望而不可即的灰色理论变成每一片绿叶,开放在每个读者的心头呢?这的确是一个难题,像六七十年前艾思奇那样的普及读本显然已经不能吊起当代读者的胃口了。我们试图约请一些像周国平那样的专家来为这套丛书解读哲学名家名作,找到一条更加有趣味的解读深奥哲学的有趣快乐途径,用平实而易懂的解读方法将广大读者引入中国哲学和西方哲学名人名著的长河中,让国人更加理解哲学与人类文化休戚相关的作用,从而对为什么要汲取人文素养有一个形而上的认知,这恐怕才是核心素养提升的核心内容所在。

艺术本身就是有直观和直觉效果的学科门类,同时也是拥有广大读者群的领域,我们有信心约请一些著名的专家与创作大家共同来完成这一项任务,我们的信心就在于许多作者都是两栖人物——他们既是理论家,又是艺术家,在美术、书法、音乐、舞蹈、戏剧、电影、电视……各个艺术门类里都有深厚的人文学养和丰富的创作经验。

感谢人民文学出版社大力支持这套丛书的出版,相信他们会把这套丛书打造成一流的普及读物。"大家读大家"是一个长期而艰巨的工程,我们将用毕生的精力去打造她,希望她成为我们民族人文核心素养提升的一个大平台,为普及人文精神开辟一条新的航道。

叶芝:"教我灵魂歌唱的大师"

一

W.B.叶芝(1865—1939),现代爱尔兰著名诗人、剧作家,1865年6月13日生于都柏林,父亲为画家。三岁时全家迁往伦敦,1880年搬回爱尔兰,1981年叶芝在都柏林上中学,后在美术学院学习绘画,其间开始发表诗作,并对神秘主义产生浓厚兴趣,1889年出版诗集《乌辛之浪迹及其他诗作》,许多诗作就取材于爱尔兰神话传说的"大记忆库"。

1889年,叶芝结识了女演员茅德·冈,一位热衷于爱尔兰民族独立事业的神秘而充满激情的女性。茅德·冈对叶芝的一生都具有重要意义,叶芝曾多次向她求婚,均遭到拒绝,尽管如此,他们仍保持着密切联系,叶芝为她写下了众多传世的诗篇,并以她为原型创作了诗剧《凯丝琳女伯爵》。

1896年,叶芝结识了剧作家奥古斯塔·格雷戈里夫人,并和她及其他作家、艺术家共同发起了"爱尔兰文艺复兴运动"。1904年底,叶芝和剧作家约翰·辛格一起参与重建了都柏林艾比剧院,使该剧院成为爱尔兰文艺复兴的重要阵地,他本人的剧本创作生涯也和该剧院长时间联系在一起。

叶芝在这一时期创作出版有诗集《苇丛中的风》(1899)、《在那七片树林里》(1904)、《绿盔及其他》(1910),在一首《随时间而来的智慧》中他宣称:"虽然枝条很多,根却只有一条;/穿过我青春的所有说谎的日子/我在阳光下抖掉我的枝叶花朵;/现在我可以枯萎而进入真理。"(沈睿译)1913年,叶芝在伦敦结识了美国诗人埃兹拉·庞德,并在这位"文学助手"的促动下,在创作上转向一种更坚实、敏锐的现代主义,这种风格上的变化和完成体现在诗集《责任》(1914)、《柯尔庄园的野天鹅》(1919)中。1917年10月,叶芝与乔治·海德·利斯结婚,婚后他买下了巴列利塔作为夏季住所。这座残破而神秘的塔堡及塔内旋梯,成为他诗歌中的重要意象和象征。

在20年代前后,叶芝无可避免地受到他的国家以及整个世界动荡局势的影响,"一切都四散了,再也保不住中心",这句广被引用的诗,体现了他对一个混乱的、充满了各种冲突的时代的敏感和痛楚。1916年复活节起义失败后,他写下了他的史诗般的作品《一九一六年复活节》。1921年,爱尔兰获得自治,次年,叶芝被选入爱尔兰参议院。1923年,因为"以其高度艺术化且洋溢着灵感的诗作表达了整个民族的灵魂",叶芝荣获该年度诺贝尔文学奖。

1925年,叶芝出版了神秘学著作《灵视》,他构造了一套超验的象征主义体系,因为他相信他自己和他的民族拥有一份"灵视的天赋"。在其后期,他以一种罕见的创造激情(他曾说过在他年轻时他的缪斯是老的,而当他老时他的缪斯却变年轻了),对心灵和诗歌进行重新整合,以把破碎的人生和艺术经验熔铸为一个整体。其晚后期诗集有《麦克尔·罗巴蒂斯与舞蹈者》(1921)、《塔堡》(1928)、《旋梯及其他》(1933)、《新诗》(1938),代表性诗作有《丽达与天鹅》《马戏团动物的逃亡》《驶向拜占庭》《在学童中间》等,它们为叶芝一生的艺术总结。

晚年的叶芝身体衰退,1938年在腺瘤手术后到法国休养,1939年1月28日在法国曼顿逝世。他的最后一首诗作是以亚瑟王传说为主题的《黑塔》,充满了一种海风狂吹、令"老骨头"不停战栗的力量。1948年9月,依照诗人遗愿,诗人的遗体被移葬在他的故乡斯莱果郡。其墓志铭是晚年作品《本布尔本山下》的最后一句:"投出冷眼/看生,看死/骑士,策马向前!"("Cast a cold eye,/on life,on death,/horseman,pass by!")

二

叶芝是一位深刻影响了数代中国诗人的诗人,在中国现代诗歌的发展进程中,我们都可以感到他或隐或显的"在场"。

对于我们这一代在"文革"之后上大学的文学青年来说,袁可嘉等人主编的《外国现代派作品选》所产生的影响,怎么说都不过分。我就是从那上面第一次读到瓦雷里、里尔克、叶芝、艾略特、奥登等诗人的。最初的相遇往往最珍贵,我不仅从中经历了一场现代主义艺术洗礼,对于刚刚走上诗歌之路的我,无疑是一种照亮和提升——尤其是袁先生所译的叶芝,让我看到了那颗照耀着我的星。

在袁先生所译的叶芝诗中,深深影响了我的是《当你老了》《柯尔庄园的野天鹅》这两首。读《当你老了》,一读就意识到它已"提前写出了"我自己的一生!尤其是"只有一个人爱你那朝圣者的灵魂/爱你衰老了的脸上痛苦的皱纹"这两句使我深受震动,仿佛就是在那一瞬,有某种痛苦而明亮的东西为我出现了,而它的出现提升了我,也照亮了我。

至于《柯尔庄园的野天鹅》所体现的高贵、明澈和精英的气质,还有那种挽歌的调子,也深深打动了我,"我见过这群光辉的天鹅,/如今却叫我真疼心",真可谓一字千钧!在诗的第三节,一个步履蹒跚的诗人在回想遥远的过去,而那也是个美丽的黄昏,"我听见头上翅膀拍打声,/我那时脚步还轻盈"!还有什么比这更动情的译文吗?我甚至感到,在袁先生翻译叶芝这首诗时,他把他自己的一生都放进去了。

如果说叶芝早期带有一种感伤、朦胧的诗风,他后来的诗不仅闪现着"随时间而来的智慧",也变得更坚实,更有个性了。到了现代主义兴起的时候,叶芝说他在庞德的帮助下"从现代的抽象回到明确而具体的所在"。《柯尔庄园的野天鹅》就印证这一点。诗中那种历历在目的刻画,那种语言的清澈和透亮

("盈盈的流水间隔着石头,/五十九只天鹅浮游"),对我们告别青春期写作以及此后的艺术转变也产生了深刻的影响。

正因为读了这样的诗,我们必须像叶芝说的那样"在生命之树上为凤凰找寻栖所"。也正因为这种相遇,一个伟大的诗人从此永远进入到我的生活中。1992 年我初到伦敦,一去我就寻访叶芝当年的踪迹,并买来了叶芝的诗集及回忆录阅读。也正是在伦敦那些艰难而孤独的日子里,我写下了这样一首诗《叶芝》:

我再一次从书架上取下你的书
端详你的照片;
你诗人的目光仍洞察一切
使人忍不住避开

我投向大街。
(我们在逃避什么?)
你终身爱着的一个女人
也仍在这个城市走着,——
你写出了她
她就为此永远活着。
在英语里活着
在每一道激流和革命中 活着。
她属于尘世。
但她永远不知道她那双 激情的

灰蓝色的眼睛
属于天空。

这就是命运！
这已不是诗歌中的象征主义，
这是无法象征的生活。
折磨一个人的一生。
这使你高贵的目光永不朝向虚无。

于是你守望着整个大地——
像一道投向滚滚流放的目光，
像承受一种最啮心的火焰，
像是永不绝望的绝望。

诗写得比较简单一些，但这就是我在那时的心境。在伦敦北部居住期间，每次到住地附近的"林边公园"露天地铁站等车，看到那些黑色树梢和飞掠的鸦群，我都想起叶芝《寒冷的苍穹》一诗那个著名的开头：

Suddenly I saw the cold and rook-delighting heaven
That seemed as though ice burned and was but the more ice

突然间我看见寒冷的、为乌鸦愉悦的天穹

> 那似乎是冰在焚烧,而又生出更多的冰。

在巨大的寒意中,诗人不仅瞥见了为乌鸦愉悦的天穹,而且似乎还看到了"冰"在天穹深处"焚烧"而又"生出更多的冰",这真是写出了一种天启般的景象!

关于此诗,据说是叶芝闻讯茅德·冈与他人成婚,在精神上经受重创后所作,但无论创作背景如何,这两行诗正如诗人谢穆斯·希尼所说"是对意识的震颤,对斯蒂文斯所说的'精神的高度和深度'的全部尺度敞开的一瞬间的生动记录。诗行间的震荡戏剧化了刹那间的觉悟。没有藏身之所,人类个体生命在巨大的寒意中得不到庇护"①。

对我来说也正是如此:这样的寒冰焚烧的天穹不仅具有彻骨、超然之美,它更是一种对诗人的激发,是丰盈生命的映现,它会唤起我们生命中一种"更高认可"的冲动。它在震颤我们的同时也激发着我们去呼应它。

我一次次默念着这样的诗,因为它使我走出令人沮丧的现实,而把自己置于一种更高的精神尺度下。我感激叶芝,因为这是一位永不屈服于人世的平庸和无意义的诗人。"智者保持沉默,小人们如痴如狂",这又是他的一句曾"刺伤"过我的诗。但是,也正是在时代的混乱中,他写下了《一九一六年复活节》等众多伟大诗篇。我难忘在翻译《雕塑》一诗时所经受的激励。

---

① 谢穆斯·希尼:《欢乐或黑夜:W.B.叶芝与菲利浦·拉金诗歌的最终之物》(姜涛译),《希尼诗文集》,作家出版社2001年版。

诗人首先从受惠于毕达哥拉斯黄金分割律的大理石或青铜雕塑开始,进而反思整个人类文明的历史,最后又回到了给诗人以终生影响的 1916 年复活节起义,至此,一种"烈士暮年,壮心不已"的境界出现了:

> 当皮尔斯把库弗林传召到他的一边时,
> 什么样的步伐穿过了邮政总局?什么智力
> 什么计算、数字、测量,给予了回答?
> 我们爱尔兰人,生于那古老的教派
> 却被抛置在污浊的现代潮流上,并且
> 被它蔓延的混乱狂暴地摧残,
> 攀登入我们本来的黑暗,为了我们能够
> 去追溯一张用测锤量过的脸廓。

皮尔斯和库弗林都是殉难的英雄,邮政总局为起义事发点。在事过 20 多年后,叶芝再次为这次历史事件所迸发的光辉所笼罩。如同诗中所写,这已是一个为任何智力、计算和测量都无法解答的精神事件。正是这次起义,使爱尔兰民族精神达到了一个"英雄的悲剧"的高度,使晚年的叶芝,在面对死亡的逼近时却朝向了一种更高的肯定。饶有意味的,是"攀登入我们本来的黑暗"一句中的"攀登"(climb)一词,它有力地逆转了"堕入黑暗"之类的修辞成规,不仅显示了一种向上的精神姿态,也使"黑暗"闪闪发光起来。这就是说,"黑暗"因为"攀登"一词而成为了一种"高度":只有置于这样的尺度下,一个诗人才有可能"追溯一张用测锤量过的脸廓",亦即显现出为伟大文明和信仰所造就的生命。

叶芝最终达到了这样的肯定,这使他的诗超越现代的混乱和无意义而向"更高的领域"敞开。这正是他非凡的力量所在。因此艾略特会这样感叹:叶芝在"已经是第一类(指'非个人化')中的伟大匠人之后,又成为第二类中的伟大诗人"。

这些,对我们在那个年代都产生了重要的激励。1994年初我回到北京,命运仍没有变,只不过它变得更荒谬了:一个全民"下海"的时代席卷而来(这不禁使我想起了《一九一六年复活节》的那一句"变了,全变了:一种可怕的美已经诞生")。诗人们不得不在一个边缘上坚持或放弃,甚至,我们不得不在自己身上经历着人们所说的"诗歌之死"。

但是,也正因此,我要感谢像叶芝这样的伟大诗人,是他们帮助我从时代的暗夜中一直走到今天。1995年,我接受东方出版社的邀请,编选三卷本的《叶芝文集》,除了联系一些译者翻译外,我自己也翻译了20多首叶芝的诗。叶芝中晚期诗歌所体现的那种"精神英才的伟大劳役",再一次深深地搅动了我。《黑塔》为叶芝一生最后写下的诗作之一,以下是它的一节副歌:

> 坟墓里死者依然笔直站立,
> 而风从海边阵阵刮来,
> 他们战栗,当狂风咆哮,
> 老骨头在山岗上战栗。

在翻译时,我所经受的身心战栗真是难以形容。它告诉了我什么是一个诗人"黑暗而伟大的晚年",什么才是我们历尽生死才能达到的境界。它也使我感到,正是像晚期叶芝这样的顽强不屈的"老骨头"的存在,使现代诗歌"英雄的一面"在今天依然成为一种可能。

当然,随着时间的进程,我们还不断从叶芝诗中发现新的东西。在早年的印象中,叶芝是一个激情的、痛苦而高贵的抒情诗人,但后来我还感到了一个"双重的叶芝",一个严格无情的自我分析家,一个不断进行自我争辩的反讽性形象。而他中后期诗歌中的力量,往往就来自于这种矛盾对立及其相互的撕裂和撞击。歌德当年曾说过"爱尔兰人在我看来就像是一群猎狗,穷追着一只高贵的牡鹿",而叶芝对此甚为欣赏,并在日记中用来加以自嘲。然而,在这样的反讽中我们感到的是"随时间而来的智慧"而非意义的消解,是一个诗人所达到的精神超越而非角色化的自恋。叶芝的诗之所以能对我产生真实的激励,就因为他在坚持"溯流而上"的同时,始终伴随着复杂的自我反省意识。换言之,这种叶芝式的"英雄化"之所以可信,正如福柯在谈论波德莱尔时所表述的那样:"无须说,这种英雄化是反讽的。"

重要的是,叶芝就像他自己所写到的那样:"但人的生命是思想,虽恐怕/也必须追求,经过无数世纪,/追求着,狂索着,摧毁着,他要/最后能来到那现实的荒野……"(《雪岭上的苦行人》,杨宪益译)。这种彻底的艺术精神对我们在后来的写作也产生了深深的激励。如他晚期的名诗之一《长腿蚊》，全诗有三节，描述历史或歌咏神话，而每一节的最后都是"像水面上的一只长腿蚊，/他的思想在寂静中移动"。"长腿蚊"的意象出现得出乎意料，但又恰好与每一节的"正文"构成了反讽性张力。欧阳江河在一篇文章中就谈到了长腿蚊这种寂静的意象对北岛后期诗的启示，无独有偶，翟永明的《我策马扬鞭》一诗也化用了叶芝的诗句："在静静的河面上/看呵，来了他们的长腿蚊。"这个最后被引来的长腿蚊，和上面的"我策马扬鞭"骤然间也构成了一种张力。

这就是晚年的叶芝对我们的启示。他的诗独具的力量来自一种不懈地"为凤凰找寻栖所"的努力，也来自于一种人生矛盾的相互撕裂和冲撞。他一直坚持对一个永恒世界的塑造，而又始终以现实和心灵的苦汁为营养。在他后来的诗中，他愈来愈深入地涉及人生的难题和矛盾。我曾在一篇文章中借他的《马戏团动物的逃弃》中的诗句"既然我的梯子移开了/我必须躺在所有梯子开始的地方，在内心那破烂的杂货店里"来描述90年代以来经历了一场历史震荡后的中国诗人的写作。我想这就是历史的"造就"：它移开了诗人们在以前所借助的梯子，而让他们跌回自己的真实境遇中，并从那里重新开始。

三

以上谈到的是叶芝对我和我们这一代人的影响。如果真要展开"叶芝在中国"这个话题,还得从卞之琳、穆旦、袁可嘉等前辈诗人译者说起。穆旦在40年代初创作的《一个民族已经起来》等饱含民族忧患并带有"复调"性质的诗篇,显然就受到叶芝《一九一六年复活节》的巨大感召和影响,而他多年后在"文革"后期那种艰难环境下对叶芝、艾略特、奥登等诗人的翻译,不仅体现了一个饱受磨难的诗人对"早年的爱"的回归,而且,也正是通过这样的翻译,他再次把自己"嫁接到那棵伟大的生命之树上"。穆旦晚期《智慧之歌》中所包含的"叶芝式的诗思",我在一篇文章中已有所论及;诗人自己在给友人的信中也曾坦言他在《冬》一诗中是怎样采用了叶芝的"迭句"的写法。但我想,重要的还不在于具体的技艺,在于他从叶芝那里学到的,不仅是把随时间而来的智慧与一种反讽的艺术结合在一起,同时也与一种悲剧的力量最终结合在了一起。穆旦在那时对英国现代诗的翻译及其创作,成为他生命最后所迸放的一道最令人惊异的光辉。

也正因为如此,我要再次表达对这些前辈诗人译者的深深感激,因为不经过他们那优异的翻译,叶芝就有可能被我们错过,也不可能对我们产生如此深刻的影响。穆旦对奥登的《悼念叶芝》的翻译,不仅饱含了他自己对一位伟大诗人的感情,而且把这种翻译本身变成了一种对诗歌精神的发掘和塑造。说实话,很多中国读者心目中的叶芝的"诗人形象",就来自于穆旦这篇卓越的译作。至于叶芝自己的诗,穆旦译有《一九一六年复活节》和《驶向拜占庭》。穆旦对《一九一六年复活节》这篇纪

念碑式的力作的翻译,让人的情感在一种巨大的悲悯中升华,有一种让人泪涌的力量:

> 太长久的牺牲
> 能把心变为一块岩石
> 呵,什么时候才算个够?
> 那是天的事,我们的事
> 是喃喃念着一串名字
> 好像母亲念叨她的孩子
> 当睡眼终于笼罩着
> 野跑了一天的四肢……

诗写到这里达到一个高潮。诗人甚至在为自己也为整个民族要求一种悲痛母亲的地位。至此,历史中的人物成为神话中的祭品,民族苦难被提升到悲剧的高度,盲目的死亡冲动和政治牺牲通过一种艺术仪式获得了让人永久铭记的精神的含义……

而穆旦对该诗中那一长节"副歌"的翻译("许多心只有一个宗旨,/经过夏天,经过冬天/好像中了魔变为岩石,/要把生命的流泉搅乱……")也达到了出神入化的地步。其译文令人惊异,让我不禁想起了本雅明对荷尔德林的古希腊悲剧译文的赞叹:"语言的和谐如此深邃以至于语言触及感觉就好像风触及风琴一样。"穆旦的译文,深刻传达出来自他个人生命和汉语世界的共鸣。

至于《驶向拜占庭》这首名诗,在中国已有多个译本,而穆旦的翻译，其理解之深刻、功力之精湛，今天读来仍令人叹服。拜占庭，即现在的伊斯坦布尔的前身，公元六世纪曾为东罗马帝国和东正教中心，正是这一金色时期的"拜占庭"，被叶芝视为圣城，象征着艺术、永恒，寄托了诗人对永生的渴望。

诗的第一节"那不是老年人的国度……"，因为那是一个"青年人／在互相拥抱"，鱼、兽或鸟，现世中的一切耽于"感官的音乐"的世界，"个个都疏忽／万古长青的理性的纪念物"。这是一个已听到永生召唤的"老年人"要从中永远走出的世界。而一个"老年人"又如何呢？接下来是诗的第二节：

> 一个衰颓的老人只是个废物，
> 是件破外衣支在一根木棍上，
> 除非灵魂拍手作歌，为了它的
> 皮囊的每个裂绽唱得更响亮；

王佐良在谈这节诗的前两句时，曾这样感叹："两者结合在一起就产生了神奇的效果：前者变成警句，后者变成确切的比喻。"但在我看来，更为神奇也更耐人寻味的是其后两句："除非灵魂拍手作歌，为了它的／皮囊的每个裂绽唱得更响亮"——如果在这衰颓的肉体里没有一个不屈服的灵魂，如果它不"拍手作歌"，一个老人就只是个垂死的废物。而当灵魂拍手作歌，皮囊的每个裂绽唱得更响亮，那就是它超脱生死和肉身限制的超越性时刻。

在叶芝那里，似乎他的一生都在为这一时刻做准备。而这个以"拍手作歌"来挣脱肉体的隐喻,据有的学者提示,是来自诗人布莱克的启示:布莱克在弟弟去世时,竟然看到"解脱了的灵魂向天空升去,欢快地拍着它的双手……"

而在叶芝这首诗中,解脱了的灵魂没有向天空升去,而是远渡重洋来到拜占庭神圣的城堡里,在这里,"智者们"从嵌金的壁画中,从"上帝的神火中"闪现,"旋转当空……为我的灵魂作歌唱的教师"。而诗人愿"把我的心烧尽,它被绑在一个/垂死的肉身上",诗人甚至愿抛开那大自然赋予的皮囊,让古老、神奇的金匠重新锤打自身,"请尽快/把我采集进永恒的艺术安排"。

叶芝在晚年写出这样的诗篇,乃出自一种必然。在他的早年,他曾幻想了"茵纳斯弗利岛"那样一个"遥远的家园"(袁可嘉对该诗的翻译十分动人,他不仅精确地再现了原作的质地,也为原诗在汉语中创造了"一种新的曲调"),而在晚年的想象里,他置身于拜占庭城堡神火的锤打之中。该诗体现了他对自己矛盾复杂的一生进行"锤炼统一"的不懈努力,也显示了其炉火纯青的高超诗艺和语言功力。

而从翻译的角度看,一个"拍手作歌"的灵魂不是来到拜占庭的城堡里,而是远渡重洋来到穆旦的汉语里。正是在穆旦艰苦卓绝的语言劳作中,一个诗魂得以"分娩"、再生,当"(语言)皮囊的每个裂绽唱得更响亮"的时刻,也是原作的生命得到"新的更茂盛的绽放"的时刻!

单说"……旋转当空/请为我的灵魂作歌唱的教师"这一

句,如果对照原文"perne in a gyre,/And be the singing-masters of my soul",我们会感到"旋转当空"十分简练有力,富有动感和气势,接下来的"请为……",也加强了一种吁请的语气。从这样的翻译中,我们不难体会到穆旦内心中的那种强烈祈愿。

令人欣喜的,还有卞之琳先生晚年对叶芝几首诗的翻译,它不仅体现了如他自己说的"译诗艺术的成年",也影响了很多中国诗人和读者。卞先生所译的《长时间沉默以后》("身体的衰老是智慧,年纪轻轻,/我们当时相爱而实在无知"),已被广泛传诵。而他对《在学童中间》的翻译,更令我本人叹服。该诗描述的是诗人晚年去修女学校考察的情景,他边走边问,在学做算术,练习唱歌和剪缝的孩子们中穿过,而在"我冥想一个丽达那样的身影"这一行诗后,诗人的一颗诗心被完全唤醒了:

> 想起了当年那一阵忧伤或愤怒,
> 我再对这一个那一个小孩子看看,
> 猜是否她当年也有这样的风度——
> 因为天鹅的女儿也就会承担
> 每一份涉水飞禽遗传的禀赋——
> 也有同样颜色的头发和脸蛋,
> 这么样一想,我的心就狂蹦乱抖,
> 她活现在我的面前,变一个毛丫头。

这样的译文,堪称大家手笔!我们不仅因"因为天鹅的女儿也就会承担/每一份涉水飞禽遗传的禀赋"这样的动人诗句而欣喜,而且从"这么样一想,我的心就狂蹦乱抖,/她活现在我的面前,变一个毛丫头"这样的译文中,也感到了一种语言的活生生的力量(对此请对照原文:"And thereupon my heart is driven wild:/ She stands before me as a living child.")。这样来译,真正传达了一种生命脉搏的跳动。

更重要的是,在卞先生晚年的翻译中,不仅"字里行间还活跃着过去写《尺八》《断章》的敏锐诗才"(王佐良语),而且有一种雄姿勃发之感,成为对他过去偏于智性、雕琢的诗风的一种超越,用叶芝的话来说"血、想象、理智"交融在一起,从而完成了向"更高领域"的敞开:

> 辛劳本身也就是开花、舞蹈,
> 只要躯体不取悦灵魂而自残,
> ……
> 栗树啊,根柢雄壮的花魁花宝,
> 你是叶子吗,花朵吗,还是株干?
> 随音乐摇曳的身体啊,灼亮的眼神!
> 我们怎能区分舞蹈与跳舞人?

"辛劳本身也就是开花、舞蹈"("Labour is blossoming or dancing"),这里,第一个词"辛劳本身"就极其动人,充满了感情。这样的翻译体现了生命与语言的重新整合,体现了伟大诗歌对人的提升,或者说,在卞先生自己的晚年,随着一种精神力量的灌注,他一生的"辛劳本身"也到了"开花、舞蹈"的时候了。

而我自己,在生命的很多时候,都想起过《在学童中间》的这最后一节诗,它情感充沛、语言和意象富有质感,音调激越而动人,"随音乐摇曳的身体啊,灼亮的眼神!/我们怎能区分舞蹈与跳舞人?"叶芝以这两句诗来表达他对生命和艺术至高境界的向往,而我们自己,无论写诗,还是译诗,最渴望进入的,也正是这种诗人与诗歌、舞者与舞蹈融为一体的时刻。叶芝,正是一位"教我灵魂歌唱的大师"!

以文学的历史之舌讲话

——艾略特的《荒原》及其反响

一

德国著名思想家本雅明曾声称他"最大的野心"是"用引文构成一部伟大的书"。而在他之前,T.S.艾略特,这位英美现代诗的开创性人物,就在这样做了。他于1922年发表的长诗《荒原》,在很大程度上,就是用引文写成的一首诗。据统计,除了套用神话传说的结构外,艾略特在《荒原》中至少引用或"改写"了三十五位不同作家和诗人的作品以及《圣经》和流行歌曲,并插入了六种外文,这使《荒原》看上去就像是一幅用大量引文构成的拼贴画。在这部作品中,或隐或显地,处处包含着对文学史和过去时代文本的回应。

正因为这种广征博引的诗风,使艾略特在人们心目中成为一个"学院派"的化身,成为他那一时代最富有美学挑战性和争议性的人物。

《荒原》问世后,给人们造成了强烈的刺激和困惑,对它最初的争论往往集中在全诗的形式结构和写作方法上。持否定意见者指责它缺乏连续性、条理性,混乱无章,完全不知所云;持保留意见者欣赏它的局部和一些片断,但认为它在整体上仍缺乏有机的统一性;持肯定意见者则认为其形式恰好适合于表达现代世界混乱的经验,《荒原》体现了一种"破碎的完整性"(A Fragmentary Wholeness)[1];还有人从艾略特自己在《玄学派诗人》中提出的诗的经验"总是在形成新的统一体"出发,认为诗人在《荒原》中尝试的,正是"形成新的整体","不仅将个体融合在一起,而且将不同文化与不同历史时刻融合在一起"[2]。如《荒原》第一章"死者葬仪"一节(穆旦译本):

> ——可是当我们从风信子园走回,天晚了,
> 你的两臂抱满,你的头发是湿的,
> 我说不出话来,两眼看不见,我
> 不生也不死,什么都不知道,
> 看进光的中心,那一片沉寂。
> 荒凉而空虚是那大海。

该节最后一句"荒凉而空虚是那大海"乃引自瓦格纳歌剧

---

[1] Marianne Thormahlen: *The Waste Land: A Fragmentary Wholeness*, C. W. K. Gleerup,1978.
[2] 迈克尔·莱文森编:《现代主义》(田智译),辽宁教育出版社2002年版。

《特利斯坦和绮索尔德》第三幕第 24 行,但是,它出现在该节诗的最后又是那么协调,它变成了从这节诗中生长出来的东西,或者说,正是它使该节诗"形成(一个)新的整体"。

随着时间的进程,这种《荒原》式的将不同经验、场景、典故、引语、片断、对话组合在一起的结构和叙述方式,已被更多的人认识和接受。英国批评家 Ronald Tamplin 指出"艾略特发明了一种形式以模仿和开发现代世界破碎的不完整性质";"它的叙述不像传统,而是像电影镜头的切换一样完成,读者对它的进展的觉悟至关重要"①。美国著名新批评派布鲁克斯和华伦在其合著的《理解诗歌》中,也十分赞赏《荒原》的这种通过不同经验的并置,在引用、对照和出人意表的转换中不断产生诗歌含义的结构方式,认为读者能"从表面凑合起来的材料得到一种启示感","其效果是给人以经验的统一感,各时代的统一感;与此同时,还会感到总的主题是从诗里逐渐产生出来,它不是强加的,而是逐渐呈现的"②。

而在创作上,艾略特在《荒原》中开创的这种诗歌方法对西方现代诗歌也产生了广泛的影响。墨西哥著名诗人帕斯在一次访谈中就这样说:"《荒原》要复杂得多。它被说成是一幅拼贴画,但我倒认为它是拆卸零件的一个汇总。一台通过一部分与

---

① Tamplim Ronald: *A Preface to T. S. Eliot*,北京大学出版社 2005 年版(影印本)。
② 布鲁克斯、华伦:《T. S. 艾略特的〈荒原〉》(穆旦译),《穆旦译文集》第 4 卷,人民文学出版社 2005 年版。

另一部分之间以及各个部分与读者之间的旋转与摩擦而发射诗歌含义的奇妙的语言机器。坦率地讲,我喜欢《荒原》胜过(我自己的)《太阳石》。"①

和《荒原》的形式结构密切相关的,是诗中对其他文本的大量引用和改写,这使它从问世以来,一直遭到"掉书袋""卖弄""学究气"之类的非议,有人曾讥讽它的作者无非是"榨干了昔日世界的果汁",并把它灌进自己的作品里;但随着时间的进程,更多的读者发现了诗人的用心。比如《荒原》第一章中的"在冬日破晓时的黄雾下,/一群人鱼贯地流过伦敦桥,人数是那么多,/我没想到死亡毁坏了这许多人",这后两句实际上是对但丁《地狱》篇第三节中的诗句的引用,而这种引用(或者说"嵌入"),使现代都市社会骤然间与"中世纪的地狱"叠合在一起,或者说,使伦敦成为"地狱"的一个现代版。

英国著名批评家瑞恰慈曾从艺术表现的角度肯定了艾略特的这种"引文写作":"艾略特先生笔下的典故是追求凝练的一个技巧手法。《荒原》在内容上相当于一首史诗。倘若不用这个手法,就需要十二卷的篇幅。"②

但更值得我们留意的,是一些较深入地揭示了《荒原》的写作性质及其诗学意义的论述。彼特·阿克罗伊德(Peter Ackroyd)在《艾略特传》中认为乔依斯的《尤利西斯》包容了从荷马

---

① 奥·帕斯:《批评的激情》(赵振江译),云南人民出版社1995年版。
② 瑞恰慈:《托·斯·艾略特的诗歌》,《文学批评原理》(扬自伍译),百花洲文艺出版社1992年版。

以来整个欧洲的文学,艾略特也具有这种语言的历史意识和整合能力,他认为艾略特的策略是"通过再现其他人的声音找到自己的声音",《荒原》是"运用戏剧性的非个人化方式引喻文体自由地发挥自己创造天才的结果"。他还指出:"《荒原》的主题与意象既是他自己的,又不是他自己的,它们在他引用的与记忆的东西之间连续不断地震颤……"而这可以说明他诗歌中的"那种奇特的共鸣效果"[1]。

的确,艾略特的写作是一种博学的写作,但更是一种富有历史感的写作,从中透出了一种高度自觉的文学意识。美国著名诗人、艾略特在哈佛时的同学康拉德·艾肯在回应人们对《荒原》的指责时指出:"他本人,超过任何其他诗人,更清醒地警觉到他诗性的根源……最终,在《荒原》里,艾略特先生对文学历史性的触觉达到如此超乎寻常的程度,几乎足以构成这首巨作的动机。好像和庞德先生的《诗章》一样,他企图构架一个'文学的文学'——一种诗歌文本,不再被生活本身驱动,而更应被诗歌文本自身驱动;似乎他已经得出结论,二十世纪的诗人的特征不可避免的,或理想化的,应是一种非常复杂和丰富的文学自觉性,能够只会,或出色地,以文学历史之舌说话。"[2]

"以文学历史之舌说话",艾肯一语道出了《荒原》的写作的实质!

---

[1] 彼特·阿克罗伊德:《艾略特传》(刘长缨、张筱强译),国际文化出版公司1989年版。

[2] Conrad Aiken: *An Anatomy of Melancholy*, New Republic, 1923, No.33.

二

以上我从《荒原》批评史的角度引述了人们的种种反应,目的正在于把注意力引向艾略特的这种文学自觉性和写作意识。虽然艾略特自己一再声称他写《荒原》时并没有什么明确的"意图",但这只是他的某种自我保护策略,实际上,正如艾肯所看到的那样,他本人超过任何其他人,更清醒地自觉到他的"诗性的根源"。他的著名文论《传统与个人才能》,就显示出他这种高度的诗性自觉。

"历史意识"(the historical sense,又译为"历史感"),是理解艾略特诗学及《荒原》写作的一个关键词。在这篇影响深远的诗论中,艾略特这样说:"历史的意识又含有一种领悟,不但要理解过去的过去性,而且还要理解过去的现存性,历史的意识不但使人写作时有他自己那一代的背景,而且还要感到从荷马以来欧洲整个的文学及其本国整个的文学有一个同时的存在,组成一个同时的局面。这个历史的意识是对永久的意识,也是对于暂时的意识,也是对于永久的和暂时的合起来的意识。就是这个意识使一个作家成为传统性的。同时也就是这个意识使一个作家最敏锐地意识到自己在时间中的地位,自己和当代的关系。"[①]

[①] 艾略特:《传统与个人才能》(卞之琳译),《艾略特诗学论文集》(王恩衷编),国际文化出版公司1989年版。

至此,我们会更清楚地看到,正是这种"历史意识"使艾略特本人对个人与传统、诗与时代和文明的关系有了更开阔、敏锐和透彻的把握,使他有可能在《荒原》中"以文学历史之舌说话",而不是仅仅发出一些个人的不连贯的梦呓。正是这种贯通古今的"历史意识",使他发明了一种别具匠心的"引文写作",以让所有的年代都"并存"于现在,从而使他的"荒原"成为整个西方文明和心灵的艺术写照。

与这种"历史意识"相关的,是所谓"非个性化"诗学。艾略特是以反浪漫派诗风的姿态走上诗坛的,在《传统与个人才能》中他指出:"诗不是放纵感情,而是逃避感情,不是表现个性,而是逃避个性。"他甚至声称"一个艺术家的前进是不断地牺牲自己,不断地消灭自己的个性"。他完全不认同浪漫主义的"自我表现"说,他认为诗人其实是一个媒介,使各种经验在他那里发生一种诗的反应和转化,"诗人的心灵实在是一个贮藏器,收藏着无数种感觉、词句、意象,搁在那儿,直等到能组成新化合物的各分子到齐了"。他这种"非个性化"的诗观,正是他自己有可能突破一己的自我抒情而在一个更开阔成熟的层面上"以文学历史之舌说话"的前提。

"历史意识"及"非个性化"构成了艾略特诗学思想的核心。耐人寻味的是,艾略特还声称这种"历史意识"对一个"过了25岁还想继续作诗的人",是"最不可缺少的"。多年前我读《传统与个人才能》时,我不明白艾略特为什么要这样强调年龄,现在我则理解了他的用心。的确,现在看来,一个诗人能否可以让我们有远大的期待,能否跨越青春抒情阶段,正要看他是否获得了这种"历史意识",或者说,获得一种如诗人布罗茨基在介绍曼德尔斯塔姆的长文《文明之子》中所说的"献身文明和属于文明"的诗学意识。真正对诗歌和文学的历史产生重要、深远意义的诗人,无一不是布罗茨基所说的这种"文明之子"。

三

现在,我们来看艾略特在《荒原》中是怎样通过他的写作方法和策略来体现他的"历史意识",并"以文学历史之舌说话"的。

由于艾略特本人在《荒原》原注中满怀感激地提到了他从韦斯顿的《从祭仪到罗曼史》和弗莱彻的《金枝》这两部人类学著作中受到的启发,《荒原》对神话的应用一直是人们研究的一个重点。如同许多批评家已分析过的,《荒原》主要的结构骨架取自《从祭仪到罗曼史》中渔王的神话:一片干旱的土地被一个丧失了生育力的渔王治理着,除非他得到治愈,这片土地便只有受到诅咒。唯有一个骑士(追索者)能够使他的家园恢复丰饶,但他必须经受种种考验,他必须前往"风险教堂",那里好像有一群恶魔在呼号。而且当他到达那里,他必须获取关于"圣杯"的答案才能解救渔王及他的土地。

艾略特套用了这样的"神话结构",以把现代社会纳入古老神话的视野下来观照,并表达由精神的枯竭和危机转向可能的再生的渴望。神话的应用把四季循环等现象诗化了，使艾略特的"荒原"获得了象征的含义，或者说，使《荒原》中的一切都指向了西方文化叙事的一个核心，那就是神的受难、死亡和复活。布鲁克斯和华伦认为正是这种对神话的应用为《荒原》提供了一整套隐喻性语言，"荒原的象征回荡在全诗的许多事件里"，这为全诗设置了意义的构架，"否则，我们将看到的只是一堆零乱的碎片"。

其实，这也让我们联想到艾略特自己对乔依斯《尤利西斯》的评价，他认为乔依斯对荷马史诗《奥德赛》的"并行性利用"，"具有巨大的重要性。它具有相同于一项科学发现的重要意义"；这种并行性结构实质上是"一种构造秩序的方式，一种赋予庞大、无效、混乱的景象，即当代历史，以形状和意义的方式"①。而艾略特自己，在《荒原》中也做着完全同样的艺术尝试。他对神话的应用不仅显示了他对西方文明危机的深刻洞察和忧虑，由此还形成了一种有效的诗的构造和生成方式。

《荒原》对其他文本的大量引用和改写也显示了诗人富有历史感的文学意识和艺术匠心。例如《荒原》第一章《死者葬仪》由"四月是最残忍的一个月"②开始，接着，"夏天来得出人意外"；这里，诗人选择慕尼黑一带作为场景，诗的叙述则取自

---

① 艾略特：《尤利西斯：秩序与神话》（王恩衷译），《艾略特诗学论文集》（王恩衷编），国际文化出版公司1989年版。
② 文中《荒原》引诗，除注明外，均引自赵萝蕤译本，见袁可嘉等选编《外国现代派作品选》第一册（上），上海文艺出版社1980年版。

一伯爵夫人的回忆录。这样突兀的转折和引用也如同诗中的夏天一样"来得出人意外",但恰好在大自然的生生死死与人类社会生活之间形成了一种耐人寻味的对照。

接下来的叙述和意象大都取自《旧约》:"什么树根在抓紧,什么树枝在从/这堆乱石块里长出？人子啊,你说不出……"诗人以这些古老的意象,暗示现代人信仰的危机；接下来,以"枯死的树",干枯的"焦石",暗示出全诗所一再指向的主题"水"。"水"的匮乏,暗示了人们已丧失了与本源的联系。正因为这种精神的枯竭,"我要给你看恐惧在一把尘土里"!

《旧约》的引用,使《荒原》由此被置于西方最古老、基本的精神背景下,或者说,使这首诗切入了恒久以来折磨着西方人的那些艰难命题(诸如"原罪"与"拯救"等等)之中。同样,《荒原》还少不了对但丁、莎士比亚等西方文学史上处于核心位置的经典诗人的引用。如上所述,通过引用但丁,使现代心灵置于永恒的拷问之下,而对欧洲各国和不同时代的诗人的引用,正如诗人自己所说,是要使人"感到从荷马以来欧洲整个的文学……有一个同时的存在",它们源自同一个起源。他通过不同引文的相互指涉、引发、呼应和对照,其目的也许就是使读者在打开《荒原》这首诗时,等于打开一部西方的心灵史。

不仅如此,《荒原》中的引文还超出了西方文学和文化的范围。《荒原》十分阴郁,仿佛是但丁《地狱》的现代版,只是在诗的最后一章"雷霆的话"里,有一点希望的迹象:"刷地来了一柱闪电。然后是一阵湿风/带来了雨",大雨将临这片干涸的荒原,而雷霆却说着一般西方读者所不懂的梵文(这多少带有一点讽刺的意味):"datta,dayadhavam,damyata",全诗以这三个梵文词结束:它引自佛教典籍《吠陀经》,意思是"舍予,慈悲,克制"。

这个插入了梵文引文的结尾不仅出人意外,也给读者带来了更多困惑。雷霆的话也许包含了走出"荒原"的秘密,但全诗到最后依然保有了它特有的暧昧性质。因此,Bolgan C. Anne 在 1973 年编选出版的《关于〈荒原〉的回顾性文选》就以"雷声究竟说了些什么"("What the Thunder Really Said")为其书名。①

现在看来,让结尾时的隆隆雷声说着充满奥义的"外语"即梵文真是再恰当不过。这充分体现了艾略特对现代人精神困境的反讽性认识,或许还透出了以另一种文化参照来反观西方文明危机的意图。此外,这样做也出于对诗歌本身的尊重,那就是宁愿引用其他文本中的声音,以引起读者思索,也不愿提供明确结论,他要使他的《荒原》自始至终保持一种"多声部"的性质。瑞恰慈在《托·斯·艾略特的诗歌》中就认为《荒原》提供的不是说教,而是"思想的音乐"。

总之,《荒原》中这种"引文写作"和那种对知识的炫耀或卖弄具有质的不同,它透出的是一种广阔的历史视野和更为成熟

---

① Bolgan C. Anne: *What the Thunder Really Said: A Retrospective Essay on the Making of "The Waste Land"*, Mcgill-Queen's University Press,1973.

复杂的文学意识,同时,也具有了诗的方法论的意义。在《玄学派诗人》中,艾略特曾这样说"当诗人的心智为创作做好完全准备后,它不断地聚合各种不同的经验"。《荒原》就是由不同的经验和文本的拼贴、改写和整合而形成的一个新的艺术整体。它有效地吸收、利用了过去时代的文学资源,而又化旧为新,使"传统"在人们面前产生了新的意义。这也就是他在《传统与个人才能》中所说的,不仅传统会作用于个人,由于一个作家创造性的加入,传统本身也会得到有力的调整。

四

以上对艾略特诗学思想和实践的考察,让我想到了20世纪后期兴起的互文性理论。这种理论认为任何文本都是由其他文本"织成"的,都是对其他文本的吸收、转化、整合和改写,都和其他文本有一种文本互涉的关系。原创性文本是不存在的。"原创性"或"天才论",其实都是一个可疑的神话。

在我看来,"互文性"理论最重要的一点是改变了人们对文学性质的理解:与其说文学来自生活,不如说文学来自文学本身。正是从文学中产生了文学,从诗人中产生了诗人。一部文学史,无非是文学本身的自我循环,是神话的永恒回归。一个作家和诗人,无论自觉或不自觉,都处在这个相互作用、相互反映的互文体系之中。

艾略特无疑是自觉地把自己的写作置于整个西方文学的互

文性中的。《荒原》中的引文出处和相关联文本,他都在原注中一一标注了出来。但是他也有"不自觉"的时候,例如《荒原》开头部分"丁香"等一系列意象,那被春雨催促的"迟钝的根芽",助人遗忘的雪覆盖下的"枯干的球根",都让我想起了哈代的名诗《昏暗中的鸫鸟——1900年12月31日》:"我倚在以树丛作篱的门边,/寒霜像幽灵般发灰……自古以来萌芽生长的冲动/已收缩得又干又硬",①这也说明无论自觉或不自觉,《荒原》的几乎每一行,都是一个"回响"。在某种意义上甚至可以这么说,在《荒原》问世之前,它其实已被"写"下。艾略特的意义,就在于以他自己的方式重写了这部西方心灵的"荒原"。

"互文性"理论虽出自西方,但在中国历史上,对文学的互文性早有非常透彻的认识。北宋著名诗人黄庭坚在其《答洪驹父书》中就有这样一段经常被人引用的话:"自作语最难,老杜作诗,退之作文,无一字无来处,盖后人读书少,故谓韩、杜自作此语耳。古之能为文章者,真能陶冶万物,虽取古人之陈言入于翰墨,如灵丹一粒,点铁成金也。"在这里,黄庭坚以"无一字无来处"断然否定了人们所想象的那种"原创性"(所谓"自作语"),但这并不影响他对杜甫、韩愈的推崇,他以"陶冶万物""点铁成金"来说明他们的创造力。这种创造力,也就是一种令他本人赞叹不已的文本转化力。

也可以说,中国历代诗人、文人最自觉、最看重的,就是与前

---

① 《梦幻时刻——哈代抒情诗选》(飞白、吴笛译),中国文联出版公司1992年版。

人建立一种互文关系,以把自己纳入某种传统文脉中去;也只有把自己"嫁接到这棵伟大的生命之树上",他们才能"开出自己的花朵"①。与此相关,中国历代诗论文论强调的也不是什么"深入生活",而是读书,因为读书就是"深入生活","读书破万卷",诗就来写你了。中国历代诗歌所自觉构建的这种相互指涉、相互生成、相互反映、相互纠正的"互文"关系,我们在今天称之为"传统"。

传统之所以成为资源,正在于它的"可引用性"或"可改写性"。

正因为中国具有这样的传统,所以中国的现代诗人会对艾略特感兴趣,并对他的"历史意识"及"引文写作"心领神会、情有独钟。在中国,第一个大力介绍艾略特的诗与诗论的人,是叶公超。叶公超早年曾留学美英,出版过英文诗集,30年代他在清华任教期间先后写出《爱略特的诗》《再论爱略特的诗》(刊于1937年4月5日《北平晨报·文艺》,后来又作为赵萝蕤《荒原》译本的序言)。他对艾略特的鼓吹,不仅在当时中国新诗界促成了一轮"《荒原》冲击波"(孙玉石语),现在看来,他对艾略特的评论仍具有相当的敏锐性和深刻性。

《爱略特的诗》主要评介的是马克格里菲的《T.S.艾略特研究》,他从中找出了"书的精华":"《荒原》是他成熟的伟作,这时他已彻底地看穿了自己,同时也领悟到人类的痛苦,简单地

---

① 王家新:《词语》,选自《王家新的诗》,人民文学出版社2001年版。

说,他已得着相当的题目了,这题目就是'死'与'复活'。"这是叶公超用自己的语言对一位英国评论家的转述,也是他自己对《荒原》的认识。他认为"等候着雨"就是《荒原》的"最 serious(严肃)的主题"。

而在诗艺方面,叶公超称《荒原》为"诗中最伟大的实验",因为它"是综合以前所有的形式和方法而成的"。值得注意的是,叶公超并没有就技术谈技术,而是以一种历史的眼光来看问题:"爱略特的诗所以令人注意者,不在他的宗教信仰,而在他有进一步的深刻表现法,有扩大错综的意识,有为整个人类文明前途设想的情绪";"爱略特的方法,是要造成一种扩大错综的知觉,要表现整个文明的心灵,要理解过去的存在性……""他的重要正在他不屑拟摹一家或一时期的作风,而是要造成一个古今错综的意识"。

"要造成一个古今错综的意识","要表现整个文明的心灵",叶公超深刻把握了艾略特诗艺的性质,这和艾肯的"以文学的历史之舌讲话"真可谓一脉相通!

最引人注意的,是叶公超认为"爱略特之主张用事和用旧句和中国宋人夺胎换骨之说颇有相似之点",为此他特意译出了艾略特在《菲力普·马生格》一文中的一段话:"未成熟的诗人摹仿;成熟的诗人剽窃;手低的诗人遮盖他所抄袭的,真正高明的诗人用人家的东西来改造成更好的东西,或至少不同的东西……"并这样说:"这几句话假使译成诗话式的文言很可以冒充北宋人的论调。"

叶公超对艾略特的《荒原》及其诗论的大力鼓吹,在中国引起了第一次"艾略特热"①。正是在这样的诗歌氛围下,在30年代中国新诗坛上,在卞之琳等人的诗作中,传统被重新引入当下,中国新诗的实践者们在激烈的青春反叛期之后,开始试着"以文学的历史之舌讲话"。

五

在今天,艾略特"以文学历史之舌讲话"的诗学思想和实践仍对我们有着重要的启示意义。它首先引起我们对"现代性"问题的反思。长久以来,"现代主义"诗歌在一些人那里总是和所谓"反传统"联系在一起。其实,前无古人的创新是不可能的,即使那些号称"反传统"的文学,也无非是传统在新的历史条件下寻求其自身的变通。爱尔兰著名诗人希尼在谈到艾略特、庞德这些现代主义的创新者时就这样说:他们"看上去是摧毁者,但是回过头来看,他们其实是维护者,继续打开欧洲文学经典遗产的书页"。正是他们有效地传承了传统,"为某种文化空袭准备了掩体"②。

就中国新诗而言,新诗的"新"也不是从天上掉下来的,它

---

① 参见张洁宇《荒原上的丁香:20世纪30年代北平"前线诗人"诗歌研究》,中国人民大学出版社2003年版。
② 西穆斯·希尼:《翻译的影响》(黄灿然译),《见证与愉悦》,百花文艺出版社1999年版。

是从全部传统以及外来影响中产生的"新"。从很多的意义上,中国现代诗人们仍在重复着屈原、李白、杜甫的命运,仍在写他们没有完成的那首诗。"历史意识"的获得,就可以促使人们在一个新的层面上自觉地重建与传统的关系。当然,我们在今天所说的"传统"已是一种被扩大、调整了的传统,因为中国文学的"互文性"自"五四"前后早已延伸到本土之外。这就是我们在今天"以文学历史之舌说话"的背景。这意味着,在今天,一个中国诗人处理"个人与传统"的关系,还必须把自己置于人类全部文学历史的压力下来发展一种个人意识和才能,同时,这还意味着一种跨越了语言和文化边界的文本吸收力和转化力。

最后我想提醒的是,我们一定不要仅从表面上来理解"以文学历史之舌说话"。这其实是一个艰巨的诗学命题。就拿艾略特本人来说,他生于新英格兰名门望族,就学于哈佛,后在巴黎、牛津深造,主修哲学和文学,选修法、德、拉丁、希腊语和梵文,但这只是为他以后成为"最博学的英语诗人"奠定了某种基础。使他"以文学历史之舌说话"的,并不仅仅在于他有广博的学识和才智,更在于他对他所说的"欧洲心灵"有一种深切的体验和领悟。这使他有可能在一个混乱的现代世界进入到某种"文心"(刘勰)之所在。正是抵达这里,他得以看出欧洲文学是一个整体,或者干脆说,但丁、波德莱尔,还有他自己,其实就出自同一个创造的心灵。

正因为如此,在艾略特看来,文学无"进步"可言。文学会"变化"和"发展",但是如果获得了一种"对永久的意识"以及对"永久的和暂时的合起来的意识",就会感到这"不是什么进步"(《传统与个人才能》)。这种诗的觉悟至关重要,因为它可以促使我们摆脱自"五四"以来一直支配着众多中国作家和诗人的那种"进步"或"先进"的话语。也只有获得这样的觉悟,我们才不至于与一个喧嚣的"加速度"的时代"同步",而是进入诗歌自身永恒的领域中。写到这里,我想起了诗人江河的《太阳和它的反光》,这组诗正是诗人受到艾略特的影响,试图"以文学历史之舌说话"的一个硕果。诗中有这样耐人寻味的诗句,"上路的那天,他已经老了/否则他不会去追太阳"。是啊,"上路的那天"一个诗人已"老了"(即获得了足够的文学阅历和历史意识),但真正有价值的追求却由此开始。

奥登:"我们必须去爱并且死"

奥登(W. H. Auden,1907—1973),英语现代诗人,1907年生于英国约克,上大学前即开始写诗,入牛津校园后崭露头角,以其创作的活力和锐气,继艾略特之后,给英语诗歌带来新的声音。1939年,奥登选择了移居美国,并且随后皈依了基督教,由此他的创作被分为前、后两个时期。

奥登一生笔耕不辍,就像他自己所说"靠耕耘一片诗田/把诅咒变为葡萄园"(见《悼念叶芝》,穆旦译),生前出版了20多本诗集,还在戏剧、批评、散文等领域留下了丰厚遗产。奥登在30年代前后的诗,曾在世界上对包括中国当时的诗人在内的诗人产生了重要影响,至于他晚期的诗,也并没有因为对信仰的复归而沦为说教,相反,它们不仅在思想上显得更为深邃、成熟,在诗艺上也往往达到炉火纯青的程度。现在,他已被公认为20世纪的英语诗歌大师之一。

在中国,诗人卞之琳属最早译介奥登的译者之一。40年代初,卞之琳在昆明就译出奥登《战时》(In Time of War)组诗中的六首。卞之琳之所以在那时将目光投向奥登,不仅因为奥登代表着艾略特之后现代诗歌的一个新的时代,而且奥登在1938年曾和小说家衣修午德一起来过中国抗日战场三个月,写下了令他"心折"的《战时》(共27首,大部分写于中国);另外,对奥登的翻译和他本人在那时的诗风转变也有关联,30年代末期他写下《慰劳信集》,即显示了所谓"介入"现实的倾向,因而奥登会成为他心仪的诗歌英雄。

卞译《战时》之所以重要,是因为它像第一束投向翻译对象的探照灯。它也奠定了中国诗人和读者对奥登最初、也是最基本的认识。

在卞译奥登诗中,《"当所有用以报告消息的工具"》译得最为完美。该诗为《战时》第23首,奥登写这首诗时,正是每一个人"悔不该出生于此世"之日:战局急剧恶化,"暴行"和"邪恶"如疫疠一样风靡……然而,正是在这种境况下,"今夜在中国,让我来追念一个人",奥登把目光投向了遥远的瑞士山谷里的缪佐城堡,正是在那里,诗人里尔克经过多年的沉默、自我怀疑和创作危机,"跨入了语言神示的密封圈",完成了他一生中最伟大的作品《杜依诺哀歌》和《献给俄耳甫斯的十四行》,"他成了百里挑一的人,将用德语完成他的时代最伟大的诗歌作品的人。他担负起了一部作品的命运"[1]。

---

[1] 霍尔特胡森:《里尔克》(魏育青译),三联书店1988年版。

奥登:"我们必须去爱并且死"

当所有用以报告消息的工具
一齐证实了我们的敌人的胜利;
我们的棱堡被突破,军队在退却,
"暴行"风靡像一种新的疫疠,

"邪恶"是一个妖精,到处受欢迎;
当我们悔不该生于此世的时分:
且记起一切似已被遗弃的孤灵。
今夜在中国,让我来追念一个人,

他经过十年的沉默,工作而等待
直到在缪佐显示出了全部魄力
一举而让什么都有了交待:

于是带了"完成者"所怀的感激
他在冬天的夜里走出去抚摩
那个小古堡,像一个庞然大物。

  奥登在中国战场上想到的,就是这样一个里尔克。在《战时》第21首中他这样感叹:"人的一生从没有彻底完成过"(穆旦译文),里尔克的出现,则使他意识到生命被赋予必须完成,即使在最恶劣的时代条件下,一个诗人也必须担当起他的"天职"。我想这即是奥登在那个令人沮丧的年代所做出的回答。
  可以想见,这样的诗及译文的出现,会对那时的中国诗人产生怎样的激励！且不说它对穆旦等年轻诗人的影响，我还想起冯至1941年间写下的那一批十四行诗（它正好也是27首！）。评论界已习惯于把冯至的十四行诗与里尔克、歌德的影响联系起来，但那里面有没有奥登的影子呢？我想我们应该看看冯至先生1943年所写的《工作而等待》一文，该文的题目不仅直接取自卞先生的译文，它开篇就谈到奥登对中国的访问，并全文引用了卞先生对这首诗的译文。我想，正是奥登的诗和卞先生的翻译，促使冯至更深入地发现了他所熟悉的里尔克："里尔克的世界使我感到亲切，正因为苦难的中国需要那种精神：'经过十年的沉默，工作而等待，直到在缪佐他显示了全部的魄力，一举而叫什么都有了交待。'这是一个诗人经过长久的努力后的成功，也就是奥登对于中国的希望。"

奥登这首诗，其意义就在于重建了一个诗人的神话，那就是以艺术家个人的信念和语言创作来对抗历史的残暴力量。这对当时的中国诗人来说，不能不是一种重要的鼓舞。同样，他的另一首《"他用命在远离文化中心的场所"》，其意义也不同寻常。在《重新介绍奥登的四首诗》(1979)中，卞先生特意提到了该诗中的"他用命在远离文化中心的场所，/为他的将军和他的虱子抛弃"，说奥登当年在武汉朗诵时，在场的翻译不敢直接译出这句诗，而是把它变成了"穷人与富人联合起来抗战"！这虽然可笑，但也最清楚不过地显示了意识形态话语与诗歌的区别，它给我们的"启发"，可用深受奥登影响的诗人布罗茨基的一句诗来表示，那就是："墨水的诚实甚于热血"！

奥登:"我们必须去爱并且死"

现在来看,一个"虱子"的运用,是多么有勇气,即使从诗艺的角度看,也很了不起。总之,这就是奥登,他来到中国战场,不是为了应景,写一些"服务于抗战"之类的东西,而是坚持从一个诗人的角度看世界,坚持把"战时"的一切纳入人类的更本质境遇和关系中来透视。我想,这就是他对中国 40 年代诗人的最重要的影响。

从翻译本身来看,卞先生对奥登的翻译,虽然也留下了一些缺憾,但在许多方面都是开创性的。比如他在"暴行""邪恶"等抽象名词前加引号的译法,就很有意义。我为此查看了奥登原诗,原诗的这几个词除了第一个字母大写外,并无其他特别的标识,而卞先生特意把它们加上了引号,这不仅强化了读者对它们的注意,也把这些抽象名词人格化、隐喻化了。也可以说,这样的译法,顿时使抽象的东西"有了身体"!卞先生甚至还有意识地强化了这一点,如"于是带了'完成者'所怀的感激",这一句的原文为"and with the gratitude of the Completed"("并且带着完成的感激"),卞先生有意把"完成"变为"完成者",并加上了引号。我想,这已不是一般的翻译,这已是语言的"塑造"了。卞先生的这种手法,后来直接被穆旦继承。如穆旦所译的《在战争时期》第 21 首:"'丧失'是他们的影子和妻子,'焦虑'/像一个大饭店接待他们",等等。

在《重新介绍奥登的四首诗》中,卞先生称赞奥登"不用风花雪月也可以有诗情画意;不作豪言壮语也可以表达崇高境界;不用陈腔滥调,当然会产生清新感觉,偶尔故意用一点陈腔滥调,也可以别开生面,好比废物利用;用谨严格律也可以得心应手,……干脆凝炼,也可以从容不迫;……冷隽也可以抒发激情"。这的确道出了奥登诗歌特有的诗学品质和风格特征。而卞先生对奥登的称赞,其实也正是他本人想到达的境界,虽然他自己在40年代以后并没有体现出相应的创作实绩,但他对奥登的译介,却促进了一个时代诗风的转变。

作为一个诗人翻译家,穆旦晚年最重要的贡献是《英国现代诗选》的翻译。1973年,他得到一本周珏良转赠的从美国带回的英语现代诗选。在1975写给杜运燮的信中他这样说,"读奥登,又有新体会","Auden仍是我最喜爱的"。结合诗人一生的曲折历程来看,这真是耐人寻味。

《英国现代诗选》共收入译作81首,其中奥登55首,可见穆旦对奥登的投入;尤其是他把曾对他产生过重要影响的《在战争时期》十四行组诗27首及附属的长诗《诗解释》全部译出,从某种意义上讲,这可视为一种"还债"或"还愿"行为。

在今天看来,诗人于1973—1976年间倾心翻译的《英国现代诗选》,无论对他本人还是对中国现代诗歌,都是一个重要事件。不同于50年代对普希金、雪莱的翻译,穆旦在翻译奥登等诗人时,完全撇开了接受上的考虑。他在翻译时为我们展现的,完全是他作为一个"现代主义"诗人的本来面貌,体现了对他一生所认定的诗歌价值的深刻理解、高度认同和心血浇铸。

《英国现代诗选》为穆旦的遗作,它在诗人逝世后才由友人整理出版。如果诗人还活着,我想他还会对之进行修订和完善的。从《在战争时期》译文来看,一些篇章的语言还不够确切和凝练,还未能完全传达出原诗的语言张力,但穆旦毕竟是穆旦,他给我们留下了诸多杰出的、至今看来仍不可超越的译作。这些译作在今天读来仍令人叹服。如他对奥登《在战争时期》组诗中《"他被使用在远离文化中心的地方"》一诗的翻译:

> 他被使用在远离文化中心的地方,
> 又被他的将军和他的虱子所抛弃,
> 于是在一件棉袄里他闭上眼睛
> 而离开人世。人家不会把他提起。
>
> 当这场战役被整理成书的时候,
> 没有重要的知识在他的头壳里丧失。
> 他的玩笑是陈腐的,他沉闷如战时,
> 他的名字和模样都将永远消逝。
>
> 他不知善,不择善,却教育了我们,
> 并且象逗点一样加添上意义;
> 他在中国变为尘土,以便在他日
>
> 我们的女儿得以热爱这人间,
> 不再为狗所凌辱;也为了使有山、
> 有水、有房屋的地方,也能有人烟。

对照原文,我们会发现穆旦的译文准确,通畅,后两节语感和节奏感的把握尤为出色,有的处理甚至比原诗更富有诗意,如他把原诗最后的"也能有人"("may be also men")译为"也能有人烟",一词之易,平添了汉语本身的诗意和形象感。更"大胆"也更富有诗意的,是他所加上的原文字面上没有的"以便在他日",这不仅使诗中的时空骤然变得开阔和深邃起来,也强化了原诗中的那种对在中国变为尘土的无名士兵的纪念之情。

穆旦对奥登的名诗《悼念叶芝》的翻译尤其具有重要的诗学意义,该诗的译文不仅富有语言质感和"现代感受力",也显然饱含了穆旦自己对一位曾影响了自己一生的伟大诗人的感情:

> 他在严寒的冬天消失了:
> 小溪已冻结,飞机场几无人迹
> 积雪模糊了露天的塑像;
> 水银柱跌进垂死一天的口腔。
> 呵,所有的仪表都同意
> 他死的那天是寒冷而又阴暗。

这样的译文,让人由衷地喜爱。读这样的诗(译文),我们心中涌起的是双重感激。这样的译文确切无误,而又有如神助,一直深入到悲痛言辞的中心,从"飞机场几无人迹",到"积雪模糊了露天的塑像",再到"水银柱跌进垂死一天的口腔",严寒的力量一步步加剧,尤其是一个"跌进"(原文"sank",下沉,下陷),骤然间给我们带来巨大的寒意和"死亡的绝对性"！这样的译文,真可谓"一字不可易"了。

如果对照原文,我们还会加倍赞叹译者的创造性：

呵,走动着护士和传言的下午；
他的躯体的各省都叛变了,

An afternoon of nurses and rumours;
The provinces of his body revolted,

单说"An afternoon of nurses and rumours"这一句,如果一般译者来译,会译为"护士和传言的下午",而穆旦的翻译却是如此传神并富有想象力,一个添加的"走动",顿时赋予了诗句以活生生的姿态,也一下子传达了那种关切的、大事发生的氛围。这样的译文,为原作增辉。

《悼念叶芝》之所以成为一首不朽的译作,不仅在于译者敏锐的"现代感受力"和语言创造力,还在于它出自一个诗人对自身命运的深刻辨认。正是在苦难的命运中,他把这首诗的翻译,作为了一种对诗歌精神的发掘和塑造。在他的译文中,诗人是一个民族精神高贵的"器皿",但他对诗与诗人关系的理解并不简单,"你像我们一样蠢;可是你的才赋/却超越这一切"("You were silly like us; your gift survived it all"),前一句是对诗人自身的自嘲(译文中的这一个"蠢"字是多么直截,又是多么富有勇气),而后一句却是更有力的对诗歌超越自身的那种力量的赞颂和肯定。在这里,"超越"一词的运用是决定性的,我想,正因为在其苦难的一生中他一次次感到了那"更高的意志",穆旦把原文"幸免于这一切"变成了"超越这一切"。也正是出自这种"更高的认可",他还译出了这样的名句:

靠耕耘一片诗田／把诅咒变为葡萄园

如果对照原文"With the farming of a verse/ Make a vineyard of the curse",我们就会发现一些看上去细微但却重要的变动:"诗"译成了"诗田",这个比喻不仅形象,也和后面的"葡萄园"很自然地押上了韵;"把诅咒变为"则强调了那种诗本身的意志及其诗的转化过程;"靠"也强化了一个诗人在苦难中与诗歌的相守和承担。这样的译文,无愧是对一切伟大诗人的赞颂!在这样的译作中,不妨再次借用本雅明的话来说:"原作上升到一个更高、更纯粹的语言境地。"

据说奥登逝世后,在他的墓碑上刻下的,是他《悼念叶芝》的最后两句"在他岁月的监狱里／教自由人如何赞颂"。我想,人们也可以把"靠耕耘一片诗田／把诅咒变为葡萄园"这样的译文作为穆旦本人的墓志铭了。因为这不仅是他最优异的译句之一,也正是他作为一个诗人和翻译家的一生的写照!

穆旦对《美术馆》的翻译也很耐人寻味,这同样是一首把他自己"放进去"的译作。奥登 1938 年从中国回到欧洲后,同年 12 月在布鲁塞尔写下这首诗。在布鲁塞尔,奥登特意观看了 16 世纪著名尼德兰画家勃鲁盖尔的作品。"The old Masters",穆旦译为"这些古典画家",但也可译为"过去时代的大师们"。看来诗人意在告诉我们什么叫"大师"。而什么叫"大师",奥登拈来的尺度既非"气度"也不是别的什么,而是如何认识和看待人类的痛苦。"关于痛苦他们总是很清楚",起句从容而直截了当,像是一场在美术馆里边观看边指点的评说,穆旦对这种从容、智慧、蕴含着反讽的叙述口吻的把握也十分到位。如果说在奥登的诗作中有一种"歌唱体",这一首可称为一种"叙述体",而且,和诗人常采用的十四行体不同,该诗采用了一种和它的叙述语调相称的自由诗体。因此细细品来,它在评说大师的同时本身即是一种"大师的"语调,"比如说"(for instance),在该诗的最后一节,奥登把一种"叙述体"推向了极致,他举出了勃鲁盖尔的画《伊卡洛斯》。伊卡洛斯为希腊神话中的飞天者。显然,这一神话原型中体现了人类的向往,但也蕴含了某种反讽,体现了人类中那些试图超越自身存在者的命运。那么,对于这样一种痛苦的命运,人们怎么看?

> 在勃鲁盖尔的"伊卡鲁斯"里,比如说,
> 一切是多么安闲地从那桩灾难转开脸:
> 农夫或许听到了堕水的声音
> 和那绝望的叫喊
> 但对于他,那却不是了不得的失败;
> 太阳依旧照着白腿落进绿波里;
> 那华贵而精巧的船必曾看见
> 一件怪事,从天上掉下一个男童,

但它有某地要去,仍静静地航行。

读到这里,我们不仅读懂了那些古典大师所熟知的"痛苦",而且惊异于这其间的反讽性张力,在穆旦的译文里,"一切是多么安闲地"(原文中为"how",如何),一个"多么",强化了诗中的情感,而"something amazing"(令人惊奇的事)被译为"一件怪事",再次强化了某种荒谬感;而全诗(译文)的最后一句"但它有某地要去,仍静静地航行",不仅冷静克制,充满张力,它达到的,乃是一种"痛苦的精确性"!

读到这里我们也明白了:那些古典大师所熟知的"痛苦",乃是一种"不被理解的痛苦",但是,我们是否应去责备那个若无其事的农夫和那只见怪不怪的船呢,我们似乎并没有理由。如同诗中所暗示,大师是那种知道自身痛苦在人类中的位置(Position)的人,他们的作品即显示了对人类生活的多样性、差异性、荒谬感和不可通约性的领悟。正是从这种领悟中,产生了对人类生活的透视。在《战时》第一首诗中奥登就曾这样写道,"蜜蜂拿到了那构成蜂巢的政治/鱼作为鱼而游泳,桃作为桃而结果",万物各行其是,即使灾难也带来一种镇定。正如维特根斯坦所感叹的那样,让人惊异的"不是世界是怎样的,而是它是这样的"!

像《美术馆》这样的诗,对穆旦本人的触动和激发(正是在翻译《英国现代诗选》那两年间,穆旦写下了二十多首诗),我们已可以想象了。"他拥抱他的悲哀像一块田地"(《在战争时期》第7首),当他的一颗诗心从漫长的沉默中醒来,他的艺术也不能不是一种"关于痛苦"的艺术,但是奥登这样的诗人却提示了一种更高的尺度:他们在召引他不仅深入自己痛苦的命运,还要能够超越其外,以一种更开阔的、彻悟的"冷眼"看人生:

> 我冷眼向过去稍稍回顾,
> 只见它曲折灌溉的悲喜
> 都消失在一片亘古的荒漠,
> 这才知道我的全部努力
> 不过完成了普通的生活。
>
> ——穆旦《冥想》

"人的一生从没有彻底完成过"(《在战争时期》第21首,穆旦译),但这也是一种完成。这样的诗,不仅极其悲怆、苦涩,也让我们不能不惊异于一个诗人在那个年代所能达到的成熟。

对奥登的翻译,如同对西方其他一些重要诗人的翻译,一直伴随着中国现代诗歌的历程。在80年代后期,对奥登的翻译迎来了一个新的令人振奋的起点,那就是刊登在《外国文艺》1988年第6期上的王佐良所译的奥登诗七首及译者前记。这一组译作,令人惊异地折射出一种心智和语言的成熟。

王佐良对奥登的翻译,带着他的全部阅历、敏感和译诗经验,不仅显示了透彻的理解和匠心独到、从容有度的处理,还显示了他不同于其他译者的特殊的关注点。首先,他有意选译了四首关于蒙田、兰波、德国宗教改革家路德、美国作家麦尔维尔的诗——他称之为奥登的"人物论"。以下是《蒙田》的开头：

> 他走向书房窗外，只见田野平静，
> 却笼罩着语法的恐怖。

译文一开始就不同凡响。作为一个诗人翻译家，王佐良同穆旦一样，在译诗时追求"名句"，此即一例。如果对照原文，我们更佩服王佐良那堪称大家的翻译："Outside his library window he could see/a gentle landscape terrified of grammar"。对这两句，有人直译为"在他书房的窗外，他可以/看见一片畏惧语法的温和风景"，如果换上其他译者，很可能因其"不可译"而罢笔，或是勉强弄出两句别别扭扭的句子来。而王佐良的翻译，不仅从容、富有动感（"他走向""只见"），"笼罩"一词的出现也有如神助，它不仅有视觉上的可见性，它的出现，使上下文之间、平静与紧张之间骤然有了一种极大的张力……

这就是王佐良给我们带来的那片田野：它不是笼罩着乌云什么的，而是笼罩着"语法的恐怖"！这样的翻译即刻带来了一种强烈的陌生化效果，而又透出了对原诗的透彻理解。这是谁在看？蒙田？奥登？无论谁在看，重要的是"一个眼光中包含着人的历史"（奥登《布鲁塞尔的冬天》，王佐良译），这种历史，在福柯的"癫狂与文明"话语中得到了充分的揭示：那是"理性"与"非理性"的历史，禁忌与沉默的历史，是"肉体"（"田野"）与神学统治的历史；正因为有了这样的历史、这样的诗，看似当头棒喝，却能够被我们所领悟……

显然,同穆旦一样,王佐良的翻译体现了对忠实的追求与创造性之间的张力关系。一方面,他对奥登的翻译,每每能够抓住原作的内在起源,体察其隐秘的文心所在,能够找准并确定其语感;另一方面,他还"承受着自身语言降生的阵痛"(本雅明)。对此,我们来看他译的《兰波》一诗:

在这个孩子身上修辞学的谎言

崩裂如水管,寒冷造就了一个诗人。

奥登来自寒冷的英格兰,所以他不仅能写出"水银柱跌进垂死一天的口腔"这样的名句,还在这首诗中有了这个令人震动、惊异的隐喻:"But in that child the rhetorician's lie/Burst like a pipe:the cold had made a poet"。一个能够切身体会到这种因寒冷而造成的"内在的崩裂"、对诗人的命运有深入洞察的译者,才有可能像王佐良那样译。一句"崩裂如水管",不仅理解透彻,而且多么有分量!

王佐良翻译的奥登的《布鲁塞尔的冬天》,也显示了一位译诗大家对于语言表现力的高度敏感和灵活把握:"寒冷的街道缠结如一团旧绳/喷泉也在霜下噤不作声"("Wandering the cold streets tangled like old string,/ Coming on fountains silent in the frost")。译文一开始就给人带来强烈的印象:"缠结""噤不出声",这种独特的处理,使呆板的景物一下子获得生命。而接下来,"他们的凄惨集中了一切命运/冬天紧抱着他们,像歌剧院的石柱",这里我们不能不再次叹服王佐良的译诗语言,它硬朗、富有质感,把一种存在状况刻画得历历在目,"冬天"也因此有了形状、空间、体积和冰凉的触感。对照原文,我们会发现王佐良在译这一句时采用了一种"庞德译法",即不惜变动,以突出原作的质地,该句的原文是"The winter holds them like the opera",如直译应为"冬天拥抱着他们,像歌剧院",王译却有意加上了"石柱"! 这一变动可谓巧夺天工,因为它"使石头成为石头,使石头更加可感"(俄国形式主义学派的口头禅)。

无须多说,奥登是极其难以翻译的。他的诗,讲究音韵形式,在诗思上艰深而又狡黠,语法和词语的歧义性往往让人不知所措,其机俏而充满嘲讽的语气也难以把握。但对王佐良这样的译家来说,翻译的难度,也正是创造的机遇。我想他的目标不仅是要译出一些好诗来,还要尽可能给中国当代诗人们的写作带来新的艺术参照。对此,我们再来看他对《赫尔曼·麦尔维尔》一诗的翻译。该诗为自由体,取用了《白鲸》作者的一些传记材料,但又充满了想象和反思,像一部小型的个人史诗,该诗一开始即是"到晚年他渡入异常的温和,/下锚在家里,抵达了他老婆身边",然后是对一生的回顾:那莫名的恐惧感,远行途中的八级大风,雷声的震撼,闪电的诱骗,"一个发疯的英雄像寻宝似的/在寻找那个毁了他的性力的罕见怪物:/仇恨对仇恨,以一声尖叫结束,/幸存者不知怎么活了下来……"(多么出色的翻译!),后来他领悟到"善"的存在,对恶也有了新的发现,"恶并不引人注意,而且总合乎人情,/和我们同床睡觉,同桌吃饭……"。现在他真正从盲目的人生中醒来了,不禁惊异于"连惩罚也符合人情,是另一种方式的爱:/怒吼的狂风原是他的父亲显身,/他一直是躺在父亲的胸上移动"。而全诗的最后是这单起的一行:(他)"接着在书桌前坐下,写下一个故事"。

显然,麦尔维尔的人生历程,其前往与回归,隐现着荷马史诗尤利西斯的原型。奥登对它进行了弗洛伊德式的解读(众所周知,奥登早期受到精神分析学的影响),并为他最后对基督教神学的归依埋下了伏笔。

而这种对人生历程的诗性叙事,不仅具有精神上的启示意义,也大大拓展了人们对诗歌的认识。正如人们所知,在中国20 世纪 90 年代以来的诗歌中,在从"青春抒情"到"中年写作"的转变中,这种出自人生经验的"叙事",已成为一个重要趋向。比如说,我们从张曙光的《尤利西斯》等一系列诗中,就可以看到一种《赫尔曼・麦尔维尔》这类"人物论"或"个人史诗"的影响。

王佐良对奥登《1939 年 9 月 1 日》的翻译,对中国 90 年代诗歌同样具有重要的意义。1939 年初,奥登从英国移居美国,同年 9 月 1 日德国进攻波兰,第二次世界大战全面爆发。就在这一天,诗人坐在纽约"第五十二街一家小酒吧里"写下了这首名诗。在译注中王佐良这样说:"这一类诗也是奥登擅长的,可以统称为时事感想诗……写法依然是夹叙夹议,有现代派的比喻和联想,有奥登式的嘲讽和机智。"

如果熟悉英语现代诗歌就知道,奥登的这首诗,显然是对叶芝《一九一六年复活节》的一个回应。的确,这是一个重大的、具有分水岭意义的日子，奥登以这样的日期作为诗题，显然与叶芝一样，要以诗歌来"见证"，并且要在时代的巨大动荡中对诗人自身的处境和责任、对个人与历史的关系进行重新认定。

而这种"诗的见证"，在奥登那里，不仅出自一个诗人的责任，也势必会深入到一种更内在的拷问。就在该诗的最后，在对人类文明的忧患中，诗人这样说"但愿我这个同他们一样的人，/由厄洛斯和泥土所构成，/受到同样的/否定和绝望的围攻，/能够放射一点积极的光焰"。这样自我拷问的音调，在中国90年代诗歌中也一再回响。纵然奥登自己后来对这首诗不满意，称它是他的英国时期的"遗留物"，得花很长时间来"治愈"，但它仍具有重要意义。布罗茨基于1984年所作的关于该诗的长篇讲稿，不仅对这首诗有着深入、精辟的解读，也重新发现了它的"当下性"。这里还要提到的是，这篇讲稿由王希苏、常晖译出，收在漓江出版社1990年出版的布罗茨基诗文集《从彼得堡到斯德哥尔摩》中。在王佐良的译文之后，它们拓展、加深着中国读者对奥登的认识。

但王佐良的译文仍是不可取代的。它不仅是带有"发现"意义的首译，它对该诗音调和节奏的把握也十分到位，而这是决定性的。此外，许多译句都令人难忘，如"死亡那不堪形容的气味/冒犯了这个九月的夜晚"（"The unmentionable odour of death/offends the September night"）。这里的"不堪形容"与"冒犯"，都堪称传神之笔。当德国大举进犯波兰的消息在地球上到处传送，死亡成为一种无处不在的威胁性气味，在它"冒犯"

九月夜晚的一刻,它即刻获得了它的体积、形状和分量,而诗人的感情也随之达到一个"燃点"。相形之下,"死亡那不便言及的气味/触怒九月的夜晚"(王希苏译,漓江版),就没有达到这样的效果。

不过,王佐良的这个译本留下的最大遗憾在于漏译。《1939 年 9 月 1 日》全诗九节,王译本漏掉了第八节整整一节。对这一节,我在这里姑且补译出来:"我拥有的只是一个声音/用以揭穿叠盖的谎言,/大街上耽于声色的人们/头脑中的白日梦/和当权者的谎言,/他们的高楼耸入云端:/那里哪有什么国家/和个人孤独的存在;/饥饿已不容选择/无论是公民还是警察:/我们必须相爱或者死"。

《1939 年 9 月 1 日》发表于当年 10 月《新共和》杂志,并收入奥登次年出版的诗集《另一种时间》,但在后来,"We must love one another or die"("我们必须相爱或者死"),被他改成了"We must love one another and die"("我们必须相爱并且死")。这就是说,当初诗人还以为他可以选择,但到了后来,他明白自己别无选择——知天命的诗人,已听到一种更高意志的召唤。

从以上来看,王佐良先生的译本漏译的不仅是一节诗,还涉及一位大师艰难的、不断自我修正的晚年。

卞之琳、穆旦、王佐良对奥登的翻译,无论对中国现代诗歌还是对译诗艺术本身都是不可替代的贡献,也为后来者积累了宝贵的经验。不过,他们也留下了一些遗憾(翻译总是"遗憾的艺术"！），即使是一些优秀译作如穆旦译《悼念叶芝》等，在局部和细节上，也还存在着一些理解和表达上的问题。他们开辟了道路，但并不能终结对奥登的翻译。

问题还在于，在这三位诗人翻译家前辈那里，都带着"三十年代情结"，他们心目中的奥登，主要是那个在1938年来到中国抗日战场、写下《战时》十四行的奥登。他们尚未深入到奥登的晚后期，很可能，他们也很难进入。卞先生在《重新介绍奥登的四首诗》一文中就这样说："奥登自己离开了本国，皈依了宗教，日后所写的诗创作，尽管愈写愈长，愈写愈玄，尽管有些地方更显出熟练功夫，诗艺更显得炉火纯青，似乎也没有多少可以及得上他自己在30年代中晚期的成熟诗作。"而王佐良也有近似的看法，他主编的《英国诗选》，主要选入的是奥登的早期作品，在编译前记中他也这样说："然而奥登自己，人和诗，却变了……随着他越来越转向宗教题材，他的诗也逐渐失去了真正的光彩。……自然，也有人喜欢他的后期作品，听说其影响近来还更大了；然而对于曾经眼见一个新的英雄时代在英国诗歌里出现的人们来说，奥登的前期作品是没有任何东西可以代替的。"

卞之琳、王佐良的这种"情结"我们可以理解，不过，他们对奥登后期某种程度上的贬抑，以及把奥登后期的创作简单归结为"对宗教的皈依"，这些都是很难让人认同的。这样的看法简化了也遮蔽了一位大师的晚年。其实，真正靠得住的精神劳作大都体现在"晚期风格"里。深入认识奥登的后期创作不能不是一件艰辛的工作。但有一点我们可以说：奥登的一生，体现了一个诗人"经验的生长"和不断自我认识、自我回归的艰巨历程;他"对宗教的皈依"并不是一件突发的行为,而是从他全部人生而来的一个结果。此外,作为一个诗人,他晚期的诗并没有因此而沦为说教。他对早年作品的修改或否定也不单单是因为"信仰变了",而是在于如他所说"它们不那么诚实,要么傲慢无礼,要么单调无趣"。而关于他最看重的"诚实",他还这样说:"一首不诚实的诗,不管有多好,总是在表达它的作者从未体会过的感情或未经思考的信仰。"

奥登晚期在我们面前树立的,乃是这样一个清醒而又虔敬、睿智而又彻底的诗人形象。

这就是我想说的:奥登的前期作品已化为卞之琳、穆旦、王佐良那一代人生命记忆的一部分,而他的晚期还有待于我们去深入认识和发现。对此我们来看一首奥登的晚期之作"The More Loving One",它最初附在奥登给朋友的信中,后来未加改动收在1960年出版的诗集《向克莱奥女神致敬》中:

爱的更多的一个

仰望那些星辰,我很清楚
为了它们的眷顾,我可以走向地狱,
但在这冷漠的大地上
我们不得不对人或兽怀着恐惧。

我们如何指望群星为我们燃烧

带着那我们不能回报的激情?
如果爱不能相等,
让我成为爱的更多的一个。

我想我正是那些毫不在意的
星辰的爱慕者,
我不能,此刻看着它们,说
我整天都在思念一个人。

如果所有的星辰都消失或死去,
我得学会去看一个空洞的天空
并感受它那绝对黑暗的庄严,
尽管这得使我先适应一会儿。

  这是我本人的试译。在奥登一生的创作中,"爱"一直是一个重要主题,并且它往往和诗人对生与死的思考、对自我的认识联系在一起。在对"爱"的书写中,诗人有时充满了至深柔情:"在白日,从一个房间到另一房间/是通向内心安宁的最遥远旅程/怀着爱的柔弱、爱的坚贞"(《一个自由人》);有时则带着一丝冷峭的反讽:"放低你沉睡的头,我的爱/放在我不忠的手臂上"(《摇篮曲》);有时则带出更深的觉悟,如那句著名的"我们必须相爱并且死"。

  《爱的更多的一个》,正是晚年的诗人面对宇宙的浩瀚和黑暗再一次听到的"爱的戒命"。"仰望那些星辰……",诗一开始就很感人,在宇宙巨大的寒意中,它犹如第一阵"贯穿肩胛骨的颤栗",决定了全诗的音调,也决定了一种"承担"。这种承担已不再是那种英雄式的(像早年那样),而只是出于一个人更内在的感恩。

也许正因为如此,接下来,诗人迸发出了在他的后期诗作中少见的激情:"我们如何指望群星为我们燃烧/带着那我们不能回报的激情?"这种激情,因出自一种内在的拷问,显得真切而有张力。的确,爱是需要回报的,否则一切都将成为荒漠。这样的诗句把我们引向内省。而紧接着,诗人又向前跨了一步——这同样是决定性的:"如果爱不能相等,/让我成为爱的更多的一个。"在此,诗人选择了一种无条件的、甚至带有牺牲意味的爱——他站在了那"爱的更多"的行列。

这的确是一种生命的提升。或者说,诗人在此听从了那不能抗拒的召唤。

一向以冷峭面世的奥登写出这样的诗,这和他真实经历的一场痛苦的爱有关。我们知道,奥登有着同性恋取向,移居美国后不久,他爱上了比他年轻十多岁的切斯特·卡尔曼。然而,这是一场并不对等的爱。在这场艰难的、折磨人的爱中,奥登最终还是选择了包容。而这一切,或许都是因为"头上的星空"和"爱的戒命"。因此在诗的第三节,诗人再次朝向了星空——他那心灵的属于,他与他的上帝之间至高无上的契约。正因为它的存在、它一次次的"眷顾",使他学会了在一种更伟大的尺度下来看待他个人的遭遇。

同样让我们受震动的是，奥登在其生命后期完成其信仰的回归的同时，也达到了他"思想的彻底"。这在这首诗中也是如此。到了全诗的第四节，又有了转折和递进："如果所有的星辰都消失或死去，/我得学会……"在这里，诗思一抑一扬，诗人不仅以其心智的成熟，准备好了去接受一个空洞的天空，一个爱燃烧后的天空，而且要去感受它那最终显现的"绝对黑暗的庄严"。

这里，我们还得留意全诗最后一句的语气："尽管这得使我先适应一会儿"。我想，正是以这种委婉的语气，诗人不仅表现了其面对存在的黑暗本源的勇气，也挽回了他最看重的作为一个人的全部"诚实"。

正因为对诗人奥登的这份爱和敬仰，几年前我在奥地利朗诵期间，我访问了奥登在维也纳远郊克切斯特滕村（kirch-stetten）的旧居及墓地。奥登是在 1957 年买下这座乡间别墅的。因为他精通德语，他想在一个"讲德语但不是德国的地方"有一个家，朋友帮他发现了这处山坡下的奥地利乡舍。他很喜欢这座纯朴、美丽的房子和周边幽静的环境。这之后，他每年 5 至 7 月在英国牛津教书，7 至 10 月在此度过，然后回到纽约过冬，像一只候鸟一样忠实于他内心的季节。1973 年夏，奥登在这里居住和写作期间，应邀在维也纳做一场朗诵，当晚住在维也纳一家饭店里，但在第二天早上人们去叫醒他时，发现他已因心脏病猝发死在床上！

现在，这处房子已属于新主人，阁楼上的两三间木头小房间,则辟为奥登纪念馆。主人带着我沿着外置的小楼梯上去,推开门,一眼即看到阁楼尽头的墙上一幅放大的奥登的旧照片,像是在迎接我们!它是诗人当年在这里的阳台上扶着栏栅远眺时被拍下的,现在,它被置于幽静阁楼的内部,仿佛是诗人——"时间的人质"——正从时间的深处向外眺望!

纪念馆则分为两部分,里面的两间收藏有诗人的出版物以及他在这里所写的诗和文章,还布满了雕像、照片和绘画,其中还有一张奥登在抗日战场上与中国军人合影的照片,这使我深感亲切。靠外的一间则有好几书柜奥登留下的藏书、生活用品(咖啡壶、用旧的旅行包、穿破的皮鞋等等),靠窗的地方则是诗人的写字台,上面摆放着一盏老式油灯和曾发出欢快奏鸣的打字机,而5月的日光从窗口透进来,勾勒出桌椅之间深邃的明暗光影。我久久地凝视着这一切,不禁深受触动:一位伟大诗人的晚年!

参观完纪念馆,我沿着诗人生前在这里时每天散步的林中路向前走去。我也需要平静一下自己的心情。走着走着,我发现"诗人小路"的边侧,还竖立有多座奥登的诗碑,其中之一便是那首在电影《四个婚礼和一个葬礼》中朗诵过的《葬礼蓝调》。当地的奥地利人刻下这首诗,不仅因为它打动了他们的心,我想还包含了他们对写出这首哀歌的诗人的感情,总之,我在这座诗碑前久久地站住了,并在回国的飞机上把它译了出来:

  拔掉电话,停下所有走动的钟,
   让吠叫的狗安静,以一根带肉汁的骨头,

也让钢琴沉默,就在抑制的鼓点中
抬出灵柩,让哀悼者前来。

让飞机在头顶上盘旋悲悼,
在天空书写"他已逝去"的讣告,
把黑绉纱系在公共信鸽的洁白颈项上,
让交通警察戴上黑色的棉手套。

他曾是我的北,我的南,我的东和西,
我的工作日和我的星期天的歇息,
我的正午,我的深夜,我的谈话,我的歌;
我以为爱会持久:我错了。

现在再也不需要星星了:熄灭它们,
包裹起月亮,拆除太阳;
泼掉大海并把树林打扫干净,
因为没有什么再有任何意义。

1973年10月4日,奥登被葬于该村唯一的小教堂墓园内,我看过一些回忆资料,葬礼就像这首诗所描述的一样。从"诗人小路"返回后,我去了那个小教堂。推开教堂墓园的铁栅门,不远处便是奥登的墓地。墓地很简朴,只有一座十字形的青铜墓牌,上面刻有奥登的生卒年月及"诗人和文学家"的字样(奥登逝世次年,在伦敦威斯特敏斯特大教堂"诗人角"举行了奥登墓碑的安放仪式,那里的墓碑上面刻下的,则是奥登《悼念叶芝》的最后两句"在他岁月的监狱里／教自由人如何赞颂"以及"葬于克切斯特滕、下奥地利"的字样)。因为那天教堂关闭,墓园显得更加静谧。我在那里伫立,静静地走动,最后又回到诗人墓前。我想起了奥登逝世后布罗茨基来这里写下的《哀歌》中的一句"天空看上去就像／一张你未写过的纸";想起了阿赫玛托娃悼念帕斯捷尔纳克的诗句"他化为赋予生命的庄稼之穗,／或是他歌唱过的第一阵细雨……"但最终,我还是想起了歌德的那首《流浪者之夜歌》:"一切的峰顶／沉静,／一切的树尖／全不见／丝儿风影。／小鸟们在林间无声。／等着罢:俄顷／你也要安静。"(梁宗岱译)

奥登生前一直想重新编译一本歌德的英译诗选,他也曾数次和朋友谈过歌德这首诗的翻译问题,认为要把它从德语完美地译成另一种语言几乎不可能。但是我想,在这遥远的德语的山坡下,这个讲英语的"流浪者"也得到了最终的安宁。

"来自写作的边境"

——希尼与我们时代的写作

谢默斯·希尼(1939—2013),生于北爱尔兰一个农民和天主教徒家庭,上大学时开始写诗,1966年出版诗集《自然主义者之死》,一举成名。希尼的诗从个人经验入手,进而追溯家族乃至民族的神话和历史,在创作中把源于乡土的生命活力、英语文学传统的精湛技艺结合起来,用词精确,叙述超然,极富创造和发现。希尼于1995年获诺贝尔文学奖,被公认为继叶芝之后又一位爱尔兰大诗人。

最早读到希尼的诗,是通过袁可嘉的翻译,早在希尼获诺奖前,袁先生就敏锐地发现了这位"继叶芝之后最好的爱尔兰诗人"。袁先生发表于《世界文学》1986年第1期的希尼诗五首(包括《挖掘》《个人的诗泉》等),首次将希尼译介到中国。袁先生在介绍中特意提到希尼诗中"具体的动作和真实的细节",而在他出色的翻译中,也往往是动作、声音、气味同时到来,有一种"出土文物般的确凿感"。说实话,首次读《挖掘》,我对诗最后以笔来"挖掘"的隐喻并不觉得怎么新鲜,但是诗中所充斥的"白薯地的冷气,潮湿泥炭地的/咯吱声、咕咕声,铁铲切进活薯根的短促声响",读了之后却在我的头脑中久久回荡……

从此,中国诗人注意到这位更具有现实感、更让他们感到亲近的爱尔兰诗人。在90年代初,我在一本英文诗论集中发现希尼的重要诗论"Feelings into Words"("进入文字的感情"),十分兴奋,便复印下来联系译者翻译(这篇诗论后来收在我们编选的《20世纪外国重要诗人如是说》中)。1995年希尼获得诺奖后,我们很快读到更多的译介,其中诗人张枣所译的《来自写作的边境》引起了我特别的注意。该诗前半部分写诗人通过一个冲突地区边境检查站的情景:

> 笼罩在那片空间的是紧张和警觉
> 当小车停在路当中,军人们检查
> 车型和车号;有人弯下腰
>
> 朝向你的窗口;你看见更多人
> 在小山丘那边,支撑着枪
> 目不转睛地注视,暗中使你不敢动弹

就我个人而言,我曾一次次经历过申办签证及过境时的紧张,因此这首诗一开始就抓住了我。然而,如果仅仅到此为止,这首诗也就可有可无了。作为一个杰出的诗人,希尼的"挖掘"

当然不会停留在这个经验层面。外部边卡的暴力威胁只是作为一种现实压力而出现,诗人想要达到的,是对自身写作处境的揭示和认识。正是这种转化,使这首诗一下子变得不同寻常起来:

> 添了几分空虚,几分疲惫
> 似乎总是因为那来自体内的颤栗
> 被迫屈服,是呀,被迫俯首听命
>
> 于是你驱车驶向写作的边境
> 那儿再发生一次。枪支在三脚架上
> 那位中士用一开一关的步话机复述
>
> 有关你的材料,等着那鸦聒般的
> 核对和证实;那射击手瞄准你
> 从太阳的角度像一只老鹰
>
> 突然你可以通行了,被提审又被释放
> 似乎你是穿过了一道瀑布
> 回到沥青路的黑色波浪之上

本来是带着逃避性质地驶向一个边境,但到了那里却遇上了真正的难关。当外部边卡所发生的一切"再发生一次",也就是说当恐惧已渗透到一个诗人的肉体和写作意识中来,他需要克服的,就更为不可言说。

而这种"被提审又被释放",这种对一个诗人的内在拷问,在希尼那里一再发生。我们再来看他的《1969年夏天》。这首诗写于诗人在西班牙度假期间。就在这期间,传来了北爱尔兰天主教徒反叛骚乱的事件报道以及随后遭到英方镇压的消息。这场令人震惊的暴力冲突,把诗人一下子置于一个揪心的历史时刻。因而,诗一开始就写到诗人自己强烈的焦虑和关注,在电视屏幕上的开火声中,他只是"在马德里暴毒的太阳下受苦":

> 每天下午,在蒸锅般酷热的
> 寓所里,当我冒着大汗翻阅
> 《乔伊斯传》,鱼市的腥气
> 升起,如亚麻坑的恶臭。
> 而在夜间的阳台上,当酒色微红,
> 可以感到孩子们缩在他们黑暗的角落里,
> 披黑巾的老妇侧身于打开的窗户,
> 空气在西班牙语里,像在峡谷中迂回涌动。
> 我们谈论着回家,而在星垂平野的
> 尽头,民防队的漆皮制服闪烁
> 如亚麻弄污的水中的鱼腹。
>
> "回去",一个声音说,"试试去接触人民。"
> 另一个从山中招来洛尔迦的魂灵。
> 我们一直坐着看电视上的死亡数目
> 和斗牛报道,明星们出现

来自那真实的事件仍在发生的地方。

我退回到普拉多美术馆的阴凉里。
戈雅的《五月三日的枪杀》
占据了一面墙——这些扬起的手臂
和反叛者的痉挛,这些戴头盔
背背包的军队,这种
连续扫射的命中率。而在隔壁的展厅
他的噩梦,移接到宫墙上——
黑暗的旋流,聚合、崩散;农神
以他自己的孩子的血来装饰,
巨大的混乱把他怪兽的臀部
转向世界。还有,那决斗
两个狂怒者为了名誉各自用棒
把对方往死里打,陷入泥沼,下沉。

他用拳头和肘部来画,挥舞
他心中的染色披风,一如历史所要求。

　　诗一开始就指向诗人的国家正在发生的暴力冲突,正是在这种心境下,他在度假地也感受到一种无处不在的压抑——从山中招来被谋杀的诗人洛尔迦的魂灵,正是为了显示这种暴力的历史。

　　主题在深化,"我们一直坐着看电视上的死亡数目/和斗牛报道",把令世界震惊的政治暴力和斗牛表演并置在一起,可谓一种诗的"发明",也只有这样才能构成一部"现代启示录":在当今世界,暴力和死亡居然已成为一种"消费"了!的确,人们渴望被"刺激",否则就忍受不了活着的平庸。什么最刺激呢?死亡、暴力、英雄的出场。然而,有谁来思考和承担人类为这一切所付出的代价呢?

这些是对该诗主题第一个层面的解读。如果这场暴力冲突仅仅使诗人关注时局,而不促使他思索自身的责任和角色的话,希尼也就不是希尼。必然地,他会把对世界的关注与一种内在的审视联系在一起,诗一开始的"马德里暴毒的太阳下",就喻示着一种自我拷问。具体讲,他不仅要试图揭示一个暴力世界的逻辑,还必须回答在这种时刻历史对一个诗人的要求,"'回去',一个声音说,'试试去接触人民。'"这声音多么正当!尤其在这样的时刻,它几乎就是某种道德律令。艺术难道不是为了人民吗?诗人难道不应该忠实于整个民族吗?

然而,希尼在"烈日"的拷打下做出的选择却是:"我退回到普拉多美术馆的阴凉里。"诗人在这里使用了"retreat"一词,它含有后退、撤退之意。与萨特所曾倡导的"介入"相比,这是否就是一种逃避呢?情形正相反,我们看到的是,只有来到这种艺术的"阴凉"里,才能和"火热的现实"拉开一种距离,才能看清这个疯狂的、非理性的世界,才能唤起一种超越的心智。"普拉多美术馆的阴凉",这是一种酷夏中的肉体感受,但显然,也是一种耐人寻味的隐喻。

的确,这不是逃避,而是为了从一个更可靠的角度看世界。那么,希尼在此看到了什么呢?也许,这恰好出自天意,他看到的是戈雅后期的名作《五月三日的枪杀》!这里出现了某种耐人寻味的戏剧性,或历史的纵深感。1808年,拿破仑的军队占领西班牙,作为这一残暴、屈辱的历史事件的见证人,戈雅直接以西班牙起义者遭受法军枪杀为题材创作了这幅大型油画。戈雅奋笔作证的血的历史,与希尼祖国正在发生的一切有着惊人的相似之处。因此,希尼会本能地注意到戈雅——不仅是戈雅所描绘的历史,更是那个世界里的狂暴艺术灵魂本身,至此,他所关注的一切已集中到这个焦点上。如诗中所描述,由于血腥的历史,这位西班牙风情的描绘者一变而为噩梦中的挣扎者了,他不仅要通过艺术去传达那种被"连续扫射"的恐怖感,其噩梦还"移接"到任何别的对象上:一种绝望和暴力,一种可怕的能量从他的艺术中被释放出来了。

希尼曾在《诗歌的纠正》(黄灿然译)中引用诗人史蒂文斯的话:诗的可贵在于它"是一种内在的暴力,为我们防御外在的暴力"。希尼让我们一起来思索的是,当"巨大的混乱把他怪兽的臀部转向世界",当戈雅对之赤膊上阵之时,他自己是否恰恰已被一个暴力的巨灵所攫住?"他用拳头和肘部来画",因为那"扬起的手臂"在呼喊着复仇——历史中最可怕的是什么?不正是复仇,不正是这种血债的循环吗?而戈雅听从了血的呼唤,他"挥舞着心中染色的披风",不仅作为艺术家,也作为一位斗牛士出场了!

"用拳头和肘部来画",大概也就是"用生命和鲜血来写诗"吧,而这是否就是希尼所赞同的呢?没有结论。其实,我们已可以通过该诗体察到诗人隐蔽的态度。他理解那复仇的呐喊,但却不能接受盲目的仇恨;他知道一个艺术家的责任,但对"历史的要求"却持一种辨析的态度,无论这要求以什么神圣的名义提出来,而这,与那些指责正相反(希尼的确受到过同胞们的指责),我认为恰好体现了作为一个诗人的良知。诗人作为民族的良知,恰在于他能够超越一个时代或民族的集体狂热。他的民族意识,乃是一种批判性的自我意识。在一个充满各式各样的"煽情"的世界,在一个民族和信仰冲突日炽、非宗教狂热往往以宗教面目出现的今天,一个诗人应是种族的良知而非煽动者——希尼的高度清醒与不妥协精神都体现在这里。

这一切,用希尼自己的话来说,一个诗人必须"尝试一种在观照环境之时又超越其环境的写作方式",由此"生发出我一直所称道的'诗歌的纠正'的力量"[1]。而这种"诗歌的纠正",不能不是一个艰难复杂的过程。一方面,他一直坚持着诗歌艺术的内在规定性;另一方面,他所面对的生存与文化困境,又使他不可能把诗歌限定在纯粹审美的范围内。因此,他会视1969年北爱尔兰的暴力冲突以及英军进入这个历史事件为自己创作生涯的一个分水岭,他曾这样坦言:"从那一刻开始,诗歌的问题

---

[1] 谢穆斯·希尼:《欢乐或黑夜:W.B.叶芝与菲利浦·拉金诗歌的最终之物》(姜涛译),《希尼诗文集》,作家出版社2001年版。

开始从仅仅为了达到满意的语言指谓变成转而探索适合于我们的困境的意象和象征……"①

显然,这种折磨着一个爱尔兰诗人的问题也正是当今世界上很多诗人所面对的处境。美国著名诗歌评论家海伦·文德勒就曾这样说,希尼诗学的意义就在于"他一直以具体和普遍的方式提出在人类痛苦的框架内写作的角色的问题"。

而这,就是为什么会有那么多中国诗人对希尼的诗学深深认同的原因:他的诗歌是通过一种复杂的"诗歌的纠正"得出的结果,他的艺术是一种能够与时代发生切实摩擦的艺术,同样,他的自由是在各种压力下艰难获得的自由。

对希尼诗歌和文论的翻译,诗人黄灿然是很有贡献的一位。在希尼获诺奖后他就在《世界文学》"希尼特辑"里发表了 19 首译作。他的翻译和一般学者的译介也不一样,他总是着眼于中国诗歌自身的艺术诉求,在《希尼的创作》中他指出:"希尼的诗具有一种惊人的锤炼,我指的绝不是'简单'或'纯朴',相反,是一种同样惊人的语言的复杂性。"而他之所以投入对希尼诗歌的翻译,正是为了"那股把汉语逼出火花的陌生力量"。

黄灿然的贡献还在于对希尼诗论的翻译,他翻译了《舌头的管辖》《诗歌的纠正》等重要诗论。这些富有洞见和启示性的诗学论述,都深刻介入了 90 年代以来中国诗歌的诗学进程。其

---

① 转引自海伦·文德勒《在见证的迫切性与愉悦的迫切性之间徘徊》(黄灿然译),《世界文学》1996 年第 2 期。

中"诗歌的纠正""见证与愉悦"等说法也在当代中国诗人中一再引起反响。

的确,希尼之所以让我们关注,不仅在于他独辟蹊径的叙述性诗风和精湛的技艺,还在于他的诗学是一种深入困境的诗学,同时又是一种富有张力的诗学——这正如他自己的诗所提示的:"挑两个水桶比挑一个容易。/我成长在两者之间。"一方面,他一直坚持着诗歌艺术的内在规定性;另一方面,他在他的爱尔兰一次次听到的爆炸声和"绝对、凄凉"的枪声,又使他不能释怀。他知道诗歌要超越历史,也许唯一之途是"彻底穿过它,从它的另一头出来"。我想正是这种自我意识和要求,使他与那些仅仅把诗歌作为一种"不及物写作"或空泛地谈论"语言本体""最高虚构"的诗人区别了开来。像《1969年夏天》这首诗,历史要求与现实感受一直作为递增的压力作用于他的自我意识,外部世界的动荡也在加剧着语言内部的冲突,因此,诗人在诗中最终所确立的事物,具有了真实可靠性,其语言、其复杂的诗学意识都带有一种彻底"穿过"历史时才具有的擦痕。

正是以这种艰辛的努力,希尼避免了那种在艺术创作中常见到的"美学的空洞",从而使语言重新获得一种真实的力量。或者说,与那些廉价的、在当今时代其实已失去了艺术难度的所谓"纯诗"写作相比,一种希尼式的写作更能体现出现代诗歌所能达到的成熟,而这种成熟不是温室中的成熟,恰是一种如希尼自己在《山楂灯笼》一诗中所说的被"点戳"得"出血"、"被啄食过的成熟"。

下面,我们就来看希尼的这首诗《山楂灯笼》(吴德安译):

冬山楂在季节之外燃烧,
带刺的酸果,一团为小人物亮着的小小的光,
除了希望它们保持自尊的灯芯
不致死灭外一无所求,
不要用明亮的光使他们盲目。

但当你的呼吸在霜中凝成雾气,
它有时化形为提着灯笼的狄欧根尼斯
漫游,寻找那唯一真诚的人;
结果你在山楂树后被他反复观察
他拿着灯笼的细枝一直举到齐眉,
你却在它浑然一体的木髓和果核面前退缩。
你希望用它的刺扎血能检验和澄清自己;
而它用可啄食的成熟审视了你,然后它继续前行。

诗一开始就富有想象力,因为冬山楂的"小",又生长在乡村山野,所以说它们是为"小人物"点起的灯笼。这其实也是不喜欢任何高调的诗人对自己的一种自我限定。它们"在季节之外"燃烧,"除了希望它们保持自尊的灯芯/不致死灭外一无所求,/不要用明亮的光使他们盲目",诗句朴实而感人。诗人使他的道德感和人性的缓缓燃烧保持在一个"最低限度"上,或者说保持在一种"常识水平"上,它有别于那种宗教狂热和意识形

态高调，但也正是这种为"小人物"点起的灯笼，使我们有可能在这个狂热的时代保持清醒和自尊。

接下来，诗人置身于冬日的雾霭中，在一种源自内在"呼吸"的作用下，冬山楂竟化形为提着灯笼的狄欧根尼斯！狄欧根尼斯，古希腊著名哲人，传说他在大白天打着灯笼寻找真诚的人。这是一种出现幻象的时刻，不过幻象的出现却源自诗人的自我省视。在眼前所见与幻象浑然难分的情景中，在提着山楂灯笼的"狄欧根尼斯"的打量下，一种更内在的道德挣扎和申辩在这里出现了！

这里的"狄欧根尼斯"，无非是人类的古老良知的化身。

正如奥登的一句写叶芝的诗："疯狂的爱尔兰驱策你进入诗歌"，希尼的很多诗也都基于充满了剧烈冲突的爱尔兰现实带给他的挑战和道德困境，这里他借助于对冬山楂的凝视，再次触及这个主题。而在写法上，在对平凡事物的发掘中，完成一种神话的重构，这就是这位诗人带给我们的艺术启示。

从此这盏不灭的灯笼也举到了中国诗人的面前，它使我想到了一种如茨维塔耶娃所说的"良心烛照下的艺术"。它使诗歌这棵山楂树即使在泥泞的冬天里也一直在不息地燃烧。

让人震惊的是，希尼因病于 2013 年 8 月 29 日突然逝世。我是在美国爱荷华国际作家工作坊闻知这一消息的，早上起来，爱尔兰年轻诗人 Martin Dyar 见到我后便紧紧抓住我的手，他那种感觉，真如同突然失去了父亲一样！希尼的逝世，引起了世界性的悼念。那年 11 月 11 日晚，我还在纽约库珀中心参加了由美国诗人学院、爱尔兰艺术中心等单位举办的纪念希尼的大型朗诵会,二十位美国、爱尔兰诗人上台朗诵希尼的诗作,其间伴以爱尔兰古老的风笛声,向这位伟大的爱尔兰诗人致敬。这是我去美近三个月中最难忘的经历之一。坐在黑压压的上千听众之中,听着台上的朗诵,许多朗诵都给我留下了很深的印象,尤其是诗人 Jonathan Galassi 朗诵的"The Forge"。正好朗诵会的节目单上就印有这首诗,我边听边对着看。当晚回到宾馆后,我就忍不住试着把它译了出来:

铁匠铺

所有我知道的是一道通往黑暗之门。
外面,旧车轴和铁箍已经生锈;
里面,大锤在铁砧上急促抡打,
那不可预料的扇形火花
或一个新马蹄铁在水中变硬时的嘶嘶声。
铁砧一定在屋子中央的某处,
挺立如独角兽,下端则方方正正,
不可移动地坐落在那里:一个祭坛
在那里他为形状和音乐耗尽自己。
有时,围着皮围裙,鼻孔长满毛,
他探出身来靠在门框上,回忆着马蹄的
奔腾声,在那闪耀的队列里;
然后咕哝着进去,以重锤和轻锻

>他要打出真铁,让风箱发出吼声。

多么好的一首诗!它写的是"铁匠铺",但那也正是一个诗人在"良心烛照下"从事诗的锻造的生动写照,因而铁砧会成为"祭坛",甚至"挺立如独角兽"!诗人想象着"那不可预料的扇形火花"或"一个新马蹄铁在水中变硬时的嘶嘶声",然后"咕哝着进去"(这个"咕哝"也极富表现力,犹如音乐中的低声部,与内在的坚定形成一种张力)。最后两句就不用说了,"他要打出真铁,让风箱发出吼声",真有一种万马奔腾之力!

《铁匠铺》收在1969年出版的诗集《进入黑暗之门》中。它使我不由得想起希尼《进入文字的感情》的结尾中那句经常被人引用的话:"锻造一首诗是一回事,锻造一个种族的尚未诞生的良心,如斯蒂芬·狄达勒斯所说,又是相当不同的另一回事;而把骇人的压力与责任放在任何敢于冒险充当诗人者的身上。"

对这段话,希尼后来在访谈中表示他援引的是乔伊斯《青年艺术家的肖像》中主人公斯蒂芬的话:"我在灵魂的铁匠铺锻造那未创造出来的种族良心。"

这就是一个诗人的责任感!它不能不让人起敬。只不过这不是空话或大话,这要体现为一种艰苦卓绝的语言劳作,黄灿然在《希尼的创作》中也指出了这一点:"一个真正的诗人的任务并非表达感情,甚至不是处理感情的复杂性,而是处理语言的复杂性。这是一种技艺,如何把这一技艺磨炼得炉火纯青或鬼斧神工,便成为一个诗人终生不懈地努力和探险的目标。"

而我们的创作和翻译,就是要应和这样的"重锤和轻锻",就是为了"要打出真铁,让风箱发出吼声"。

她那"黄金般无与伦比的天赋"

——我心目中的茨维塔耶娃

> 多少次,在教室的桌椅间:
> 什么样的山岭在那里?什么样的河流?……
> ——玛丽娜·茨维塔耶娃《新年问候》

翻译和出版一本茨维塔耶娃诗选是我本人从未想到过的。但对我来说,这又出自必然。多少年来,茨维塔耶娃、曼德尔斯塔姆、阿赫玛托娃、帕斯捷尔纳克这几位俄苏诗人一直伴随着我。在我的生活和写作中,他们一直是某种重要的在场。有时我甚至感到,他们是为我而活着的——当然,反过来说也许更为恰当。

尤其是茨维塔耶娃,我曾在文章中回顾过二十年前在泰晤士河桥头的路灯下偶尔读到她的《约会》一诗英译本时的情景,从它的那个使我骤然一哆嗦的开头"我将迟到,为我们已约好的相会;/当我到达,我的头发将会变灰……"到中间的"活着,像泥土一样持续",到最后的那个甚至令我有点不敢往下看的结尾:"在天空之上是我的葬礼!"——我读着,我经受着读诗多年还从未经受过的战栗……

从此我也只能带着这样的"创伤"生活。正是在伦敦,我试着译出了《约会》,也正是那"第一眼",注定了这是一个要用我的一生来读的诗人。这里的"读",其最好、最私密的方式就是"译"。因此,几年前,当我收到一位朋友从美国给我带回的一本《黑暗的接骨木树枝》,我又开始了翻译。伊利亚·卡明斯基和吉恩·瓦伦汀的这个译本,虽然只收有16首译作,但却很优秀,刷新了我对茨维塔耶娃的认知。然后是更多英译本的到来。我不懂俄文,只能读英译。但是在我看来,像茨维塔耶娃、曼德尔斯塔姆这样的诗人,完全可以通过英译来"转译"。即使直接从俄译,也最好能参照一下英译。在英文世界有许多优秀的俄罗斯诗歌译者,他们不仅更"贴近"原文(他们本身往往就是诗人,或是俄语移民诗人),对原文有着较精确、透彻的理解,而且他们创造性的翻译、他们对原文独特的处理和在英文中的替代方案,都值得我们借鉴。

总之,我感谢这种经历,它使我更充分地进入一个诗人的世界中。我不仅真切地感受到其脉搏的跳动,更清晰地听到诗人的声音,更使我激动的是,随着这种翻译,一个令人惊异的茨维塔耶娃渐渐展现在面前。她不仅仅是那个"诗歌青春"的象征了,其生命的激情和勇气、心智的深奥和伟大、语言的天赋以及驾驭各种形式的能力,还有其全部创作所达到的深度和高度,都超出了我们的想象。

在一封给里尔克的信中茨维塔耶娃这样写道:"俄耳甫斯

冲破了国籍,或者说远远延伸和扩展了它的边界,把所有以往的和活着的诗人都包括了进来。"她自己就是这样一位诗人。费恩斯坦在英译序中谈到一些英美女诗人"尤其被她情感的激烈和表达的残酷所打动",这些比较容易想象。但是还有一些更强烈的冲击和启示,却往往是难以形容的。布罗茨基就曾这样谈道:"在阅读《树木》中的一首的时候,我被完全震撼了。诗中茨维塔耶娃这样写道:'朋友们!兄弟般的一群!你,你们的摩挲已扫过/大地受凌辱的痕迹/森林!我的极乐世界!'这是什么?她真的是在讨论树木吗?"①

对于茨维塔耶娃的生平,我想许多中国读者已有所了解:1892年生于莫斯科一个知识分子艺术家家庭,从小学弹钢琴,从少年起就写诗,第一本诗集《黄昏纪念册》(1910)所崭露的天赋,很快引起人们注意。十月革命后内战爆发,丈夫谢尔盖·埃伏隆加入了白军,这决定了诗人在后来的命运,1922年5月她得知丈夫还活在国外,遂带着孩子前往,先是在柏林短期逗留,后来生活在布拉格,1925年11月移居巴黎,1939年抱着一线希望回国,但两年后,1941年8月31日——夏天的最后一天——即自杀于俄罗斯中部的一个小城。

纵然一生不幸,但茨维塔耶娃从未放弃写诗,其心灵力量和诗歌天才的持续迸发都让人不能不惊异。"文学是靠激情、力

---

① 本文中布罗茨基的谈话,均译自 Solomon Volkov: *Conversations with Joseph Brodsky*, The Free Press, 1998。

量、活力和偏爱来推动的"。她的诗如此,她的生命也如此。怎样来向读者介绍这样一位充满激情、创作数量巨大的诗人,这首先就是一个难题。据我了解,她的诗歌在英语世界至今仍无全译本(阿赫玛托娃的则有)。但困难还不仅在这里。科斯曼希望她的英译"至少能够带来一些活生生的血肉,一些火焰"。这是一个诗人译者可以做到的。困难就在于把握其抒情音质并使一本诗选从头到尾都能确保其"声音的真实性"。布罗茨基最看重的就是这一点,他在访谈中说:"茨维塔耶娃的确是俄罗斯最真诚的诗人,但是这种真诚,首先,是声音的真实性,就像人们因疼痛而发出叫声。这种疼痛是个人化的,然而这声尖叫却与任何一个个体之间都存在距离。"

而我的目标,除了尽力把握其"声音的真实性"和清晰度,在中文世界已有众多译文并已形成某种"接受印象"的背景下,我首先要做的就是"翻新"。我尽量去译一些从未译成中文的作品,如这部选集中的绝大部分长诗和一些抒情诗,均属首译。当然,这种翻新更在于语言上的刷新和某种程度上的陌生化。有心的读者完全可以通过不同译本的对照感到这一点。这种刷新,在我看来,其实还往往是一种"恢复",即排除一切陈词滥调,恢复帕斯捷尔纳克在称赞茨维塔耶娃时多次谈到的语言的"纯洁性"。

对我来说,翻译还是一种"塑造"。我们知道茨维塔耶娃本人也是译者,她就认为要与那些"千人一面"的翻译进行斗争,要找到那"独特的一张面孔"。而什么是她身上最独特、闪光的

她那"黄金般无与伦比的天赋"

东西呢？人们在译介和解读俄罗斯文学和诗歌时似乎已习惯于去渲染苦难，的确，那是俄罗斯真实的历史，茨维塔耶娃的一生也很艰难不幸，但是她却没有那些人们给她添加上去的伤感、矫情和滥情，因为这与她心灵的禀赋和骄傲不符。费恩斯坦就认为茨维塔耶娃"是最不自我的诗人，尽管她如此多伟大的诗生发于她的痛苦，她维护着对她来讲是诗的本质要求的东西"。完全是这样。请看她早期一首抒情诗中的一节：

> 我记起了第一天，那孩子气的美，
> 衰弱无力的柔情，一只燕子神性的抛洒。
> 手的无意，心的无意
> 像飞石——像鹰——撞入我胸膛。

有诗人在网上读到这首诗后留言："令人颤抖的美。"不仅有"令人颤抖的美"，在我看来还是"一只燕子神性的抛洒"！是一个诗人与这个世界"初恋的初恋"（帕斯捷尔纳克语），而我作为译者的任务，就是尽力去接住这种"神性的抛洒"！

至于苦难，对于茨维塔耶娃这样的诗人，生命本来就是受难（"他们标戳我们——以同样的烙铁！"《致天才》），她从一开始就知道她的"天职"所在。她就像她写给她丈夫埃伏隆那首诗的著名结尾一样，即使在走向"断头台"时也会吟咏诗句。只不过这个"断头台"已远远超出了或高过了现实政治的范围。对此，布罗茨基就曾这样提示："茨维塔耶娃并不（是那种通常的）叛逆。茨维塔耶娃是'天上的真理的声音／与俗世的真理相对'

这句话的基本注脚。"

茨维塔耶娃的一生就处在这两种声音、两种真理、两种力量之间，并由此产生了她的冲动，她的决绝、偏执和惊人的力量（"你的旗帜不是我的！""我们处在两个行星上！"《你的旗帜不是我的》），也产生了她的自我要求和牺牲。因而费恩斯坦谈到的一点，也恰是我本人想要说的："令我最受震动的，用帕斯捷尔纳克的话来说，是她那决心要实践'黄金般无与伦比的天赋'的要求，而她在这样做的同时还肩负着一个女人所有的责任……"

> 躺在我的死床上，我将不说：我曾是。
> 无人可责怪，我也不会感到悲哀。
> 生命有更伟大的眷顾已够了，比起那些
> 爱的功勋和疯狂的激情。
>
> 但是你——我的青春，翅翼将迎着
> 这只箱柜拍打，——灵感的起因——
> 我要求这个，我命令你：去成为！
> 而我将顺从并保持耐心。

这是诗人早期最让我感动的诗之一。正因为这种至高无上的"去成为"，使茨维塔耶娃成为茨维塔耶娃，使她能够生活在"更伟大的眷顾"下并由此对抗尘世生活和时间本身。而在翻译时，我的重心就是要让人在死亡的围困中，能清晰地听到那种拍翅声和搏击声，能"目击"到那种迎着箱柜展翅的姿态。那是诗人最内在的生命,我要让她在汉语中显形……

的确,我所面对的,首先就是这样一个诗歌圣徒,纵然她也有着她的至深柔情(她的许多爱情诗是那么哀婉动人),纵然在她那里也一直存在着肉体与灵魂的剧烈冲突。她还在很年轻时就写出"死床不再可怕,/爱床不再甜蜜"(《黑色的天穹铭刻着一些字词》),真是让我有点惊异,而这首诗接下来的部分更为动人:"而汗水来自写作——来自耕耘!/我们知道另一种炽热:/轻盈的火围绕着卷发舞蹈——/灵感的微风!"

"我们知道另一种炽热"!茨维塔耶娃1921年创作的长诗《在一匹红色骏马上》,为一篇生命和美学的宣言,它把诗人早年的追求和对诗歌的激情推向极致:

没有缪斯,没有缪斯

歌唱过我破旧的

摇篮,或用手拉起过我。

没有缪斯用她的手温暖过我冰凉的手,

或是冷却过我燃烧的眼睑……

没有缪斯,但在这首具有童话和传奇色彩的长诗中,却有着一匹闪电般的红色骏马驶过。对于这首长诗献给谁,一直有不同说法,但现在人们倾向于认为是献给阿赫玛托娃的,序诗中的"没有缪斯,没有黑色发辫,没有念珠"明显暗示了这一点,因为这几样东西几乎就是阿赫玛托娃的象征。的确,这首诗本身就是一个女诗人对另一个女诗人的挑战。有别于阿赫玛托娃哀婉的、有耐心的女性的缪斯,茨维塔耶娃的缪斯是一个更勇猛、更有力量的男性化的缪斯,因为他,该诗中的女主人公由小女孩变为女武士,变为一个跨上战马、"被我的天才"劫持而去的歌唱着的诗人。

这首长诗在诗人早期创作中有着特殊意义。不过,比起"红色骏马"这类浪漫想象,我本人更喜欢"书桌"这样一个意象。在我看来,它更能显现一个诗人的真实命运。茨维塔耶娃在流亡巴黎期间写下的《书桌》组诗,堪称一组伟大诗篇,有着真实感人的力量。"书桌",诗人一生的陪伴,既是她的"伤疤"又是她的"守护"("你沉着的橡木重量/压过了吼叫的狮子,怨恨的/大象……"),是负重累累的骡马,又是把她自己从梦游中召回的巫师;是光的柱石,荒凉的宝座;是承载者,但也是更强有力的捕获者和裁判者:"你甚至用我的血来检验/所有我用墨水写下的/诗行……"

显然,这张"书桌"就是诗人一生所侍奉的诗歌本身和语言本身。正如我们看到的,无论一生怎样不幸,茨维塔耶娃都忠诚于她的"书桌",因为这也就是她与她的上帝的契约,任何力量都不能打破。她在日记中甚至这样写道:"我可以吃——以一双脏手,可以睡——以一双脏手,但是以脏手来写作,我不能。"

这真是令人震动!一个诗人心灵的圣洁和力量由此而生。

如果茨维塔耶娃并不漫长的一生创作也可以分期的话,1922年5月的离国应是一个标志。而她的后期即流亡时期,又以1922—1927年(布拉格—巴黎等地)为最富有诗歌创造力的阶段,这一阶段不仅数量多,种类多(抒情诗、长诗、组诗和诗剧),而且达到了她一生的艺术顶峰。

比起冷漠的巴黎,布拉格无疑是诗人的第二故乡,虽然她在那里只生活了三年多(1922年8月—1925年11月)。即使移居法国后,她也念念不忘,"她感觉到她最快乐的时光是在布拉格,尽管遭到失败的爱情。在那里她感到整个城市弥漫在一种强烈的痛苦与生机里"。这也正是她在那时频频写作长诗和组诗的原因。《电线》为在捷克期间写给帕斯捷尔纳克的一组诗:

歌唱的电线从一极

到另一极,支撑起天堂,

我发送给你一份

我在此世的尘灰……

茨维塔耶娃与帕斯捷尔纳克,那是精神之恋,或是一种现代版的俄耳甫斯与欧律狄克神话。而《山之诗》(1924)和《终结之诗》(1924),则和与康斯坦丁·罗泽耶维奇的充满激情和折磨的失败爱情直接相关,虽然它们远远超越了个人自传,如布罗茨基所说"它们讨论的是普遍意义上的破碎"。这两部长诗完成后她在给帕斯捷尔纳克的信中说:"《山之诗》要早一点,那是一个男性的侧面……从一开始就是燃烧,一开始便进入最高的音调,而《终结之诗》是女性痛苦的爆发,涌流的泪水。我躺下的地方不是我起来的地方。《山之诗》是从另一座山上所看见的山。《终结之诗》是一座压在我身上的山。我在它下面。"

我曾访问过布拉格,并乘车穿过捷克前往波兰,路上我一直在看那些蒙雪的山岭。但茨维塔耶娃的《山之诗》仍远远超出了我的想象。如按诗人的自述,长诗中的山和一场痛苦的爱有关,但它们的力量、姿态和意味都超出了任何限定。山,远离世俗,高于世俗,本来就是一种召唤,一种神话般的更伟大的存在,以下为《山之诗》的序诗:

  一个肩膀:从我的肩上
  卸下这座山!我的心升起。
  现在让我歌唱痛苦——
  歌唱我自己的山。

任何人读了都不能不为之震动,"那山就像是一声雷霆!／巨鼓胸膛被提坦擂响",有谁这样描绘过山、歌唱过山吗?所以,当布罗茨基被问到何时第一次接触茨维塔耶娃的作品时,他举出的正是这首诗:"我不记得是谁拿给我看的了,但是当我读到《山之诗》的时候,觉得咔嚓一声,万物顿然不一样了。之前我读过的任何俄语作品都未曾给过我这样的感受。"

"咔嚓一声,万物顿然不一样了",大自然的山变成了一个生命呈现、巨灵往来的世界(这就像树木因诗人的到来变成了"兄弟般的一群!")。这里也透出了诗人的一个创作奥秘:"重复那些已经存在的东西毫无意义。描写你站在上面的一座桥,你自己就成为那座桥,或者让桥成为你——二者统一或合二为一。永远要——意在言外。"①在《山之诗》中,我们看到的正是山与诗人的相互征服、相互捕获和拥有。

"喀嚓一声"也提示着茨维塔耶娃诗歌特有的力量,就像冰斧砍下,天灵盖被掀开。茨维塔耶娃崇尚的就是这种重量和语言的劈砍。她曾谈过抒情诗就是一场劫难。的确,从这样的"山之诗"中出来,我们不能不遍体鳞伤。

当然,《山之诗》之所以是一部伟大作品,不仅在于其"生猛",还在于其深度、强度和高度。"痛苦一直从山里发源。／山——俯瞰着人寰",诗人巧妙地运用俄文中"山"("ropa")与"苦难"("rope")的谐音,赋予她的燃烧以真实性。"而他们说凭着深渊的／吸力,你才可以测量高度。"她对山的赞颂,也就是她对宇宙更高法则的屈从。在这场剧烈奔突的"造山运动"中,我们始终感到的是那燃烧的痛苦的内核,而在痛苦达到它的"最高音"时——"仿佛在它的手掌上天堂被赐予,／(如果它太灼热,别去碰!)"

这是一次令人惊异的爆发,也是一次巨大的提升,艺术表现获得了它神话般的力量。茨维塔耶娃的"山"从此永远屹立在那里了。因而在后来的《新年问候》中,诗人会说"我以塔特拉山来判断天堂"(塔特拉山,横贯捷克边境的山脉)。她完全拥有了这种权力。

---

① 转引自安娜·萨基扬茨《玛丽娜·茨维塔耶娃:生活与创作》(谷羽译),广西师范大学出版社 2011 年版。

布拉格时期为茨维塔耶娃的一个重要的创作爆发期,除了这两部长诗,诗人还创作有一部叙事性讽刺长诗《捕鼠者》,它在俄国和西方已被公认为杰作;《诗人》《窃取过去》等抒情诗也同样令人惊异,它们不仅显示了诗人的艺术进展,也在很大程度上超越了俄语抒情诗的传统,指向了"存在之思"。

诗人

现在我怎么办,一个瞎子和无父的人?
任何别的人都可以看,都有一个父亲。
这个充满沟壑的世界已容不下激情
好像它能带来灭顶之灾
而哭泣——被称为多余。

现在我怎么办,一个天生从事
歌唱的生灵(像晒焦的电线!西伯里亚!)
当我走过我的魔法桥
我那一瞥,在一个称重和度量的世界上
又有什么份量?

现在我怎么办,歌手和头生子
在一个深黑的世界里——变灰?
把我的灵感保持在——一个暖水瓶里?
因为它太浩瀚了

在这个已被死死限定的世界上？

哀婉动人，而又耐人寻味，以至于那括号内的"像晒焦的电线！西伯里亚！"也好像是心灵的密码。

不过，更让我本人叹服的，是诗人移居法国后头一两年内相继完成的长诗《房间的尝试》《新年问候》《空气之诗》，从多方面看，它们堪称姊妹篇或是"三部曲"，尤其是《新年问候》，把茨维塔耶娃一生的创作都推向了一个顶峰。布罗茨基称这首挽歌"在许多层面上都堪称是里程碑式的作品，不仅对她个人的创作如此，对整个俄罗斯诗歌而言也是如此"①。

1926年对茨维塔耶娃来说是极不寻常的年份。这一年春，经帕斯捷尔纳克介绍，茨维塔耶娃开始与里尔克通信。"三人通信"已成为现代诗歌史的一个精神事件，它对三位诗人都是一种激发，尤其是对茨维塔耶娃，如我们看到的，她才思奔涌，光彩熠熠，在许多方面甚至盖过了其他两位。

1926年夏在法国海滨完成的《房间的尝试》，正写于"三人通信"期间。关于该诗，茨维塔耶娃在给帕斯捷尔纳克的信中说："这首诗关于你和我……它写出后，作为一首诗也关于他（里尔克）和我，每一行都如此。……但是关于他——现在，在12月29日之后（指里尔克的逝世日），它成了一种预感，一种洞见。我直接告诉过他，在他活着时，我不准备加入进去！——我

---

① Joseph Brodsky: *Footnote to a Poem*, *Less Than One*, Farrar Straus Giroux, 1986.

们如何未能见面,我们会面会如何不同。这就是这首诗如此奇怪……这首诗题为'房间的尝试',它的每一行——每一种(尝试)都是否定。"

但诗人自己只说对了一半,或只说了一半。读了该诗我们就会感到,在它里面不仅有否定,更有肯定——通过对现实和物理条件的否定而达成的更高肯定——它指向了另一个维度,指向"灵魂的指定会见地"。而这首诗在结构和节奏上的不断延宕和转折,也产生了一种饱满的层层推进的力量。正是在这奇特的"房间的尝试"中,"墙"成为"走廊","椅子将带着客人升起",而它的结尾是:"天花板明显地在唱/像所有的——天使!"

这看上去像是一场扑朔迷离的游戏。"房间的尝试",也就是等待着"客人"的女主人公试图冲破现实俗套和身体局限达到灵魂之爱的尝试。"在走廊里标下/'如此向前':距离变得亲密。"多么动人!它不仅展现了一种生命的姿态,也构成了一种叙事的内驱力。科斯曼认为茨维塔耶娃并不把语言作为目标,而是把它作为一个要克服的障碍。但在实际上,茨维塔耶娃那种强有力的、往往出人意料而又令人惊叹的语言本身就是对这障碍的克服:"一个修建(挖出)走廊的人/知道在哪里弄弯它们——……雷霆的磁铁……"看来,诗人所确信的不仅是"走廊",还有语言的创造本身,因而在长诗的最后,天使歌唱之时,出现了诗人的这一名句:"靠一条破折号,诗人把一切/连接在一起……"

现在,我们来看《新年问候》。1926年5月3日,里尔克首先给茨维塔耶娃去信,并随信赠寄了《杜伊诺哀歌》和《献给俄耳甫斯的十四行诗》。茨维塔耶娃很快回了信。她完全知道和她通信的是一位怎样伟大的诗人,她在经柏林到布拉格时就曾带着里尔克的德语诗集读,现在,她又读到了诗人晚近这两本或许让她更为激动的诗集,因而她在信的一开始就这样称:"您并非我最喜爱的诗人——'最'之类是一种级别;您是——一种大自然现象……它的第五元素的化身:即诗本身……""在您之后出现的诗人,应当是您。也就是说,您应当再次诞生。"

"您应当再次诞生"——这就是茨维塔耶娃自己的这首《新年问候》。它是对馈赠的接受,但也是一种伟大的回报。是献给里尔克的一首动人的挽歌,也是茨维塔耶娃自己的一次惊人的完成。1926 年 12 月 29 日,里尔克在瑞士的一家疗养院逝世,茨维塔耶娃于 31 日得知消息后,当晚用德语给里尔克写了一封悼亡信,两个月,她完成了这首长达 200 多行的挽歌。

这是一首真正伟大的挽歌,远远突破了一般的哀痛与爱的抒情,"如果说《房间的尝试》是征服空间的尝试,《新年问候》则是征服死亡的尝试"(韦科斯)。置身其中,我们就可以一步步感到诗人之死是怎样打开一个奇异的"新年",诗人通过她的"新年问候",是怎样在实现她的飞升和超越。挽歌所采用的"书信体"形式,这在挽歌的写作中也很少见。它是两位诗人对话的继续,但又跨入新的领域。死亡不仅打开了泪水的源泉,也最终使这两个伟大灵魂相互进入和拥有。有读者读到这首挽歌后来信说自己"被带入那样深的感情和灵魂的对话中,不能抽身——茨维塔耶娃对里尔克的每一句问候都让我忍不住流泪……"。是的,除了"里尔克的玛丽娜",谁能达成如此动人的灵魂对话的深切性和亲密性呢:"告诉我,你朝向那里的行旅／怎么样？是不是头有点晕但是并没有／被撕裂？……""我是不是猜对了,莱纳——天国就是一道山,／一阵风暴？……""在那样的生命里写作如何？／没有书桌为你的胳膊肘,没有前额／为你的手掌？"

这是一部深婉周转而又大气磅礴、浑然一体的作品。要全面深入地谈论它,需要写出一篇长文(布罗茨基正是这样来读的,他那篇《对一首诗的注脚》在英文中有70余页的篇幅)。当然,人们也可以从不同角度来看它:从对时间和死亡的征服维度("你诞生于明天！"),从对生与死的思考和存在本体论的维度,从不同世界的转换和那惊人的双重视野的角度,从高难度的技艺和崭新的语言创造角度,等等。布罗茨基在其解读中还别具慧眼地指出挽歌作者到后来是以孩子般的眼光来提问:天堂是不是一个带两翼的剧院？上帝是不是一棵生长的猴面包树？等等,这不仅创造了独特、新颖而亲切的宇宙性意象,也指向了一个永恒的童年。是的,这本身就是对死亡的克服。

这些,有心的读者会感受到的。我愿在这里引用一下诗人卢文悦的来信:"我只能用战栗来定义自己的感受——这首诗已经把两个人置于同一个伟大的境界。对于逝者是新年问候,对于读者是问候的伟大。她的'新年'越过了时间和空间,她的问候越过了国度和生命。她把我们带进生和死的'阴影'和'回声'中,感受生命'侧面'的突然闯入。有谁能这样宣叙和咏叹,他们是合一的:茨维塔耶娃的里尔克,里尔克的茨维塔耶娃——这血的纽带成为'冥冥中的授权'。她的纯粹让死亡温暖。她是站在一个世纪的高度问候。在这里,技巧的翅膀合住,诗飞翔。我被这样的错觉错愕:诗人的光芒在译者身上的强烈,一如译者。"

感谢这样的朋友和读者,他读到的是完成的译文,可能还不太了解一个译者所经受的具体磨难。这首挽歌长达200多行,句式复杂,多种层次扭结在一起,而又充满了互文指涉。说实话,这是我遇上的最艰巨、最具难度、最富有挑战性的作品之一,在翻译过程中备受折磨,但又充满感激,因为伟大作品对我们的提升:"像我渴望的夜:/那取代脑半球的——繁星闪闪的一个!"

的确,我深受激动,在打开的"新年"里,是巨匠般的语言功力,是词语中涌现的新的水流:"向着那可以看到的最远的海岬——/新眼睛好,莱纳!耳朵好,莱纳!"这是多么新颖、动人!更出人意外的还有"新的伸出的手掌好!"这"新的伸出的手掌"是"莱纳"的,但也来自于语言本身,正是它在拉着一个飞升的心灵向上攀登⋯⋯

而《新年问候》之后的《空气之诗》,再一次令我惊异了,它不仅展示了一次我们意料不到的精神冲刺,也在一个耀眼的"水晶刻度"上再一次刷新了诗歌的语言。

1927年5月20—21日,美国飞行员林德伯格驾机从纽约起飞,飞越大西洋,最后在巴黎降落,飞行长达33个半小时,成为当时的轰动性新闻。茨维塔耶娃受此激发,写下了这首长达400行的长诗。从多方面看,它与《新年问候》都有着联系,但又焕然一新,与诗人一生相伴随的"客人"再次在这首诗的舱门口出现,但已变得不可辨认、要让人屏住声息了:"这安静的客人(像松树/在门口——询问寡妇)。"这是怎样的一种感觉!也许正因为如此奇异,布罗茨基称这首诗为"象形文字式的":"像它描述的第一层空气那样稠密、不透明……"

它的主题并不难看出。诗人似在继续着她在《新年问候》里打开的维度:时间与空间、大地与天空、存在与虚无、永恒与上帝。还有人对照但丁的《神曲》,称它的"七层空气"结构是一种"但丁式的导游,一层接一层,通向最高天"。但是悖论的是,尘世中的一切又不时闯入诗中,构成了长诗的一些难忘的场景和隐喻:"时间的围困,/那就是!莫斯科的斑疹伤寒/已完成……"而大饥荒时代的"一辆蒸汽火车"也被适时引来:"停下,为了装载面粉……"

耐人寻味的,还有诗中的这一句:"地面是为了/高悬的一切",反过来说不也正是这样?这不仅构成了一种奇妙的相互关系,重要的是,它保证了这首诗的真实性,使一场虚幻的太空之旅成为精神本身的必然体验。"(空气的)细薄性渗透了指尖……""母亲!你看它在来临:/空气的武士依然活着。"还有什么比这样的诗句更真实?它的每一行都在保证着全诗的真实性。总之,无论它是什么,都不是一次可有可无的飞行试验,而是为了空气和呼吸,为了冲破"时间的围困",为了"进入的必然性",为了获得一种听力("舱门由上而下,/耳朵是不是也如此?"),为了一种生命的实现,为了:"最终/我们就是你的,赫尔墨斯!/一种生翅心灵的/充分的准确的感知。"

同样,敏感的读者会体会到这些的,一位年轻诗人很快发来了她的读后感:"像《新年问候》一样,她发现了一片空气的新大陆,尽管也许与死亡相连。她飞翔的难度和高度让每一句诗都值得一读再读。啊我看了很多遍!稀薄的空气,稠密的感受,像但丁式的导游……很奇特也很难的诗,不断提示着一种呼吸和声音的感受,是空气的声音,也是诗人或诗从内部发出的声音……让人震动。"

"没有两条路,/只有一条——笔直!"《空气之诗》无疑体现了诗人一贯的精神冲动,而又更为决然。的确,这样一位诗人的爱和精神构成都是"垂直线的"(甚至她的上吊自尽的死!)。她的飞行并非像一般飞行那样沿着"地平线"(沿着地表),而是沿着"垂直线"一直向上、向上("尖顶滴下教堂!"),直到进入"另一个世界"的大气层。对此,诗人的传记作者也看得很清楚:"生活的地平线与精神的垂直线,日常生活与生存意识",这就是茨维塔耶娃的"哲学范畴"。令人惊异的是这首诗写得如此冷静、超然:"别为领航员怜惜。/现在是飞行。"如果说在它的"最高天"是由窒息导致的死亡,那也正好应和了诗人《约会》的最后一句:"在天空之上是我的葬礼。"

也可以说,在这首诗中仍贯穿着茨维塔耶娃作为一个诗人的命运：活于大地而死于天空。诗人当然爱大地、爱生命（"泥土的春天返回／稳稳的，犹如／女人的乳房……"），但她同时更要求她的诗"服务于更高的力量"。这就是这首诗为什么依然会产生一种真实感人的情感力量。

让人惊叹的，当然还有诗人在写这首诗时所体现的非凡的艺术勇气，她一意孤行，完全抛开了读者，而她这样做，正如她赞扬的帕斯捷尔纳克，不仅"带来了新的实质，由此（也）必然导致出一种新形式"。她以决绝的勇气摆脱"地球引力"，正是为了刷新她的语言，为了让"鸽子胸脯的雷声／从这里开始"，让"夜莺喉咙的雷声／从这里开始……"

"三部曲"之后，茨维塔耶娃的精力更多地投入散文创作。她的散文无疑同样是留给世人的宝贵遗产。她在这之后的诗不多，但也给我们留下了《书桌》（组诗）、《接骨木》《这种怀乡的伤痛……》等一系列令人惊叹的诗作：

> 接骨木充满了整个花园！
> 接骨木翠绿，翠绿，
> 比木桶上的霉菌更绿！
> 比初夏的来临更绿！
> 接骨木——蔓延到日子的尽头！
> 接骨木比我的眼睛更绿！

这就是《接骨木》一诗充满勃勃生气的开头，令人惊异的还在后头:"而随后——一夜之间——燃起/罗斯托夫之火!一片沸腾的红色/从接骨木那不断冒泡的颤音。"罗斯托夫为法俄战争期间莫斯科市市长,据说是他布置了"放火烧城"的计划,并导致了拿破仑率军撤退。诗人以这种联想性比喻,一下子道出了接骨木浆果成熟时那种惊人的力量,我们不仅看到了一片"沸腾的红色",还听到了那"不断冒泡的颤音"!而接下来的描绘更令人惊叹:

> 苍天,无论什么时候,它都比
> 一个人身上的麻疹更猩红!
> 接骨木,那倾吐和溃败的
>
> 麻疹——直到冬天,直到冬天!
> 那些小小的浆果竟比毒药
> 更甜蜜,怎样的颜料在溶化!
> 那种红布、漆蜡和地狱的
> 混合,无数念珠的闪光,
> 鲜血被烘烤时的气味。
>
> 接骨木还在被摧毁,被摧毁!
> 接骨木,你的整个园地充满了
> 年轻、纯洁的血……

这就是诗人为什么要书写充满了整个花园的接骨木,她把它和自己的生命记忆联系了起来,它"殷红的饥渴",它的"倾吐和溃败",比童年身上的麻疹更猩红!它既甜蜜诱人又带着毒性,带着地狱的闪光,甚至带上了"鲜血被烘烤时的气味"!它就是诗人的青春和她那一代人的青春,而它"还在被摧毁,被摧毁……"

诗到后来,语调稍有平缓,接骨木迎来了付出血的代价的成熟,而这也唤起了诗人的哀悯:"而在后来——果粒的瀑布垂下,/而在后来——接骨木变黑:/……越过栅栏门,像是提琴的哀吟,/靠近这座荒芜的房子……"

不仅是接骨木的枝蔓像"提琴的哀吟"靠近了诗人荒芜的房子,前来寻找她的,还是她自己的金色童年和苦难的青春,是整整一个充满激情、暴力而又让她难以释怀的世纪:

> 接骨木血红,血红!
> 接骨木——整个家园在你的
> 指爪下。我的童年在你的淫威中!
> 接骨木,在你与我之间,
> 似有一种犯罪般的激情,
> 接骨木——我真想以你来命名
>
> 世纪病……

这是怎样的一片接骨木树丛!大自然、历史和生命本身的渴望与暴力,一个吐泡流血的、出着猩红麻疹的世纪!诗人以令人惊异的笔触,不仅写出了"有毒的接骨木"与生命本身那种深渊般的关联,还有那种"在你与我之间""犯罪般的激情"……

这就是《接骨木》这首诗,它被称为最能体现茨维塔耶娃精神气质的诗歌之一。它所展现的新鲜、蓬勃、不屈的生命,诗人自己那"犯罪般的激情",都震撼着我们。因为这首诗,"接骨木"成了茨维塔耶娃最独特的"专属意象"之一,一位中国读者在网上就这样说:"读了茨维塔耶娃的接骨木,其他树木都成了接骨木!"

至于因为《这种怀乡的伤痛……》这首名诗,人们也把茨维塔耶娃和"花楸树"等同起来。全诗分为十节,每一节都紧揪人心,不过,人们在提到它时大都无视前九节,只注意到它的最后一节:

> 每一个庙宇空荡,每一个家
> 对我都陌生——我什么都不关心。
> 但如果在我漫步的路上出现了一棵树,
> 尤其是,那是一棵——花楸树……

通常的情况是,一谈到流亡期间的女诗人怎样"思乡"或"爱国",必定会引用这首诗,中国现有的一些译文也把它简单地译为《乡愁》《我的乡愁啊》甚或《对祖国的思念》。其实这是一首无题诗,它的题目就是它的第一句。不用说,一些对它的阐述往往也很煽情、简单化,甚至意识形态化。著名诗人叶甫图申科在《诗歌绝不能没有家……》(苏杭译)中就认为该诗的最后一节"使全诗的内涵转化为一幕撕心裂肺的热爱祖国的悲剧",他还特意提到诗最后的那"三个圆点"(俄语的删节号为三个圆点)所表达的"强烈的爱":"也许,最崇高的爱国主义永远正是这样的:用删节号,而不是用空话?"

利季娅·丘可夫斯卡娅在回顾茨维塔耶娃的《临终》①一文中也谈到了这首诗。1941年,因为战争,回国后的茨维塔耶娃被疏散到奇斯托波尔市,但因为丈夫和女儿被捕,她向当地作协申请到作家食堂当洗碗工也未能实现。当时利季娅与茨维塔耶娃一起在一位朋友家里,应女主人要求,诗人朗诵了这首诗,但她只朗诵到第五节便不再读了:"她朗诵到这里沉默了。'我不在乎——陌生路人听不懂我的语言!'是用极其轻蔑的语调念出来的。……诗戛然而止,仿佛扔掉没吸完的烟头。"利季娅说她到50年代才读到该诗的最后一节,"那时才明白,为什么在绝望中,在奇斯托波尔,她不愿意朗读最后四句。因为在所有决然'否定'之后,在所有的'不'之后,在最后四行中出现了'是',出现了肯定,倾诉出自己的爱。"

利季娅是一位伟大的女性和见证者,但是我更认同于安娜·萨基扬茨的批评,她认为"只要看到花楸树,就会激发出对祖国的思念"这类读解,有点属于"自我欺骗",或"过于简单化,甚至歪曲了原作的含义"。她认为在这首诗中"在路上看到花

---

① 《捍卫记忆:利季娅作品选》(蓝英年、徐振亚译),广西师范大学出版社2011年版。

楸树丛,诗人心中回荡的并非是乡愁。这里涉及另外的情感"。这些情感在诗中都有所表达。"难道不思念祖国了?""不思念。她只沉浸于自己的心灵,沉浸于心灵的源头,沉浸于自我的发源地",而祖国"并非通常所说的领土,而是割不断的记忆,切不断的血脉",何况她所怀念的那个俄罗斯"早已不复存在了"。

是的,它早已不存在了,诗人在国外流亡期间就曾这样写道:"俄国(这个词的声音)不再存在了,那里只存在四个字母:USSR(苏联的缩写)——我不能并且也不会去那个没有元音,只有这几个发出嘶嘶声的辅音字母的地方。并且,他们也不会让我去那儿,这些字符不会对我敞开。"

即使它还存在,诗人也早已超越了它。一个写出过《新年问候》这样的伟大诗篇的诗人,一个早已喊出"所有诗人都是犹太人"的诗人,是由国家、民族、母语这些概念可以限定得了的吗?我们还是来看诗的前五节:

> 这种怀乡的伤痛!这种
> 早已断了念头的烦人的纠缠!
> 反正我在哪里都一样冷漠
> ——孤独,完全孤独。
>
> 我是,犹犹豫豫地走在
> 从菜市场回来的路上,回到那个
> 家,那个看上去像是营房
> 我至今仍不知道是否属于我的地方。

> 我在人们中间也一样冷漠,
> ——一头被捕获的狮子,毛发耸起,
> 或是从栖身之地,从那房子
> 被排挤出来——命定如此地
>
> 进入我自己。堪察加的熊
> 不能忍受没有冰(我已筋疲力尽了!)
> 我漠然,什么都无所谓,
> 甚至羞耻和屈辱。
>
> 而在这些日子,那时常对我唱歌的
> 家乡语言,也不再能诱惑我。
> 我不在乎用什么语言
> 也不在乎路人是否听得懂!

　　如此深透的忧伤,如此倔强不屈的生命,这就是诗人留给我们的最后的自画像(一般的女诗人会以"毛发耸起的、被捕获的狮子"来形容自己吗?一位多么了不起的诗人!)。诗中最令人震动的,即是这样一种孤绝的个人存在,这样一位承受着长久的孤独和"排挤"但却坚持成为自己、决不妥协的诗人形象。她在诗中坦言"我已筋疲力尽了!"但她仍在绝望地坚持,不仅坚持着她的对抗和不屑("而我——不属于任何时代!"),还要迎来自己的再生:"所有的标记都被抹去了。……/我的灵魂——诞生于无名之地。"

但是如果在她的路上出现了一棵树,"尤其是,那是一棵——花楸树……"又会怎样?思乡吗?尤其是,那个国家还会成为她的寄托吗?已不可能。该诗中已写到了:"我的出生地未能把我保护——/它只是到处搜索着我的灵魂。"她当然关注俄罗斯的命运,但她给里尔克的信中说得很清楚,"我不是一位俄国诗人",她拒绝将自己简单地归属于哪一个国家,这就像曼德尔施塔姆当年所骄傲地宣称的那样:"不,我不是任何人的同时代人。"

那么为什么她又假设在她的路上会出现一棵"花楸树"——家乡的花楸树?这当然很难说清,记忆的纠结?全部过去的再现?甚或,诗人在那一刻又看到了她自己的遥远的童年?

也许,我们谁都难以说清,也不可能把它说出。我只知道诗人曾多次赞叹过帕斯捷尔纳克的一句诗,"啊,童年!心灵深处的长柄勺"。我还知道她生前最希望死后能安葬在奥卡河畔的塔露萨,因为正是在那里的山坡上和接骨木树丛下,她度过了她的金色童年,她作为一个诗人的生命被赋予……

当然,诗人的这个愿望未能实现。帕斯捷尔纳克在晚年曾这样悲痛地说:"我认为茨维塔耶娃……从一开始便是一个已经成熟的诗人……这是一个有着男性心灵的女人。同日常的事情的斗争赋予她以力量。茨维塔耶娃寻找并且达到了完美的清晰度。较之我经常对其朴素和抒情性表示赞赏的阿赫玛托娃,她是一位更伟大的诗人。茨维塔耶娃之死——是我一生中最大的一次悲伤。"①

因此，我的翻译只能是"作为一种敬礼"，献给我心中永远的玛丽娜，也献给那些爱着这位伟大诗人的中国读者。我并非一个职业翻译家，我只是试着去读她，与她对话，如果说有时我冒胆在汉语中"替她写诗"，也是为了表达我的忠实和爱。我不敢说我就得到了"冥冥中的授权"，但我仍这样做了，因为这是一种爱的燃烧。就在我翻译的初期，我曾写下了一首《献给茨维塔耶娃的一张书桌》("书桌上，一个烟灰缸和一杯／不断冒着热气的中国绿茶，／还有一把沉甸甸的橡木椅子，／一支拧开一个大海的钢笔……")，但现在，在译出《新年问候》这样的伟大诗篇之后，我知道它的分量已远远不够了。我们只能用诗人自己献给里尔克的诗句来献给她自己：

> 这片大地，现在已是一颗朝向你的
> 星……

---

① 转引自《刀尖上的舞蹈：茨维塔耶娃散文选》(苏杭译)，广西师范大学出版社 2012 年版。

"我的世纪,我的野兽"

——曼德尔施塔姆的诗歌及其命运

毫无疑问,曼德尔施塔姆的诗歌及其命运多年来一直吸引着中国的诗人和读者们。早在20世纪60年代中后期,作为"内部发行"的爱伦堡的《人,岁月,生活》,第一次将普希金之后俄罗斯诗歌的"白银时代"展现在北岛、多多那一代人面前。80年代末期,诗人荀红军翻译的《跨世纪抒情:俄苏先锋派诗选》,则让我们更清晰地听到了那些不朽的诗的声音,其中曼德尔施塔姆的"黄金在天上舞蹈,/命令我歌唱",我不仅一读就记住了,它也在我们这里引起了深刻而持久的回音……

正因为这种挥之不去的"情结",自20世纪90年代起,我开始收集和阅读曼德尔施塔姆等诗人的英译本。我们感谢那些付出了巨大劳动的译者,也受益于已有的译介,但我更宁愿以自己的方式来解读我所热爱的诗人。这里如实说,也正是通过以"翻译的方式"来读,我惊异了,也深深地激动了,一个卓越的、原创性的,当然也是"悲剧性的"诗人更真切地出现在我的面前。这种"相遇"的神秘和发现的喜悦,这种"相互交换"的私密感,甚至使我想到了诗人自己在《论交谈者》(刘文飞译)中所说的一句话:"海洋以其巨大的力量帮助了这瓶子,——帮助它完成其使命,一种天意的感觉控制了捡瓶人。"

说来也是,我不是职业翻译家,但却"习惯了翻译",因为只有通过翻译才能使我真正抵达一个诗人的"在场"。最初对曼氏的翻译,是从他走向成熟期的诗作开始的,按照唐纳德·雷菲尔德的说法,"到1913年,曼德尔施塔姆已经是一个独创性的思想者和成熟的诗人。他的诗学中所隐含的东西——诗人跨越时间、用新的语言重塑过去经验的能力——在一系列大胆的智力突袭中显现出来"①。他这一时期的诗,人们往往以《失眠。荷马。绷紧的帆》为标志,但我本人更惊异于他的《"从瓶中倒出的金黄色蜂蜜……"》,从它的令人叫绝的开头"从瓶中倒出的金黄色蜂蜜如此缓慢/使她有了时间嘀咕……",到中间部分对克里米亚希腊化的动情描绘["和平的日子如沉重的橡木酒桶滚动""那个款待我们的主妇/(不是海伦——是另一个)——她是否还在纺?"],到最后这样一个结尾:

> 金羊毛,金羊毛,你在哪里呢?
> 整个旅程是大海沉重波涛的轰响声。
> 待上岸时,船帆布早已在海上破烂,
> 奥德修斯归来,被时间和空间充满。

---

① 本文所引唐纳德·雷菲尔德的话均译自他为企鹅版詹姆斯·格林所译曼德尔施塔姆诗选所撰写的导言。

声音、气味、当下诱人的生活场景与波涛轰响的历史一起到来。该诗写于 1917 年,那时《荒原》还没有出现吧。而那时诗人才 26 岁,不仅是优秀的抒情诗人,从那高超的艺术控制力和纯熟的古今并置、神话与现实相互转化的手法来看,还是一位"年轻的杰尔查文"!(茨维塔耶娃语)

我们可以想象这样的诗在当时给人们带来的激动,阿赫玛托娃就曾这样问:"我们知道普希金和布洛克的来源,但是谁能告诉我们曼德尔施塔姆诗歌中那种新颖、天赋的和谐是从哪里来的?"

来自更悠久也更"神秘"的传承——现在人们看清了,尤其是通过布罗茨基那篇著名的以"文明之子"①为题的对曼氏的长篇论述。曼氏曾把"阿克梅主义"定义为"对世界文化的怀乡"("Nostalgia for world culture"),正是以这种诗学意识和艺术表现,他既与同时代的"未来主义"拉开了距离,也摈弃了象征主义的梦呓及其对超验世界的迷恋,他使诗歌回到了具体可感的现实中来(曼氏第一部诗集就叫"石头")。正是在这个新的基础上,如布罗茨基所指出的那样,他还要运用亚历山大诗体这种"记忆载体"(vehicle of memory)去呼应和沟通另一种记忆载体——奥维德的六音步诗体,以把俄国的语言和诗带回到他所说的"世界文化"之中。

---

① Joseph Brodsky:*The Child of Civilization*, *Less than one*, Farrar Straus Giroux, 1987. 本文中所引布罗茨基的话,除注明的段落外,均译自该文。

这就是曼氏早期的诗歌抱负。在朝向一种新古典主义诗学的同时,曼氏还愈来愈专注于语言和形式,称"诗即手艺"。他的《哀歌》即为这一时期的代表作,"这首诗是俄罗斯式哀歌——俄语中主要的抒情诗类型——的制高点……在许多有关悲剧时代中男人和女人不同角色的陈述中开创了一种范型"(雷菲尔德);不仅如此,在《哀歌》中还包含了一种曼德尔施塔姆式的"辨认的诗学",诗中有这样的抒情自白:"一切都是老套,一切都在重复,/只有辨认的一刻才带来甜蜜";在《词与文化》一文中,曼德尔施塔姆也这样描述过:"在静夜里情人念着情人温柔的名字以代替另一个,突然意识到这以前都曾发生过:词语、头发和在窗外啼鸣的公鸡,它已在奥维德的《哀歌》中啼鸣过了。一种深深的认出的欢乐控制住了他……"

曼德尔斯塔姆的"辨认"很神秘,是在俄罗斯之夜对奥维德的辨认,是对心灵和诗歌原型的辨认。我对这首诗的翻译主要依据于詹姆斯·格林的英译,因为他的处理最为精细,比如这一句"the singing of Muses blended with the weeping of women"("女人的哀哭混入了缪斯的歌唱"),就包括了一种"辨认",它有一种近乎光谱学意义上的"可辨识度"。而在该诗的"这个城镇守夜的最后一刻"这一句中,曼氏还特意用了一个拉丁词"vigilia"("守夜"),在多种英译本中,唯有格林的译本保留了这个斜排的拉丁词,因为"这个完全陌异的外来词,使整节诗都发生了化学变化"。那么,是谁在"守夜"?一个讲俄语的奥维德,还是一个声称自己"诞生于罗马"的彼得堡诗人?无论是谁,这都是一个"以文学的历史之舌说话"的诗人。在这样一位诗人那里,过去变成了现在,而现在朝历史纵深处延伸,重要的是:"昨天尚未出生",一切都有待于重新发明。这就是曼氏为什么会说"古典诗歌是革命的诗歌"(《词与文化》)。

至于诗人作于1923年的长诗《无论谁发现马蹄铁》《石板颂》,在我看来,则为诗人中期在艺术上的登峰造极之作。《无论谁发现马蹄铁》由九节诗组成,为自由体,诗人最初还给它加过一个"品达式的片断"的副题。森林—桅杆/船只—风暴之马/马蹄铁—人类嘴巴/从大地里挖出的石化麦粒—到最后的"时间切削着我,如切削一枚硬币,/我已没有多少留给我自己",其间穿插着各种意象、元素和隐喻的转换,气象充沛,笔力惊人,它打开了精神的所有维度,同时又在寻找"在时间中展开的轴心"。它是颂歌,又是哀歌,是哀歌兼赞歌。在诗的后来,那种时间和生命的终结感也深深地触动了我们:

声音依然在回响,虽然声音的来源消失了。

一匹骏马口鼻流沫倒在尘土里,

但它脖颈上抽搐的弧线

仍保留着奋蹄奔腾的记忆……

的确,"这是一首独一无二的诗,它会在所有事物都发生变化时仍保持其完好无损性"(格林)。它是一场神秘的语言和精神的冒险历程,也是终极性的见证。我作为一个译者要做的,是举全部之力,以把读者带入这场难以形容的风暴之中,不仅要让读者切实感受到"它脖颈上抽搐的弧线",也要充分传达出它的语言的力量,使那些燃烧的腾空的腿蹄能落下来,在我们的汉语中"重新轮流为四蹄交替"……

其实,在诗人那里,他不仅想象了一个"捡瓶人",而且也预设了自己未来的读者和译者——"无论谁发现马蹄铁"(顺带说一下,国内现有几种译本或是译为"找到马蹄铁的人",或是译为"他找到一块马蹄铁",这是我的译本与它们的一个重要不同)。是的,无论谁发现"马蹄铁",他要做的,都是满怀生命的哀痛,并以另一种语言来"擦拭它",直到它重新发出奔腾的声音……

而曼氏自己也正是这样一位"译者式的诗人"。他的杰作《石板颂》即指向一种语言的记忆:诗人杰尔查文(1743—1816)的最后一首诗即写在石板上。"星星与星星强有力的相遇,/……燧石的语言,空气的燃烧……"诗一开始即声势夺人,那贯穿全篇的杰出的语言技艺也令人着迷,而更重要的是,他在引领我们倾听("对我们,仅仅从声音里才知道/是什么在那里抓擦和争斗"),他在创造钻石般闪光的意象的同时追问:"记忆,是不是你在说话?/你在教我们? 你撕开黑夜,/以一支行猎的石板笔穿过森林……"

而这样一位诗人的命运不能不注定了是悲剧性的。这位"最高意义上的形式主义者"(布罗茨基语),却不幸生于一个历史大灾变年代。雷菲尔德很敏锐地指出了这一点:"阿克梅派诗人倾心于统一的欧洲文化,因而面对几个世纪以来的交流和统一体的瓦解,他们只能感到恐惧。……凶兆把阿赫玛托娃变成了一个卡桑德拉,把勇士古米廖夫变成了一个'被诅咒的诗人',并赋予曼德尔施塔姆《石头》中最后几首诗一种对历史必然性的洞见,从那时起,这种洞见就使他成为最具有当代性的诗人,从更深的层次上说,也即俄罗斯最具有政治性的诗人。"

不过,即使没有经历1917年前后的灾变、革命、恐怖和血腥,像曼氏这样的在个性和美学上都十分孤绝的诗人,也注定了会是一个"时代的孤儿"(布罗茨基语)。以下是曼氏写于1914年的《马蹄的踢踏声……》的最后一节:

> 而奥维德,怀着衰竭的爱,
> 带来了罗马和雪,
> 四轮牛车的嘶哑歌唱
> 升起在野蛮人的队列中。

这样的诗,不仅表现了诗人的"奥维德情结",也令人惊异地预示了他自己的命运,实际上,曼氏在后来的流放地沃罗涅日就靠近奥维德当年的流放地——黑海北岸一带。奥维德客死异乡,成了俄罗斯诗人的精神创伤。早在曼氏之前,普希金就曾写有《致奥维德》一诗:"奥维德,我住在这平静的海岸附近,/是在这儿,你将流放的祖先的神/带来安置,并且留下了自己的灰烬……"(穆旦译文)

而曼氏这首诗的独特之处,还在于他所运用的"野蛮人"

("barbarians")这个字眼,这不仅让我们联想到希腊现代诗人卡瓦菲斯的名诗《等待野蛮人》,也喻示着人类文明在现时代所遭受的野蛮威胁。而历史正为这种威胁提供"可怕的加速度",该诗中的"野蛮人"形象——"他那狼一般的呵欠"——到了诗人于1923年所写的《世纪》,就变成了几乎已扑上肩头的"野兽":凶猛、残忍、富有报复欲和神秘。以下即为该诗那个著名的令人震动的开头:

> 我的世纪,我的野兽,谁能
> 看进你的眼瞳
> 并用他自己的血,黏合
> 两个世纪的脊骨?

我相信很多中国诗人和读者都曾为它的悲剧性音调所震撼,并体会到这里面的巨大冲动。是的,从曼德尔施塔姆,到我们这个世纪,我们谁不曾感到历史这头"野兽"的力量?而诗人感受到它(或者说感受到"时间的饥饿"),不仅因为他一天天目睹着时代的疯狂面容,更因为他本人即是一头异常灵敏的诗歌动物,诗人的遗孀娜杰日达就曾这样说:"曼德尔施塔姆和阿赫玛托娃是最早意识到斯大林时代之实质的人。"①

显然,曼德尔施塔姆是从一个诗人和独立知识分子艺术家而非具体政治的角度写下他那些"历史哲学式"的诗篇的,他骄

---

① 《曼德尔施塔姆夫人回忆录》,刘文飞译,广西师范大学出版社2013年版。本文中娜杰日达·曼德尔施塔姆的话大都引自该书。

傲地宣称"不，我不是任何人的同时代人"（1924）。纵然如此，他那些诗篇仍遭到来自不同阵营的指责和曲解，"像勃洛克的《十二个》所遭遇的一样，左派无法容忍那种挽歌式的调子，而右派不能分享其中悲剧必然性的感觉"（雷菲尔德）。比如他的显然以"十月革命"为背景的《自由的黄昏》（1918），在这首诗中，革命伴随着不祥的预感（"但是会失去什么，当我们试着／去转动这笨重的、吱嘎作响的舵轮？"），当然，诗人对此的反应是同情而并非谴责，正如他对世纪野兽也有几分哀怜。曼德尔施塔姆拒绝让诗歌成为任何政治的工具。诗歌是"意义的震荡器"——即使他在直接对时代发言时也是如此。

不过，随着时间的推移，在诗人心中与时代争执、抗辩的那个声音愈来愈强烈了，他对于"悲剧必然性"的体味也愈来愈刻骨。1921年的《车站音乐会》成为时代的隐喻（甚至也包含了对"现代性"的审视），诗一开始就十分惊人："难以喘气。苍天下蠕虫川流不息。"在这个"钢铁世界"里，"永恒的女性在唱，车站开始颤抖"，但是这也正是目送"亲爱的身影"消失的时候，而作于同年的《夜晚我在院子里冲洗》，笔触更为尖锐、冷彻、刺痛：

> 夜晚我在院子里冲洗，
> 尖锐的星辰在上空闪耀，
> 星光，像斧头上的盐——
> 水缸已接满，边沿结了冰。

诗人所持有的对语言、真理和星光的永恒信仰，与对灾难的与日俱增的预感相互作用,形成了诗中的意象对照,形成了一种如人们所说的"曼德尔施塔姆式的方程式"。如果说诗中的"水缸"是一个语言容器的隐喻("边沿结了冰",多么精确!),它所映现的,也只有命运的更为清晰和可怕的面容了。

正因为日益感到命运对艺术的强大作用,在《1924 年 1 月 1 日》这首显然要为时代见证(它的题目即表明了这一点)的长诗最后出现了一个新的"方程式":"你这台小打字机纯净的奏鸣,不过是/那些强有力奏鸣曲模型的影子。"看来这不仅是一位"文明之子",还是一位对当下十分敏感的"时代之子"。曼德尔施塔姆的诗当然很纯粹,这体现了他对完美和永恒艺术的追求,但他绝不像有人所说的是一个什么"纯诗诗人"(也许当阿赫玛托娃的丈夫、他的诗友古米廖夫被处决的消息传来的那一刻起,他就不再坠入这类梦呓了)。他像意大利思想家阿甘本在一篇论及《世纪》一诗的文章中说的那样,"把自己的凝视紧紧保持在时代之上",对诗人的时代处境,对俄罗斯的政治、历史、权力关系等等,都有着深刻的洞察和尖锐的嘲讽。策兰曾在一封信中称曼氏"思考时代而又超越时代",调过来说也同样合适:他超越时代,同时又让我们感到了一位诗人的脉搏在时代的压力下是怎样的跳动!

现在我们来看《列宁格勒》(1930)这首很有影响的诗。同很多同代人一样,我也是最早从《人,岁月,生活》中读到它的片断的。我还深受爱伦堡在回忆中提及的一个细节的触动:"1945 年,我听见一个(在战后)回到故乡的列宁格勒女人在吟诵这首诗。"

而有家却不能归的作者，在写这首诗时又是怎样一种心境？该诗是曼氏从遥远的亚美尼亚回到列宁格勒时写的。从任何意义上讲，列宁格勒（圣彼得堡）都是他的摇篮和家乡。但是，自1928年起，因被指控抄袭，受到列宁格勒文坛排斥，诗人不得不迁居莫斯科——如同罗马之于奥维德，圣彼得堡已成为他永远失掉的帝国和故乡：

> 我又回到我的城市。它曾是我的泪，
> 我的脉搏，我童年时肿胀的腮腺炎。

在翻译该诗时，一个"肿胀的腮腺炎"，使我自己的少年时代的记忆也全回来了！诗人北岛在关于曼德尔施塔姆的文章《昨天的太阳被黑色担架抬走》中列举了包括他自己在内的四个中译本，没有一个带有"肿胀"这个细节。但是没有"肿胀"，我们怎么会切实感知到"腮腺炎"的存在？正是以这一和成长期身体所受的折磨有关的细节，诗人唤回了他对故乡和童年的最切身的记忆。

而接下来："现在你回来了，变狂，大口吞下／列宁格勒的河灯燃烧的鱼肝油。／／然后睁开眼，你是否还熟悉这十二月的白昼？／在那里面，蛋黄搅入了死一般的沥青。"这一节诗太厉害了！它令人惊异地道出了一个觉悟的瞬间，一个启示录般的灾难天空的意象！它意味的，是故乡的变异和毁灭，而这对归来的诗人才是最致命的。

因而接下来诗人会发出呼喊:"彼得堡!我还不想死!/你有我的电话号码。"北岛对这一句的解读,透出了他作为一个诗人的敏感:"我们注意到,他在这里用的是彼得堡,和题目列宁格勒相对立,显然是在用他自己童年的彼得堡,来否定官方命名的列宁格勒。"

诗人不一定有力量否定从外面强加给他的列宁格勒,但他却可以向他记忆中的故乡城市发出哀求,哪怕这是一种绝望的哀求。而紧接着的下一节"彼得堡!我还有那些地址:/可以查寻死者的声音",不仅传达了内心的战栗,也骤然间打通了生与死的界限,扩展了诗的联想空间……

而现在,那些曾在故乡上空响起的声音,那些永久属于这个城市的陀思妥耶夫斯基的声音、普希金的声音,那些逝去或被处决的亲友们的声音都已归于"冥界"了。没有回音,只有死寂和绝望而又恐惧的等待,"整整一夜我都在等待一位客人来临,/门,它的链条在窸窣作响。"诗最后留下的,就是这种链条的"窸窣"声响。它比有些译本中的"哗哗作响"或"哐当作响"要更轻微,但却更神秘,更恐怖。

据研究资料,这里的"客人"指的是内务部安全人员。即便不是如此,他也是一位不祥的命运的蒙面人。曼氏这一时期的多首诗中,都有一种大难临头或命运尾随之感,它折射出一个即将到来的大恐怖年代的深重阴影。即使他什么也没有做(他是后来才写那首讽刺斯大林的诗的),他也知道是什么在等待着他,在1931年给阿赫玛托娃的那首诗中,他一开始就发出了这

样的声音:

> 请永远保存我的词语,为它们不幸和冒烟的余味,
> 它们相互折磨的焦油,作品诚实的焦油。

对于曼氏作为诗人的一生,已有很多研究,让我们记住布罗茨基的描述:这是一个"为了文明和属于文明"的诗人,这体现在他那"俄国版本的希腊崇拜"中,同时体现在他对时间主题的处理中。但在后来,"罗马的主题逐渐取代了希腊和《圣经》的参照,主要因为诗人越来越身陷于'诗人与帝国对立'(a poet versus an empire)那样的原型困境",而后来的流放,为此提供了"可怕的加速度"。

布罗茨基之所以称这一主题为"原型困境",因为它源自奥维德、但丁,也源自普希金。而20世纪的俄国历史,再一次选中了曼德尔施塔姆来担当这一诗人的命运——因为他对自己的忠实,因为他拒绝"圆柱旁的座位"而选择了去做"游牧人",因为正如娜杰日达在回忆录中所说:"在对待遂顺的态度中……奥·曼更接近茨维塔耶娃而非帕斯捷尔纳克,但在茨维塔耶娃那里,这一弃绝具有某种更为抽象的特征。在奥·曼这里,其冲突对象是特定的时代,他相当精确地确定了时代的特征以及他自己与时代的关系"。曼氏二三十年代的许多诗作,都或隐或显地表现了"诗人与帝国对立"这一对应关系:

> 我的国家扭拧着我
> 糟蹋我,责骂我,从不听我。

>她注意到我，只是在我长大
>并以我的眼来见证的时候。
>然后突然间，像一只透镜，她把我放在火苗上
>以一道来自海军部锥形体的光束。

这是诗人后来在沃罗涅日流放期间所写的《诗章》第六节。诗中直接出现了个人与国家这一主题。"海军部"这一形象极为典型：它为彼得大帝时期的产物，位于圣彼得堡三条主要街道的焦点，镀金的尖塔顶部成为一个帝国的标志。诗人很早就写过它，现在它又出现了，却投来一道足以致命的"锥形体的光束"！这里，意象的奇特、语言的精确和艺术的灼伤力都达到了一个极限。

1934年5月2日，曼氏因为他头年11月写的一首讽刺斯大林的诗被捕。帕斯捷尔纳克很不理解曼氏为什么这样冲动，视之为"文学自杀"，虽然他和阿赫玛托娃都曾尽力去营救。不管怎样评价，曼氏写这首诗并对一些人朗诵（因而招来了告密），这都不是偶尔的轻率的冲动，到了30年代，诗人与"帝国"的冲突已到了难以抑制的程度，1931年写的《"狼"》中就出现"我的脉管里流的不是狼的血"的抗辩，至于该诗的最后一句"只有相等的人会杀死我"，研究者们认为它指向的就是斯大林。甚至在1933年写的关于阿里奥斯托的诗中也出现了这样的诗句："权力，就像不得不忍受的理发师的手。"正因为如此，诗人的遗孀会这样说："此诗是一个行动，一种作为，在我看来，它是奥·曼整个生活和工作的逻辑结果。"

几乎是陀思妥耶夫斯基命运的一种重演,曼德尔施塔姆等待的那把利斧没有落下来,而是被判决流放到切尔登三年("我们加快了或许也减轻了事情的结果",见阿赫玛托娃的回忆)。但是恐惧并没有因此减轻,就在切尔登的一家医院,因为他认为"他们"就要来处决他,他从窗户里跳出来并摔伤了胳膊。他的妻子给当局发了一封电报。斯大林因此同意诗人另选一个流放地。诗人后来在沃罗涅日"安定"下来后所写的《卡玛河》《日子有五个头》这两首杰作,回顾了在这之前他和陪同的妻子从莫斯科喀山火车站起程、后来沿着卡玛河乘船前往流放地切尔登以及此后返回莫斯科前往沃罗涅日的旅程,"河水激撞着一百零四支船桨"(而诗人)"紧拽着一片窗帘布,一个着火的头颅"(《卡玛河》)、"啊请给我一寸海的蓝色,为恰好能穿过针眼"(《日子有五个头》),在奔赴命运的途中,一种癫狂般的感受力被召唤出来,诗人的书写到了下笔如有神的程度。"日子有五个头",而诗人也注定会置于死地而后生,通过一次令人惊异的诗歌迸发来完成其命运。

现在看来,曼德尔施塔姆的选择,使沃罗涅日从此成为俄罗斯文学地图上不可磨灭的一个坐标。而为什么会选择沃罗涅日,彼得堡诗人维克托·柯里弗林认为曼氏大概从"Voronezh"这个地名中听到了"强盗的"("vorovskoy")、"窃取的"("uvorovannoy")以及"做贼的乌鸦"("voron")、"窃贼的刀子"("nosh")等词的回声,而诗人"在由可怕的双关意象构成的刀

锋间寻求平衡,冒险闯进了与恶毒的命运之鸟周旋的文字游戏"①:

> 放开我,还给我,沃罗涅日;
> 你将滴下我或失去我,
> 你将使我跌落,或归还给我。
> 沃罗涅日,你这怪念头,沃罗涅日——乌鸦和刀。

这是在"写诗"吗?这是直接卷入了与命运的搏斗,而在这个过程中,诗人与他的语言—— 一种幽灵般的语言——也建立了更为密切的关系。他也完全被它攫住了:抓住,放还,甚至高高叼起,跌落……曼氏自1935年4月开始的癫狂似的创作状态("一个着火的头颅"),让鲁达科夫这样的年轻诗人也为之惊异:"曼德尔施塔姆疯了一样地工作。我从未见类似的情况——我看见的是一台为诗歌运转的机器(或者说生物更为恰当)。"正是在沃罗涅日的三年期间,在艰难绝境中,曼迎来了自己一生创作的巅峰期。他在这期间的诗有近百首,编有三册《沃罗涅日诗钞》,其数量之多,就占了他全部诗作的近三分之一。

为什么曼氏会选择沃罗涅日,原因当然还不止柯里弗林说的那一点。从创作上看,1930年间,诗人在亚美尼亚度过了八

---

① 维克托·柯里弗林(Victor Krivulin,1944—2001),俄罗斯诗人;该文中他的话均译自他为理查德·麦凯恩所译的曼德尔施塔姆诗选《莫斯科和沃罗涅日诗钞》所作的序文。

个多月,因为那样一种新鲜奇异的经历,他的一颗诗心苏醒,由此开始了"莫斯科笔记本"的创作。亚美尼亚之行也使他的"新古典主义"诗风有了转变,他回到一种更私密的、带有抓擦感的"山猫式语言",他所接触的俄罗斯"本土经验"和民间文学资源也给他的诗带来了新鲜的养料。

不用说,诗人所期待的新的风景和元素也在《沃罗涅日诗钞》中出现了。沃罗涅日周边的黑土地,曾被一位19世纪的本地诗人称为"继母平原",但曼德尔施塔姆宁愿称它为"金翅雀的故乡",他的新古典主义时期的"燕子"也变成了这样一只更真实也更神异的鸟。流亡的日子无疑是很艰难的,孤独、贫困、疾病、监视和告密等等,"尽管如此,沃罗涅日的喘息期仍是一种前所未有的幸福",诗人的遗孀如是写道。沃罗涅日曾是彼得时期的边境,诗人在这里"感觉到了边界地区的自由气息",他在这里最初写下的杰作中就有一首《黑色大地》。"诗歌是犁铧耕作,翻起时间更深的地层"(《词与文化》),他早年的这种说法,现在变为真实的劳作了。

从这个意义上,应该感谢流放的命运,使"俄罗斯的奥维德"得以在沃罗涅日跨出那令人惊异的一步。对此,曼氏自己也曾很兴奋地对人说:他"一生都被迫写那些'准备好了的'东西",但沃罗涅日"第一次带给了他打开的新奇和直接性……"的确,沃罗涅日带给了诗人艺术上的新生,他在这里所写的诗,不仅更直截,也更新奇,更富有独创性,充满了词的跳跃性和"句法上的突变"。用策兰的一个说法,诗人通过"换气"重又获得了呼吸。1936年2月,阿赫玛托娃曾前往沃罗涅日探望曼氏夫妇,她后来这样回忆:"这真是令人震动,正是在沃罗涅日,在他失去自由的那些日子,从曼德尔施塔姆的诗中却透出了空间、广度和一种更深沉的呼吸:'当我重新呼吸,你可以在我的声音里/听出大地——我的最后的武器……'"

正是与大地、苦难和死亡的深切接触,诗人拥有了他的"最后的武器"。而随着经验的沉淀和感受力的深化,这片流亡者所"耕耘"的黑土地,也愈来愈令人惊异了:

> 这个地区浸在黑水里——
> 泥泞的庄稼,风暴的吊桶,
> 这不是规规矩矩的农民的土地,
> 却是一个海洋的核心。

这真是命运的神奇造就,使他练就了一身绝技,得以从这片翻起的黑土地进入到"一个海洋的核心"去劳作。即使从诗艺的角度来看,《沃罗涅日诗钞》的绝大部分篇章,其感受力之孤绝、诗艺之独创、语言之奇异,都令人惊叹。

曼氏在沃罗涅日的日子,曾被阿赫玛托娃准确地概括为"恐惧与缪斯轮流值守"。既有创作的兴奋、大自然的抚慰,也有无望的挣扎,以及焦虑的等待。《你还活着》这首诗,在表面的愉悦、满足和平静之下,仍暗藏着挥之不去的阴影:"而那个活在阴影中的人很不幸,/被狗吠惊吓,被大风收割……"这不只是文学修辞。在1937年4月的一封信中,曼德尔施塔姆就这样写道:"我只是个影子。我不存在。我仅有死的权利。我的妻子和我都被逼得要自杀。"

但是,真正让一个诗人不朽的,却是那与死亡的抗争,那种灾难中的语言迸发和闪耀。像"你们夺去了我的海我的飞跃和天空/而只使我的脚跟勉力撑在暴力的大地上。/从那里你们可得出一个辉煌的计算?/你们无法夺去我双唇间的咕哝"这样的诗,不仅是一个几乎被碾进灰烬里的人才可以写出的诗,那种以诗的声音来对抗历史暴力的信仰般的力量也令人动容。我想,正因为有曼德尔施塔姆、阿赫玛托娃这样的先驱,布罗茨基后来这样骄傲地宣称:"语言比国家更古老,格律学总是比历史更耐久。"

而对于曼氏流放后诗风的变化,布罗茨基则这样评述:"这种加速度首先影响了他诗歌的面貌。崇高、沉思、有停顿的流动,变成了快速的、突然的、噼啪有声的节奏……"它成为"一种强烈的即时速度和神经质的暴露",在结构上则伴以"压缩的句法"和"大量的跳跃";它"不再是行吟诗人的吟唱而是有点像鸟鸣,不时发出尖利的、急转的、高亢的音调,就像用颤音歌唱的金翅雀"。

曼氏流放后诗风的变化,是主题上的、意象和词语上的,也是句法上的、发音上的、语言姿势上的。但是,他又保持了前后期某种艺术上的连续性,如有的研究者所说,这是一个可辨识的"来自沃罗涅日的与之前的诗人形象不同而又一致的诗人"。比如说,即使直接描述流亡经验的《卡玛河》,也隐现着新古典主义时期的追求,"洪水中,卡玛河以它的重量拽住一只浮标",这里的"浮标"显然也是以语言来测量存在的隐喻,而接下来的"我愿意以篝火来划出那些山头的分水岭",则让人想起《无论谁发现马蹄铁》中的"穿过排浪的潮气,以几何学家的仪表,/以大地衣兜里的吸力,/来校对大海不平整的表面"。这就是说,即使身处逆境,曼氏依然是一个存在意义上的诗人,他要力图穿过个人的苦难经历来为事物重新命名,并对世界进行勘探和测量。

当然,我们更应看到其深化、断裂和飞跃,听到其悲剧音调的加深。那些在流放地仍不时延续着"对世界文化的怀乡之思"的诗篇,充满了从"理想的欧洲文明"中被撕裂开来的苦痛("我的耳朵、眼睛和眼窝里/都充满了佛罗伦萨的怀乡病",《怎么办,我在天国里迷了路?》),早年对希腊的向往现在也变成了哀悼,而这一切的背景是命运的严酷和死亡的出场,诗人置身的宇宙成了"但丁的九层地狱,每一层都更为黑暗和痛苦"。在1932年写的重要诗篇《拉马克》中,诗人预言了人类的被抛弃;流放沃罗涅日期间,诗人所创作的重要组诗"关于无名士兵的诗",则借助于战争题材,不仅书写了他对大屠杀和政治迫害的控诉,也书写了个体生命在历史暴力、宇宙混乱中的无助和盲目牺牲:

> 不可收买的天际横过战壕,
> 浩瀚的星空批发着死亡,
> 如此完备,我跟随你,躲开你,

我的嘴在黑暗中飞窜。

《沃罗涅日诗钞》尤其是二、三卷的许多诗篇,都一再透露出了诗人人文主义理想的"惨败感"。或者说,它们展现了一个毁灭的过程,一个一步步抵及灾难的核心——不仅是个人的,也是宇宙的——过程。看来这不仅是一位"文明之子""时代之子",还是一位如雷菲尔德所说的极其深奥的"宇宙之子"。

但是同样令人惊异的是,从灾难中仍隐隐透出了某种"铁的温柔"(《环形的海湾敞开》),透出了"静静的管风琴压低的嗡鸣",以及由毁灭带来的"神圣的和谐"。像《我被葬入狮子的窟穴和堡垒》《最后晚餐的天空……》等诗,都具有了某种献祭的意味,并伴随着诗人的预言以及"对厄运和救赎的庆贺"。在这些诗篇中,牺牲与见证、受难与复活、大地与死亡、男人与女性,再次成为一种命运的"对位"。从很多意义上,曼德尔施塔姆是幸运的,因为有娜杰日达这样的女性在陪伴他,有阿赫玛托娃这样的伟大对话者在关注他,有那么一种神圣女性的"低部沉重的高扬歌声"在伴随他,她们由死亡的预言者,变为悲痛而神圣的哀悼者、祝佑者和复活的见证者。这就是为什么在他最后的诗中会深深透出那种"知天命"的坦然和超然。1937年5月4日,诗人在流放期行将结束的前两个月写给娜塔雅·施坦碧尔的那首诗,我想同时也是写给娜杰日达和阿赫玛托娃的(诗人希尼在一篇书评中称她们"像珍藏先人的骨灰一样"在一个恐怖年代保存着诗人的诗稿)。该诗第二节的前四句现在经常被人引用,它成为献给苦难的俄罗斯大地上那些伟大女性的

教我灵魂歌唱的大师

赞歌：

> 有些女人天生就属于苦涩的大地，
> 她们每走一步都会传来一阵哭声；
> 她们命定要护送死者，并最先
> 向那些复活者行职业礼。

而这首诗的最后几句，不仅有一种对"大限"的接受和隐含的悲痛，也从死亡中再次打开了一种创世般的视野。诗人最终达成的，仍是对爱、信念（它本身即包含了对人类徒劳的认知）和苦难的希望本身的肯定。他最后所做的，仍是要这首诗的接受者和他一起向远方抬起头来，因为那即是命运最终的启示：

> 那曾跨出的一步，我们再也不能跨出。
> 花朵永恒，天空完整。
> 前面什么也没有，除了一句承诺。

诗人最后留下的文字，是1938年10月在押解到远东集中营途中的中转站写给家人的一封信，信中以很艰难的语气说他的身体已虚弱到极点，瘦得几乎变了形，不知道再给他邮寄衣物是否还有意义。1938年12月27日，在押送去符拉迪沃斯托克的路上，诗人死于心脏衰竭。但他究竟是如何死的，葬于何处，一切都成了谜：

> 我将不向大地归还
> 我借来的尘土，

> 我愿这个思想的身体——
> 这烧焦的,骨肉,
> 像一只白色粉蝶,
> 能在它自己的跨距间活着——
> 回到那条街,那个国家。

曼德尔施塔姆最后的诗,就这样展现了他与他的时代的剧烈的冲突。但它们不仅仅是牺牲者的文献,它们是血的凝结,也是语言本身所发出的最后痉挛,是深入到了存在的内核中的具有永恒价值的诗篇。它们用"借来的"时间活着,而又最终战胜了时间。它会永远"在它自己的跨距间"活着——而这样的"跨距",我们今天已看清了,会跨越所有不同的时代。

它永恒的生命力,正如诗人自己先知般的声音所预示:"我躺在大地深处,嘴唇还在蠕动。"

"你将以斜体书写我们"

——阿赫玛托娃画像

安娜·安德烈耶夫娜·阿赫玛托娃(1889—1966),原姓"戈连科"。1889年6月23日生于敖德萨,父亲是海军舰队机械工程师,母亲受过良好教育。11岁时随全家搬往彼得堡近郊,就读于皇村中学。1905年父母离异后,她曾在基辅就学。11岁时,安娜·戈连科就知道她将会成为诗人,但她的父亲不希望他的姓氏和诗歌有任何联系,因此她只好将姓氏改为有鞑靼血统的外曾祖母的姓氏"阿赫玛托娃"。

1910年,阿赫玛托娃与彼得堡诗人尼古拉·古米廖夫结婚,并加入"阿克梅"诗派。1912年出版第一部诗集《黄昏》引起人们注意,两年后出版的《念珠》令更多的人倾倒,此后还出版有《车前草》《耶稣纪元》等诗集。诗人的早期诗以简约克制的形式,坦露复杂而微妙的内心情感,受到广大读者喜爱。30年代中后期,她在沉默多年后又开始了创作,诗风愈加简练、凝重,开始承担起历史赋予的重量。1940年完成以儿子被捕、监禁为题材的长诗《安魂曲》(生前未能公开问世),1946受到粗暴批判,被开除出苏联作协;此后在艰难环境下默默写作长诗《没有主人公的叙事诗》,成为她一生的艺术总结。阿赫玛托娃一生不幸,她曾这样祈求——"既然我没得到爱情和宁静,／请赐予我痛苦的荣誉",而命运也就这样造就了她。布罗茨基曾称她为"哀泣的缪斯",对我来说,这也是一位说俄语的但丁。

还是在20世纪80年代末期,诗人荀红军出版了他的译诗集《跨世纪抒情:俄苏先锋派诗选》,其中一首阿赫玛托娃的早期诗《傍晚》,多年来一直萦绕着我:

音乐在花园里
以难以表述的忧郁响起。
从加冰的牡蛎菜盘中
可以闻到新鲜浓郁的海的气息。

他对我说:"我是忠实的朋友!"
并抚摸了我的连衣裙,
这双手的抚摸
不像是拥抱……

这已和那种常见的诗不同。出现在这里的是某种叙事场景,是对细节的微妙感受,是难以表述的某种气味、暗示,最后这一切化为萦绕不去的、美好而又令人绝望的音乐本身。"这双手的抚摸／不像是拥抱",女诗人特有的敏感,显示了她对情感和感受进行辨别和澄清的能力;语言表达不事铺张,而又深刻显现出内心的直觉,难怪布罗茨基称她为"诗歌中的简·奥斯汀"。

在诗人的早期诗中,以下这首《戴着黑面纱我紧握双手》(荀红军译)也广为人知:

"为什么你今天的脸色苍白?"
因为我用酸涩的忧愁
将他灌得酩酊大醉。

我怎能忘记?他摇晃着走出去,
万分痛苦的歪着嘴。
没扶栏杆我便跑下楼,
我紧跟他跑到大门口。

我气喘吁吁地喊:"刚才的一切
都是开玩笑。你要走,我就死。"
他平静而可怕地微微一笑,
说道:"别站在风地里着凉。"

它像一出小型戏剧,显示了诗人特有的风格。阿赫玛托娃很少抽象抒情,她往往从受折磨的情感经历出发,因而人们称她是"一个遭遇型的诗人"("a poet of encounters")。诗的最后两句看似随手拈来,但又话中有话,十分辛辣。令人惊异的是,诗中的女主人痛苦而又冲动,但写这首诗的女诗人却显得异常克制。这种同自身的经历拉开距离,保持一种反讽性观照的天赋,在所有时代、所有语言的年轻女诗人中都实属罕见。因而布罗茨基会这样说:"在我看来,阿赫玛托娃是真正的现代主义者。说到现代主义,我指的是一种独特的感觉,之前从未在俄罗斯文学中出现过。她的世界观是悲观的,相比于大多数俄罗斯现代主义者,她更加内敛和有针对性。也就是说,当你完全被撕裂后,你仍然要遵循特定的审美要求,这种审美要求无论在一个诗人那里发生了什么,都不能让自己疾言厉色大声叫嚷。……在我看来,阿赫玛托娃比曼德尔施塔姆更加克制和内敛。她有着卡瓦菲斯所拥有的东西:面具。"[1]

说到"面具",阿赫玛托娃不需要特意戴上它,她只是从一开始写诗就显示了一个成熟诗人才具有的那种艺术分寸感和控制力。她的诗,把一切都写到一种历历在目的程度,而又暗含着一丝不易察觉的反讽和一种不失身份的悲哀。这使我意识到:阿赫玛托娃的诗并非简单地来自一种表达冲动,更出自一种教养。她的优雅、高贵、反讽品质、敏感性和控制力都来自于这种教养。这使她即使在最不堪承受的时候也从不在诗中发出刺耳的声音。她永远不会"失控",更不会允许自己屈服于日丹诺夫时代的野蛮和粗鄙。

---

[1] 译自 Solomon Volkov: *Conversations with Joseph Brodsky*, The Free Press, 1998。

>我已学会简单、明智地生活，
>眺望天空并祈祷上帝；
>在暮色降临前做长长的散步，
>为了使无益的焦灼平息。
>
>当牛蒡在山谷中沙沙作响
>一串黄红色的浆果点头，
>我写欢乐的诗篇
>为这必死、必死而美妙的生活。
>
>我回来。毛绒绒的猫
>舔着我的手掌，甜美地呜呜叫着，
>而在湖畔锯木场的小塔上
>明亮的灯光闪烁。
>
>寂静偶尔被打破，
>被飞落屋顶的鹳鸣。
>如要你曾来敲我的门
>对我来说，我甚至都听不见。

一首诗就摆在这里，"简单、明智"，而又令人惊异。似乎人人都能读懂。我只是提醒一下，这首诗同样是在诗人很年轻时写下的，而这是用"早熟"之类也很难解释的。似乎她一出道就带着那种洞察一切的目光，而又有着一种安于命运的沉静，或用现在的话说,似乎她一开始就是一种"中年写作"。她从不写"青春的"诗。她拒绝一切粉饰。她敢于正视生活中那种内在的冲突和悲剧性的真实。她要求自己的,是"学会简单、明智地生活"。

我们再来看诗人 1909 年写下的一首诗,发现并译出这首早期诗后,我自己也有点激动。① 年轻的女诗人在实际生活中并不幸福,常怀一种难言的苦涩,但她竟能用一种反讽的语调来写她生命中致命的缺席:

读《哈姆雷特》

一条正好通向墓地的尘灰路。
路那边,一条河流闪现的蓝。
"去修道院吧,"他说,"或是
嫁给一个傻瓜——随你的便。"

那就是王子挂在嘴上的话,
而我一读就永远记住了。
多少年过去了它仍然闪闪发亮,
就像貂皮披风之于一个人的肩膀。

这样的诗,我们一读也"永远记住了"。女诗人很会拿自己

---

① 本文中的诗,除注明译者外,均为笔者从英译本《阿赫玛托娃诗全集》(Zephyr press,1990,译者 Judith Hemschemeyer)中译出。

的不幸"开心",但奇妙的是,诗中却有着闪光,"尘灰"中透出了某种不同寻常的东西,而那不仅是"一条河流闪现的蓝",也不仅是闪闪发亮的貂皮披风,那究竟是什么?

"没有人可以伴哭,没有人可以一起回忆"——我曾在一篇回忆80年代的散文的开头引过阿赫玛托娃的这样一句诗。

不止一人这样说过:纵然在20年代后阿赫玛托娃不再写作,她依然会是俄国20世纪最优秀的诗人之一——她早期那些独具个性和魅力的诗作已充分具备了"经典"的意义,并注定会受到一代代人的喜爱。但阿赫玛托娃却不是那种昙花一现的诗人,她注定要被诗歌"留下来",要活到"白茫茫一片大地真干净"的程度,以完成一种更艰巨也更光辉的命运。

在20世纪早期俄国诗人中,也许只有勃洛克是她在年轻时曾崇拜过的。在一首诗中,她描述过当她拜访诗人时那种几乎不敢正视对方眼睛的感觉。当然,勃洛克也曾写下一首《美是可怕的,他们将告诉你》,诗中描绘"一条西班牙披巾在你的肩上"(实际上阿赫玛托娃压根儿没有这条异国情调的披巾),以致后来再见面时,勃洛克的第一句话即是:"你的西班牙披巾哪里去了?"

在晚年的回忆中,阿赫玛托娃还谈到另一次相遇,一次她搭乘邮车经过莫斯科,突然间,像梦一样,勃洛克出现在站台上,她惊讶地喊他的名字,"他回头看,既然他不仅是位伟大的诗人而且是位善于提问的高手,他问'谁与你同行'?我只来得及回答

'就我一人',火车就开出去了。"①

而这就是命运——它给阿赫玛托娃留下的总是丧失、缺憾、追忆和怀念。日丹诺夫骂得很"对":阿赫玛托娃是"旧世界的代表人物",她的诗是一种"来自遥远过去的幽灵",它总是与苏维埃现实"格格不入"。这样的批判恰恰从反面揭示了阿赫玛托娃的意义所在:她是一位为"记忆"而准备的诗人。正是凭着这种诗的记忆,她创造了某种甚至比人类的记忆更为长久的东西:

> 尘世的荣誉如过眼云烟……
> 我并不希求这种光环。
> 我曾经把幸福的情感,
> 向我的所有情人奉献。
> 有一个人今天还健在,
> 正和他现在的女友情爱绵绵;
> 另一个人已化为青铜雕像,
> 站在雪花飞舞的广场中间。

(乌兰汗译)

这在飞雪的广场中已化为青铜雕像的"另一个人",或许是指女诗人曾热爱过的勃洛克或许更早:普希金(在阿赫玛托娃

---

① 本文所用的传记材料,主要出自 Roberta Reeder 的《阿赫玛托娃:诗人与先知》(St. Mariin's Press,1994)及阿赫玛托娃散文英译本《我的半个世纪》(Ardis Publishers,1992)。

后来被迫停笔的岁月里,她曾潜心研究普希金,并以此激励自己生活下去)。当现实中的爱遭到破灭,或一再蒙受时代的羞辱,那永远的勃洛克或普希金就会为她出现,并同她至死守在一起。

我想,正是这种秘密的不为人知的爱,在决定着从普希金到阿赫玛托娃的血液循环;正是这些亡灵的存在,这些"青铜雕像"的永久注视,使她不允许自己放弃或垮掉,使她在最不堪的羞辱中说出了这样掷地有声的话"我们神圣的职业,存在了数千年……"

在记忆里

> 在记忆里,犹如在一只镂花箱柜里:
> 是先知的嘴唇灰色的微笑,
> 是下葬者头巾上高贵的皱褶,
> 和忠诚的小矮人——一簇石榴树丛。

这是诗人在40年代写下的一首名诗。那时,她的亲友们大都亡故,死于镇压或流放,她所在的城市彼得堡也变为"列宁格勒"。但是,她仍活在自己的"旧世界"里,打开这只隐秘的"镂花箱柜",是她生命中最珍贵的记忆,甚至"是先知的嘴唇灰色的微笑",而一簇石榴树丛,也因为她自己的忠实,而成为"忠诚的小矮人"。附带说一下,"忠诚的小矮人"这个译文中的意象和原诗在字面上有所出入,但是,难道这不正是阿赫玛托娃的诗?

正是出于这种忠实和爱,无论面对诗歌还是面对历史,阿赫玛托娃都知道自己的天职所在。在20年代中期,她创造的一个让人难忘的艺术形象,就是那个"回头看"的"罗得之妻"。当然,这是她对《圣经》记述的借用:由于所多玛等地的人罪孽深重,上帝决定降天火惩罚,事前遣天使叫罗得携妻女出走,但"不可回头望"。罗得之妻按捺不住,出城后回头一望,变成了一根盐柱:

> 于是她回头:顿时,被致命的一击麻痹,
> 她的双眼再也无法看到任何东西;
> 她的身体变成了半透明的盐柱,
> 而她的脚,一瞬间在那里生根。
>
> 但是谁将为此恸哭?
> 她的丧失和死亡有何意义?
> 我的心将永远不会忘记那个女人——
> 她付出自己的生命,只是为了那一瞥。

在诗人所生活的那种历史下,谁都知道这个艺术形象的意味,谁都知道"为了那一瞥"会付出什么,或需要怎样的勇气!这就是为什么帕斯捷尔纳克后来致阿赫玛托娃的诗中会特意提到这个艺术形象:"不,不是盐柱,是你五年前用韵律固定住的/罗得妻子的形象,蒙眼而行,/为我们克制住回头看的恐惧。"

这就是阿赫玛托娃献上的哀歌,她迎着那可怕的咒语"蒙眼而行",却又为我们"克制住回头看的恐惧"!多么伟大的一位女性!

"我于1936年开始再次写作,但我的笔迹变了,而我的声音听起来也不同了。"(《日记散页》)什么在变?什么不同了?早年,阿赫玛托娃的缪斯是爱情、自由,现在,则是那位更严峻的把《地狱篇》"口授"给但丁的命运女神——在阿赫玛托娃有了足够的阅历、承受了更深刻的磨难后进入了她的诗中。

缪斯

当我在深夜里静候她的来临
仿佛生命被系于一根绷紧的线上。
什么荣誉、青春、自由,在这位
手持野笛的亲爱来客面前算得了什么。
而她进来。她撩开面纱,她格外地察看我。
我问:"就是你把《地狱篇》的篇章
口授给但丁的?"她答:"是我。"

这首诗写于1924年。这里的"口授"(dicatate),当是出自但丁《神曲·炼狱篇》中的一句诗:"你的笔要仅仅追随口授者。"我想这并不神秘。这种缪斯的"口授",无非是在诗人自己所经历的生活和命运中出现的某种声音,它要通过诗人来言说自己——而阿赫玛托娃正是这样一位诗人。

她也没有辜负她的缪斯。在苦难的命运中,她凭着她的良知和"歌唱的神秘天赋",撇开一切,而仅仅追随着她的"口授者"。纵然女诗人曾特意标下了"1936年"这个重新回到写作的年份,但她在这之前的沉默并没有白白度过。没有那样的长久沉默,后来她也不可能发出她的声音。1927,在基斯洛夫茨克,她曾写下了这样一首诗:

> 这里,是普希金的流亡开始
> 而莱蒙托夫的放逐结束之地。
> 这里,山上的草木气息散发出幽香,
> 而只有一次,我捕捉到了一瞥
> 在湖边,在悬铃木浓密的阴影中,
> 在一个残忍的黄昏时分——
> 那闪光的、不可遏制的眼睛
> 塔玛拉永恒的情人。

诗的开头两句,看上去有点"绕",但也耐人寻味。一个诗人的流亡开始之地,但也是另一个诗人的放逐结束之地(莱蒙托夫放逐期间死于基斯洛夫茨克附近的一次决斗),反过来说亦可。它写的是一种循环的命运,也体现了诗人对自身处境的深刻辨认。因而诗接下来会写到"捕捉到的一瞥"——那"闪光的、不可遏制的眼睛"。诗最后一句中的"塔玛拉",为莱蒙托夫著名叙事诗《恶魔》中的女主人公,格鲁吉亚公主。"塔玛拉永恒的情人",也就是诗人自己最隐秘的情人,她把自己献给了这种自我流放的命运。

在三四十年代,在那个对人道和文明的践踏日甚一日的年代,阿赫玛托娃的许多诗作还涉及"伟大人物的受辱"这个隐秘的主题,正是为了但丁这位不屈的流亡诗人,她在同样的苦难中唱起了这支歌:

> 甚至死后他也没有回到
> 他古老的佛罗伦萨。
> 为了这个离去、并不曾回头的人
> 为了他我唱起这支歌。
> 火把、黑夜,最后的拥抱,
> 门槛之外,命运痛哭。
> 从地狱里他送给她以诅咒,
> 而在天国里他也不能忘掉她——
> 但是赤足,身着赎罪衫
> 手持一支燃着的烛火他不曾行走
> 穿过他的佛罗伦萨——那为他深爱的
> 不忠、卑下的,他所渴望的……

起句看似平缓,但却牵惹出一种无限的怀念。但丁生前一直未能回到他所思念的故乡,但阿赫玛托娃没有这样写,而是以"甚至死后他也没有回到……"开始了她的哀歌,只有这样写,才能写出一种永久的缺席。

重要的是,除了抒发一种怀念外,这还直接地引出该诗的主题:但丁与佛罗伦萨,或者说,诗人与他的故土、国家和时代(附带说一句,这样的悲剧性主题也一直是历代中国诗歌的主题,而这是两千多年前由屈原一开始就确立下来的)。显然,不是对一位意大利诗人的一时兴趣,而是她自身的全部生活把她推向了这样的悲剧性主题。会心的读者一读即知,她显然是在通过但丁写她自己的"俄罗斯情结",写她自己与时代、故土的痛苦而复杂的感情纠葛。

为了内心的尊严和高傲,但丁拒绝手持烛火——一种当众悔过的仪式——回到他深爱的佛罗伦萨,而是忍受着内心撕裂,开始了他的流亡。值得注意的是,对于佛罗伦萨,阿赫玛托娃在这首诗中以"她"相称。我们知道在但丁的一生中一直有两种力量在作用于他,一是贝雅特里齐,一是佛罗伦萨,但在这首诗里,贝雅特里齐消失了,而佛罗伦萨作为唯一的"她",构成了但丁的命运。正因此如此,诗人才会带着全部伤痛去爱,才会在流亡中不断回望那唯一的故乡,以至于即使"在天国里"也不能释怀。

因而这首诗语言揪心而又苦涩,在节奏上似有一步一回头之感,令人一篇读罢头飞雪。诗的最后看似未完成,但又只能如此,因为诗的强度和深度已到了语言所能承受的极限。耐人寻味的是,阿赫玛托娃最后还使用了"不忠"和"卑下"来形容诗人所爱的"她"即佛罗伦萨:"她"是不忠的(那么现在她又在忠于谁呢?),"她"又是卑下的(也许她生来如此,只是要活,哪怕像牲畜一样苟活),这使诗人倍感痛心、不屑,但又怜爱有加,以至终生不能释怀。看来,这首诗的写作是一个标志,诗人已开始深入到一些最噬心的悲剧主题,其语言之间的矛盾张力及表现强度也达到了一个前所未有的程度。

然而,只要是爱,尤其是那种悲剧性的爱,就会是对人的一种提升。它会把诅咒变为怜悯,会使一个诗人学会从命运的高度来看待个人的不幸。通过这样的写作,阿赫玛托娃不仅开始着力揭示一个诗人与历史的宿命般的连接,也把自己推向了一个伟大诗人的境界。

但丁一生没有回到佛罗伦萨,但他的存在,却照亮了一代代诗人同自己的时代和故土所进行的痛苦对话。阿赫玛托娃后来曾对人说,当她一旦敢于开口问缪斯时,诗神的口中唯一吐出的词是:"但丁。"这已够了。但丁的流亡,但丁此后对"地狱"的游历和超越,在她看来,恰是对诗人命运的一种完成。而她也只有在一种但丁式的写作中才能赎回自己。这就是为什么她会用了二十年的时间来写她的那首《没有主人公的叙事诗》。这里,是这部伟大作品开篇的诗引:

> 从一九四〇年
> 仿佛从一个塔上,我望向一切。
> 仿佛我在重新告别
> 那在多年前我已告别的一切
> 仿佛在胸前划了个十字后
> 我便往下朝阴暗的拱顶里走去。

读后我惊讶了:这分明是又一部"地狱篇"的开头!诗人写这首诗时已过了"知天命"之年,她可以从时间的"塔"上眺望一切了,然而,为了真正认识自己,她又不得不"往下"朝阴郁的历史走回去。这一次她是独自返回去见一个早年的自己以及那些同时代人的亡灵的。这些地狱中的亡灵一直在期待她——也许,这是他们的最后一个机会了!女诗人凭借着一种巨大的勇气("仿佛在胸前划了个十字后")独自前往,但我感到那里分明又有着一个隐形的引路人:但丁。

对于阿赫玛托娃的风格,我们已有所了解:简约、克制,并且往往还带有箴言性质。但我想这不单是个风格问题,这体现了她那直达事物本质的洞察力和对语言的提炼能力。对此,布罗茨基看得更清楚:"阿赫玛托娃的主要隐语是格言。她是一个超级格言诗人。她的诗歌非常之短便足以证明这一点。阿赫玛托娃的诗歌从来不会溢出到第三页。她对历史的态度也是格言式的。"

对此,我们来看诗人1933年写下的《野蜂蜜闻起来像自由》的第一节:

> 野蜂蜜闻起来像自由,
> 灰尘——如太阳的光线。
> 紫罗兰的芳馨,少女的嘴唇,
> 而金子——乏味。
> 木樨草有一种泉水的甘冽,

> 而爱散发出苹果的香气。
> 但是我们闻一次也就永远知道了
> 血,闻起来只能像血腥味……

它的每一句都耐人寻味,感性,但又带有格言般的意味,透出了诗人对生活和命运的独特"品味"。该节的第一句是伟大而无畏的赞美,把"野蜂蜜"与诗人一生要歌唱的自由联系了起来。最后两句,则带着一种无情抵达历史真相的力量,令人胆寒。

我们再来看《沃罗涅日》(1936)一诗。在曼德尔施塔姆流放期间,阿赫玛托娃曾千里迢迢前往沃罗涅日探望。她为曼氏的处境和流亡期间的诗作所震动,写下了这首名诗:

> 整个城镇结了冰,
> 树木,墙壁,雪,仿佛都隔着一层玻璃。
> 我冒失地走在水晶上,
> 远处有轻快的彩饰雪橇滑过。
> 越过沃罗涅日的彼得大帝雕像,乌鸦掠起,
> 杨树,圆屋顶,一抹绿色,
> 隐入在迷蒙的阳光中。
> 在这片胜利的土地上,库利科沃大战的风
> 仍从陡峭的斜坡上吹来。
> 而杨树,像杯子似的碰撞在一起,
> 一阵猛烈的喧哗声,在我们头顶,

仿佛成千的客人在婚宴上

为我们的欢乐干杯。

但是,在流放诗人的房间里,

恐惧与缪斯轮流值守,

而夜在进行,

它不知何为黎明。

它的结尾几句令人难忘,"恐惧与缪斯轮流值守",成为对一个诗人命运最精练的概括,而"夜在进行,/它不知何为黎明"也有一种预言般的意味。但是,该诗在《列宁格勒》杂志发表时,这最后四行——亦即全诗的精华和"点睛之笔"被删掉,留存下来的部分成了一首"爱国诗篇"!因为诗中提及"库利科沃大战",而那是1380年间俄国人在沃罗涅日附近击溃蒙古人的一场大战。

但是,从艺术手法上看,阿赫玛托娃的诗歌又不单是格言式的。就以上这首《沃罗涅日》来说,诗人把写景、历史回忆等叙述性因素也带入了诗中,并以此和诗的最后那部分形成对照。而没有那外在世界的强烈对照,在"流放诗人的房间里"发生的一切也就不会如此令人惊心。

我们会看到,从30年代以后开始,阿赫玛托娃远远超出了一般抒情诗的范畴,在创作中把抒情、哲思、史诗、戏剧、内心日记和挽歌等因素融汇为一体,愈来愈体现了她作为一个大诗人的综合能力。重要的,是史诗因素在她后来作品中的呈现。即使她不专门去写历史,在她的"三言两语"中,也透出了一个时代,或是出现了历史的纵深感。这体现了阿赫玛托娃作为"历史铭记者"的特有性质。布罗茨基就很称赞这种"阿赫玛托娃式的"诗句:"记忆有三个阶段,而第一个——它仿佛就是昨天"(组诗《北方的哀歌》)。它是格言,但又是对历史、时间和个人记忆的勾勒。从阿赫玛托娃30年代以后陆续写下的一系列组诗、长诗和抒情诗来看,一个久经磨难而日趋成熟、开阔,堪称"历史风景画的大师"(Chukovshy语)出现在我们面前。

现在我们来看诗人40年代初期的组诗《北方的哀歌》的"第一哀歌:历史序曲"。全诗不到六十行(果真没有"溢出到第三页"!),它既是19世纪"陀思妥耶夫斯基的俄罗斯"的写照,又是一个不祥的新世纪的"序曲"。全诗以"陀思妥耶夫斯基的俄罗斯"开始,描述彼得堡的现代历史:"月亮/几乎被钟楼遮住了四分之一。/酒吧喧闹,四轮马车轻快飞驶……"诗人的叙述当然带有一种怀旧性质,"而裙子窸窸窣窣,方格地毯,/胡桃木框的镜子,/卡列尼娜式的美令人惊叹",这里又指向了那令人永远难以忘怀的安娜·卡列尼娜,看来诗人执意要把人们从所谓的"苏联文学"带回到一个"俄罗斯文学"的时代……

在这首"个人史诗"中,诗人以她那擅长的手法,把过去与现在、历史场景与个人记忆"拼贴"在一起,让这些断片相互对照和映发,并由此产生一个"新的艺术整体"。而诗人对自己成长经历的追溯也很动人,它构成了诗中一个隐秘的内核:诗人回忆起"那个女人"也即诗人母亲的深蓝眼睛:"而她的善良作为一笔/我继承的遗产,它似乎是——/我艰难生涯中最无用的礼

物……"这看似不经意的一笔,刺人心扉,但也是最动情的赞颂。而到诗的靠后部分,命运的严峻力量也更可怕地显露了:

> 整个国家冻得发抖,那个鄂木斯克的囚犯
> 洞察一切,为这一切划着十字。
> 现在他搅动缠绕他的一切,
> 并且,像个精灵似的
> 从原始的混乱中挣出。子夜的声音,
> 他的笔尖的沙沙声。一页又一页
> 翻开谢苗诺夫刑场的恶臭。

"鄂木斯克的囚犯"指的是陀思妥耶夫斯基,1849年4月23日他因牵涉反对沙皇的活动被捕,定于11月16日在谢苗诺夫刑场执行死刑,在行刑前的一刻才改判成流放,押送至西伯利亚鄂木斯克监狱。全诗的这一节力透纸背,堪称是大手笔,不是沙皇的特赦令,而是那子夜时分"笔尖的沙沙声",一页又一页"翻开谢苗诺夫刑场的恶臭"!这是诗人对俄罗斯命运较量的描绘,更是对19世纪俄罗斯文学的那种伟大力量的惊人揭示和赞颂!

而这一切,构成了诗人自己和她所属的"白银一代"出场的背景。全诗以这四行结束,它是布罗茨基所说的"超级格言",同时又是对灾难和救赎的庆祝:

> 那就是我们决定降生的时候,
> 恰逢其时,以不错过

>任何一个将要来临的
>
>庆典。我们告别存在的虚无。

因为布罗茨基那篇著名文章的题目"哀泣的缪斯"①,阿赫玛托娃在中国很多读者的心目中成了"哀泣的缪斯"的化身[如按布罗茨基的原题"The Keening Muse",应译为"哀哭(或哀恸)的缪斯",它要更强烈些],而这一称呼来自茨维塔耶娃致阿赫玛托娃的一句诗:"啊哀哭的缪斯。"这又让我联想到曼德尔施塔姆《哀歌》中的名句"女人的哀哭混入了缪斯的歌唱"。

但是仍有差别,如果说曼氏的《哀歌》"在有关悲剧时代中男人和女人不同角色的陈述中开创了一种范型"(雷菲尔德),而阿赫玛托娃在她的《安魂曲》中,甚至在为她自己也为整个民族要求一种悲痛母亲的地位。"你不能使你的母亲成为一个孤儿",这是阿赫玛托娃在其他诗中曾引用过的乔伊斯《尤利西斯》中的一句话,"这句话适用于整个《安魂曲》",她曾对友人说。《安魂曲》中的"钉上十字架"一节,即把这一主题推向高潮——"天使合唱队齐声赞颂伟大的时刻,苍穹在火舌中熔化",却无人曾向或敢于向"母亲默默伫立的地方"投去一瞥!

这些受难者的母亲,承受着最大的悲痛,但又因为这非人的苦难获得了她们的神圣性。阿赫玛托娃,在长达17个月不断排长队探望被囚禁在狱中的儿子的同时,作为母亲,也作为"哀泣

---

① Joseph Brodsky: *The Keening Muse*, *Less Than One*, Farrar Straus Giroux, 1986.

的缪斯",开始创作这部令"高山低头"的《安魂曲》:

> 这时候微笑的会是那些
> 死者,他们为获得安息而庆幸。
> 而列宁格勒,像个多余的累赘
> 在它的监狱前摇来晃去。
> 当受尽折磨而迟钝的
> 服刑的囚犯队列开始移动,
> 一支短暂的离别之歌
> 被机车嘶哑的汽笛唱起。
> 死亡之星高悬在我们头上,
> 而无辜的俄罗斯在挣扎,
> 挣扎在血的皮靴
> 和"黑色玛丽亚"的铁轮下。
>
> ——《前奏》

"黑色玛丽亚"为人们当时对秘密警察囚车的称呼。阿赫玛托娃也是在秘密状态下创作这部作品的。《安魂曲》是对30年代大恐怖时期所有受害者和牺牲者的致敬,也是对整个俄罗斯的一种祈祷——在它的每一行诗的背后,都有一个命运悲剧的"合唱队":

> 我明白了一张张脸如何消瘦,
> 恐惧是怎样在眼皮下躲闪,
> 苦难如何在脸颊上刻出

艰涩的楔形文字，
一绺绺灰发或黑发又是怎样
突然间变成银白，
我明白了微笑为何从顺从的嘴唇上褪去，
惊惧又是怎样在干笑中发抖。
但我不只是为我一个人祈祷，
而是为所有和我一起排队站在那里的人，
在严寒里，在七月的酷热中，
在那令人目眩的红墙下。

——《尾声》（之一）

阿赫玛托娃曾称索尔仁尼琴为俄国的荷马。但是早在索尔仁尼琴之前，她自己的《安魂曲》就把她推向了20世纪俄罗斯最伟大的悲剧/史诗诗人的位置。它的每一行都震动人心，都不可磨灭。她的这部伟大作品，不仅达到一个悲剧史诗的高度，也获得了它不可冒犯的神圣性。

"我们知道此刻什么被放在天平上"，这是她阿赫玛托娃1942年在战争时期写下的名诗《勇气》的开头一句。她知道自己经受了什么样的考验，当然也知道什么被放在天平上。在一首未完成的十四行诗中，她这样写道："我自己会亲自为你加冕，命运！/触摸你那永恒的额头。/诺贝尔奖是不够的。想象/一些即将来临的类似的事情吧！""诺贝尔奖"指向的是1962年诺贝尔文学奖对她的提名（那时她的《安魂曲》和大量中后期作品都未能公开出版或译成西方语言）。当然，她没有获奖。但是，比起她已"冒胆"完成的一切以及要去做的一切，"诺贝尔奖"或任何外在的声誉又算得了什么呢，她已远远超出了这一切。

但是，除了勇气、天赋、对苦难的承担、过人的洞察力，作品中为我们所难以达到的那种崇高和神圣性，我在这里还要谈谈阿赫玛托娃自己对"身为诗人"这一角色和命运的反讽性认识。我想，正是这种在阿赫玛托娃身上增长、体现的"反讽"品质，使她有可能在苦难的命运中达到一种更高的肯定而又不陷入虚妄，使她日益高傲、明澈而又"活在真实中"。即使在她的《安魂曲》中，也有这样一节《不，这不是我》：

不，这不是我，这是另一些人在受苦。
我从来承受不了如此的苦难，
就让他们遮暗它吧，
并且把灯笼也带走……
夜。

我们同样受震动于这样的"低调"，因为它"真实"。但也正因为如此，它让我们倍加起敬。

我曾在文章中谈过阿赫玛托娃的《没有主人公的叙事诗》，称它为"没有英雄的诗"。这是我从该诗的英译"Poem without a hero"中直译而来的。为此我曾询问过俄文译家，他们说从原文中应该译为"没有主人公的叙事诗"。不过，我仍倾向于把阿赫玛托娃的这首长诗，甚至她一生的创作都置于"没有英雄的诗"

这样的命名之下来读解。我也很认同阿赫玛托娃诗全集的英译者 Judith Hemschemeyer 所说的"我了解得越多,也就越钦佩她的勇气,她的气节,她的智慧以及她在悲惨境遇中的那种幽默感"。的确,这就是我心目中的这位伟大的诗人:她的诗,无须英雄的存在;或者说,这种诗里没有英雄,没有那种英雄叙事,但依然是诗,而且是苦难的诗,高贵的诗,富于历史感的诗。正是这样的诗在今天依然保持住了它的尊严和魅力。

我不是什么先知

> 我不是什么先知,
> 我的生命不过是一湾清浅的流水。
> 我只是不愿对着监狱钥匙的叮当声
> 歌唱。

在诗人在世的时候,人们已用"先知"或其他的神圣名号来称呼她了。而这就是阿赫玛托娃的回答。还有什么比这更真实也比这更令人起敬的呢?她教我们的,是作为一个诗人"道德的最低限度",但也是我们需要最大的智慧和勇气才能达到的高度!

在 20 世纪俄国诗人中,大概阿赫玛托娃是被公开辱骂、被批判最多的一位。1946 年 4 月,苏共中央作出决议,展开声势浩大的批判作家左琴科和阿赫玛托娃的运动,日丹诺夫对阿赫玛托娃作出了"腐朽""颓废""不知是修女还是荡妇……集淫荡与祷告于一身"的"权威性"结论,并且富于煽动性地宣称:"怎么能把对我国青年的教育交到她这种人手里呢?"

同样让人惊异的是,女诗人看上去几乎是平静地承受了一切。据传记材料,就在该决议见报后的第二天,阿赫玛托娃仍不了解发生了什么;在作协办事时,她不解地看着人们急忙躲着自己,而一位妇女见到她后居然在楼道里哭了起来,直到她回家后打开用来包裹鲱鱼的报纸,这才发现上面刊登的一切!

但是,这又有什么呢?动用国家机器来对付一个弱女子和几首诗,这不是太可笑也太虚弱了吗?作家协会要开除,那就让他们开除;人们要表态,那就让他们表态个够,她不是早已被这样的文人们不止一次地"活埋"过吗?她照样活着,照样听她的巴赫。只是,在这种骇人听闻的迫害和侮辱中,诗人也许会想起多年前她曾写下的悲哀诗句:

你来埋葬我。

你的铁锹、铁铲在哪儿?

那些咒骂或伤害过诗人的人,在后来能否面对从这样的"哀婉"所生发的巨大审判力量呢?当然,对人类的德行正如对历史,都不能指望过高;这并非因为别的,因为判断她一生存在价值的已是另外一些事物。是的,除了追随缪斯的声音,她还有什么必要为自己辩护呢?她只是平静地看着人们对她进行声讨,正如她后来平静地、讽刺性地看着人们为她"平反"。纵然她已成为悲剧中的"焦点",但她却无意去做那种过于高大或悲壮的悲剧人物,更不允许自己因与现实的过深纠葛而妨碍了对存在的全部领域的敞开。这就是我所看到的阿赫玛托娃,她不是以自己的不幸,而是以不断超越的诗篇,对自己的一生做出了更有力的总结。

1958年6月,已逾七十的女诗人写下了这样一首《海滨十四行》:

> 这里的一切都将活得比我更长久,
> 一切,甚至那荒废的欧椋鸟窝,
> 和这微风,这完成了越洋飞行的
> 春季的微风。
>
> 一个永恒的声音在召唤,
> 带着异地不可抗拒的威力;
> 而在开花的樱桃树上空
> 一轮新月流溢着光辉……

我们不能不惊异,一个承受了一生苦难的诗人在其晚年还能迸发出这样的激情!在这里,漫长的苦难不见了,甚至生与死的链条也断裂了,而存在的诗意、永恒的价值尺度在伸展它自身。仿佛是穿过了"上帝的黑暗",她一下子置身于宇宙的无穷性中发出了如此明亮的声音!是的,这是不朽的一瞬,这是对一个永恒王国的敞开。一个写出了这样的诗的人,还在乎什么历史的公正或不公正呢?

"你将以斜体书写我们"

在今天,除了像这样的伟大诗人致以深深的敬意,我们还能说什么呢?这几位20世纪俄罗斯诗人不仅以他们天才的诗,构成了俄罗斯诗歌史上一个苦难而光荣的时代,也将永远以他们的人格力量和灵魂力量昭示着所有后来的诗人们。

1962年,在寂寞的暮年,在曼德尔施塔姆、茨维塔耶娃、帕斯捷尔纳克已相继离开人世的巨大荒凉中,阿赫玛托娃写下了一首《最后的玫瑰》,诗前引用了布罗茨基的一句诗"你将以斜体书写我们"("You will write about us on a slant")作为题记。

作为20世纪俄罗斯诗歌的传人,布罗茨基多次谈到阿赫玛托娃等前辈对他的深深影响:"与阿赫玛托娃在一起的那些经历,是我生命的一部分。……我只说一点:与阿赫玛托娃的每一次会面对我都是不同寻常的经历。当你亲自感觉你是在和一个比你更好、比你好多了的人打交道,你是在和一个用她的语调就改变了你的人在一起。阿赫玛托娃改变你,仅凭她的发音或是一扬头,就使你进化成了人。"

至于他所说的"你将以斜体书写我们"是什么意思呢?为此我找到了几种从俄文原诗译过来的《最后的玫瑰》译本,有的没有译出这句作为题记的诗,有的则译为"你将用曲笔描绘我们"甚或"你将斜靠着来描绘我们"等等。

但是,我仍坚持这样来译,纵然我依据的英译本中用的是"slant"(倾斜,斜线),而不是"italic"(斜体)。我这样译,有意使印刷或打字意义上的"斜体"成为一种诗的隐喻,即那种有别于通常模式和官方模式的最隐秘的书写。实际上曼德尔施塔姆、阿赫玛托娃都运用过类似的隐喻,阿赫玛托娃说过她用"隐性墨水"写作,有研究者也指出她在写《没有主人公的叙事诗》时,"深思熟虑地使用普希金在作品遭审查时曾不得不使用的那种'省略法'(ellipses)的方式",等等。此外,她借一位意大利诗人但丁来写她自己的"俄罗斯情结",这在某种意义上,不也正是用这种"斜体"写作?

更重要的,是"你将以斜体书写我们"的精神意义还超越了具体的写作策略。它拥有一种精神上的区别性和亲密性。在一个不自由的年代,它呈现出阿赫玛托娃写作的独特性质和意义,它也是像阿赫玛托娃、布罗茨基这样的诗人在那个年代的"接头暗号"!

1960年5月30日,帕斯捷尔纳克死于癌症。帕氏的离去,使阿赫玛托娃顿时意识到俄罗斯失去了什么,在她自己的生活中失去了什么。还不到两周,年过七十的阿赫玛托娃在医院里写出了她的哀歌,也是她自己的天鹅之歌《诗人之死》:

1

昨天无与伦比的声音落入沉默,
树木的交谈者将我们遗弃。
他化为赋予生命的庄稼之穗,
或是他歌唱过的第一阵细雨。
而世上所有的花朵都绽开了
却是在迎候他的死期,
但是突然间一切变得无声无息

在这承受着大地谦卑之名的……行星上。

2

就像盲俄狄浦斯的小女儿,
缪斯把先知引向死亡。
而一棵孤单的椴树发了狂
在这丧葬的五月迎风怒放——
就在这窗户对面,那里他曾经
向我显示:在他的前面
是一条崎岖的、翅翼闪光的路
他将投入最高意志的庇护。

的确,死亡在唤醒和照耀一位诗人。死亡使一棵孤单的椴树发了狂,但也使她开出了自己最不可思议的花朵。这里,阿赫玛托娃,这个似乎生来即是为了唱挽歌的诗人,以她的哀歌来为她那一代最后一个光辉的灵魂送别,同时她也清楚地意识到:他就在那里等她。不仅是他,还有一个个先她而死去的亲友和同时代人,甚至包括那些她已忘记的人,都将永远在那里等她。

1966年3月5日,诗人走完了人世的最后一程。据传记材料,这是她写于当年2月的最后的诗句:

必然性最终也屈服了,
犹豫地,她自己退闪到一旁。

阿赫玛托娃,这位"哀泣的缪斯",以她苦痛而伟大的一生,以她自身的力量,甚至让命运的"必然性"也"退闪到一旁"。她进入了永恒,并投身于她所说的"最高意志的庇护"。

"二月,墨水足够用来痛哭"

——帕斯捷尔纳克的诗与小说

帕斯捷尔纳克(1890—1960),苏俄著名诗人,生于莫斯科一个画家家庭,早年曾在德国留学,十月革命前出版过诗集《云雾中的双子星座》(1914)和《在街垒上》(1917),1924年出版诗集《生活,我的姐妹》,进一步奠定了他作为一个杰出诗人的地位。1957年在国外发表长篇小说《日瓦戈医生》,表现出对十月革命历史独特的个人审视,为此受到严厉批判。1958年,帕斯捷尔纳克因为《日瓦戈医生》获得诺贝尔文学奖,迫于国内的巨大压力,他不得不拒绝接受这项奖金。1959年7月,他写下了一首诗《诺贝尔奖》,作为对整个事件的回应:"我错在何处?/我杀了人么?/我只是写下了我美丽的故土,/并让全世界为之恻隐。"他的最后一本诗集《到天晴时》在他因患癌症逝世前出版。

在北岛、多多等人的回忆中,都曾多次提到苏联"解冻"时期爱伦堡的长篇回忆录《人,岁月,生活》在早年对他们的重要作用。作为苏俄文学的见证人,爱伦堡以他高度的文学修养和敏感,描述了他对曼德尔施塔姆、阿赫玛托娃、茨维塔耶娃、帕斯捷尔纳克等诗人的印象。他声称他要描绘的"既不是一尊圣像,也不是一幅漫画,而是肖像的习作"。至于他对帕斯捷尔纳克的回忆,更是创造了一个纯粹诗人的神话。他说在他认识的诗人中,帕斯捷尔纳克"口齿最笨,又最接近音乐的要素",最"自我中心",但又最富有吸引力。帕氏不擅演说,1935年在巴黎的和平大会上,他只简单地应付了几句,诸如"诗歌不必到天上去寻找,要善于弯腰,诗歌在草地上"等等,没想到听众顿时为之惊倒,他受到了热烈欢迎。在回忆录中,爱伦堡还引证了帕斯捷尔纳克这样的诗句:

> 认为你不贞洁——那可是罪过:
> 你带着一把椅子进来,
> 从书架上你取得了我的生命
> 还吹去了尘埃。

爱伦堡没有注明诗的出处。它出自诗人早期的爱情诗《出于迷信》,后来我找到了该诗的英译全文。该诗一开始就是一个隐喻:"这藏着一只桔子的火柴盒/就是我的斗室"。这是多么独特,又多么亲密!诗中还这样写到爱人的衣裙:"像是一朵雪莲,在向四月请安/像是在轻声曼语……"至于被爱伦堡引用过的那个全诗的最后一节,更是赞颂了爱情的到来对人的存在的刷新和照亮。

"帕斯捷尔纳克的名字,是刹那间幸福的刺痛",一部在俄国出版的《帕斯捷尔纳克传》的开篇即是这一句。而在中国,这个名字也是和许多诗人心目中的"诗人"和"诗歌精神"联系在一起的。这个名字所代表的诗歌品质及其命运,几乎具有某种神话般的力量。

还是让我们来看帕斯捷尔纳克一生最密切的朋友、女诗人茨维塔耶娃的描述:"他的脸既有着阿拉伯人的特征也有着阿拉伯骏马的特征:机警,专注——仿佛随时准备全速驰骋似的……给人的印象是时时刻刻在谛听,在关注,突然之间激情迸发为诗句……"

茨维塔耶娃的描述,生动地展现出一种诗性的生命。在我看来,对于早期的帕斯捷尔纳克,他的全部诗学就是"生活,我的姐妹"(这是他的一部诗集的名字),诗人和他的"生活姐妹"(这包括了大自然,它们是一个整体)亲密无间、血肉相连、声息相通,他们相互关照、相互揭示,一起成长。

我不能不叹服帕斯捷尔纳克早期诗中那种惊人的比喻才能,如"高加索山脉就像一床堆得乱糟糟的被褥那样铺展着""冰川露出了脸庞,就像死者灵魂的复活""黄昏以它钟楼的全部青铜闯进你的窗户""太阳依偎着巨大的冰块取暖"等等。即使在他的散文作品中,也以隐喻和叙述相交织,形成了特有的诗性文体和风格,如诗人自己所说,在"移居点里建立一栋杜撰的抒情的房舍"。比如他会这样来形容"芳香四溢的晚色":"如同一滴海水灌入耳鼓,使整个颅骨都变聋了";如在他这样回忆早年随全家在火车上遇见里尔克及莎乐美（当然他没有点出其名）的情景，站台上的挥手道别后，随即降临了"枪响一般震撼人心的沉寂"！（《安全保护证》，乌兰汗、桴鸣译）

而在回忆少年时代时，他还曾这样打比喻——"不管以后我们还能活几十年，都无法填满这座飞机库"，为什么呢？因为"少年时代是我们一生的一部分，然而它却胜过了整体"（《安全保护证》）。我相信，海子一定从中受到了影响，如他的《最后一夜和第一日的献诗》中的"牧羊人用雪白的羊群/填满飞机场周围的黑暗"，以及随后的"雪山用大雪填满飞机场周围的黑暗"。这种影响不是细节性的，而是结构性的，没有这一次次的"填满"，诗最后的"九十九座雪山"也不可能"高出天堂"！

帕斯捷尔纳克正是以这样的诗性感受力和修辞手法，赋予万物以生命，用他自己的话来说"揭示或表现无人知晓的、无法重复的、独特的活生生现实"（诗人致美国译者信）。在以赛亚·伯林看来，帕氏比任何人都更生动地诠释了文艺复兴的理念，"即认为艺术家是可与大自然本身相匹敌的创造者"，他所拥有的天赋也使他比其他任何人都更能将人与事物"鲜活的品质和生命的律动"传达出来，在他那里，"石头、树木、泥土和水在一种近乎神秘的意境中被赋予了生命"。（见以赛亚·伯林《苏联的心灵》，潘永强、刘北成译）

对此，我们来看《二月》这首帕氏早期抒情诗的代表作。这首诗强烈而又悲怆，致使早春二月的雪水、泪水和缪斯的墨水浑不可分。

"二月,墨水足够用来痛哭"

二月。墨水足够用来痛哭!
大放悲声抒写二月,
一直到轰响的泥泞
燃起黑色的春天。

用六十戈比,雇辆轻便马车,
穿过恭敬、穿过车轮的呼声,
迅速赶到那暴雨的喧嚣
盖过墨水和泪水的地方。

在那儿,象梨子被烧焦一样,
成千的白嘴鸦
从树上落向水洼,
干枯的忧愁沉入眼底。

水洼下,雪融化处泛着黑色,
风被呼声翻遍,
越是偶然,就越真实,
并被痛哭着编成诗章。

(荀红军 译)

诗一开始就震动人心,我们体会一下,诗人所写的不是二月的雨水、雪水而是"墨水",而这墨水不是用来书写却是用来"痛哭"的! 这真有一种奇特的说不清楚的魅力! 为什么"痛哭"?

这倒不是像有人理解的那样是出于"悲伤",相反,很可能是因为更强烈的幸福,因为生命的复苏,春天的唤醒。

因为这强烈的、饱含着情感力量的诗句,从此早春二月和缪斯的墨水就注定和帕斯捷尔纳克联系在一起。

该诗体现了帕氏早期诗歌的独特风格,语速很快,意象密集,"像孩童的语言含混不清"(茨维塔耶娃语),以同时扑面而来的雪水、泪水和墨水,以黑色泥浆的"轰响"声、祈祷钟声与车轮呼叫声,以及千百只被烧得"焦黑"从树上坠下的白嘴鸦,表现春天到来的力量,或者说,表现一种奇迹般涌现的诗。至于诗最后的"越是偶然,就越真实",既切合这首诗本身的情景,也暗示了诗人的诗观。的确,诗不仅来自强烈的情感涌动,它也是对寻常逻辑的一种强行突破和超越——也正是在这种意义上,人们说诗往往就是一种"语言的意外"。

而王嘎所译的帕斯捷尔纳克的早期诗,也使我对一个诗人的"天赋"有了新的、令人喜悦的发现。王嘎带有研究性质的翻译,不仅进一步揭示了帕氏早期诗中那种特有的诗性感受力和隐喻才能,也以其深入、确切的把握,让我切实地感受到了一个诗人的脉搏跳动,如《麻雀山》一诗的开头和节尾两节:

> 你被亲吻的双乳,仿佛在净瓶下洗过。
> 夏日如泉水涌溅,却不会绵延百年。
> 我们让手风琴低鸣,却不会踩踏节奏
> 夜夜起舞,任由音调与尘土飞扬。
> ……

> 透过树影,浮现出正午、漫步与圣灵节,
> 小树林要让人相信,世界向来如此:
> 就这样被浓荫顾念,被林间空地感染,
> 被我们承担,仿佛云朵滴落在印花布上。

该诗出自诗集《生活,我的姐妹》。令人欣喜的是译者那种"抓住作品永恒的生命之火和语言的不断更新"(本雅明《译者的任务》)的能力。正是经由这样的翻译,使这首近百年前的诗,新鲜得像是诗人刚刚散步归来后写下似的!这里,诗一开始的"净瓶"就用得非常好,它不仅使肌肤相亲和肉欲之爱顿时具有了诗性的净化意味,它也给全诗定下了音调。而全诗最后的"滴落",也滴落得恰到好处,它不仅富有诗意,也有助于我们从整体上把握帕氏的诗。在帕氏看来,诗歌之泉的"涌溅",首先来自于"吸收",生活和大自然比我们想象的还要"慷慨"。因此,他会钟情于那云朵浸润的印花布:它柔软,湿润,朴素而又五色斑斓。在《几点原则》(1918)中,诗人还这样明确写道:"某些现代派人士想象艺术如喷泉,其实它却如同海绵。他们断言,艺术应当喷涌而出,其实它却应当不断吸收并达到饱和。"

还需要再说什么吗?诗人这样的诗和这样的话,使我再次听到了"清泉潺潺"。

王嘎对帕氏另一首早期诗《起航》的翻译也十分出色。1922年夏末,诗人偕同新婚妻子从彼得堡起航,前往德国看望此前离开故土的父母。"盐从天上滴落,絮语间/隐约传来机轮的轰响",全诗以这种看似平静的叙述性语调开始,它不仅把我

们置于一种带有嗡嗡机轮声的诗的现场,细细体会"盐从天上滴落"这一句,诗人还为我们展现了一个怎样的诗性宇宙!

接着的第二节:"海面像展开的白桦树皮",多么新鲜、独到、"俄罗斯式"的比喻!而"海水闪耀着苍白的粉色",也体现了一种敏锐、精微的视觉感受力,如果我们细心体会,这闪耀的苍白粉色不仅由于被照耀,还隐含着一种内在的燃烧。的确,离开了这种内在的燃烧,诗歌就不会成为"冒烟的良心",诗人也不可能"在烟雾中推进"并"寻找出路"。(《致茨维塔耶娃》)

就在这闪耀的苍白粉色中,大海"一浪又一浪,痛苦地奔涌……"诗人就这样道出了大海的也是他自己的战栗。而从翻译的角度看,"一浪又一浪,痛苦地奔涌,/连连击溅中别无回响"已译得很好,甚至不可能更好了。当然,如果我们能直接读原诗,我猜,我们可能会更多地体会到一种声音的"磁性"。因为很显然,像帕氏这样的诗人,不可能不运用大海的奇异声响来为他的这首诗押韵。

回到这首诗,到了第三节的后两句,一种更伟大的境界就为我们展现出来了:"空间愈发辽阔,大海也为/它的增长而战栗",诗人没有言说自己如何,而是想象大海为它自身生命的展开而战栗,这不能不说是一种很高明的写法。多年之后,布罗茨基在美国滞留时也这样写道:"我的回乡之途仍太遥远,/当我们在此消磨时间,亲爱的海神,/它仿佛是延伸扩展的空间",角度当然不同,但我们依然可以从中听出一种对帕斯捷尔纳克的回应。

诗由此展开了更开阔的空间。诗人写此诗时32岁,新婚,进入人生的成年,这次是再次前往他青年时代曾留学的德国,而且经由的是漫长的海路。了解了这些,我们可以更深入地触及这首诗的主题:前往与告别,生命的展开和成熟,对未来的预感,等等。

接下来几节,诗人进一步写他的途中所见和感受,一方面,大海"俯视着过往的旅人",诗人也在接受这种"俯视";另一方面,远处的岸仍依稀可见,"道路——但它已非同寻常,/就像是灾难,没有尽头",这有点突兀,道路本身并非灾难,但它通向的可能是灾难——那就是俄罗斯那片经过了革命和内战暴力蹂躏的大地,而他仍将回到那里。但帕氏和"十月革命"后那些流亡者有所不同,他的态度是"承担",是"照单全收",是"不断吸收并达到饱和",这就是为什么在他的诗中,一个天赋诗人的敏感、孩童般的稚气与大丈夫的气概经常混合在一起,当机轮的隐约轰响声骤然增强,诗接着出现了"九十度转弯"和"闯进它敞开的胸怀"这样的诗句,这表现了诗人进入一个新世界的勇气,而这,也和他一贯的对"生活姐妹"的拥抱相一致。

好在这首诗还有着它更出人意外的一笔。如果说这次漫长的旅途像是一场成人礼(这当然不是指那种通常意义上的),诗人完成这个仪式以全诗的最后一个意象:"海鸥像一把长柄勺,/石头般坠入覆灭的深渊。"

多么陡峭、有分量的一笔!首先来看"海鸥像一把长柄勺"这一句,它不仅很形象,如果我们联想到帕氏早期的另一句诗

"啊,童年!心灵深处的长柄勺",还可以体会出更多的意味。的确,以"长柄勺"来比喻童年,不仅亲切,也一语道出了生命的重心所在(曾受过帕氏影响的瑞典诗人特朗斯特罗姆,也有过生命是一道"拖长尾巴的彗星"而童年"是其决定性的头部和内核"的比喻)。

然而此刻,就在这场通向未来的行旅中,从一只海鸥那里,诗人看到它"石头般"——它也必须具有这种分量和速度——一头栽进了大海的深渊。

这是一首诗再好不过的结束。但它也是一种开始,诗人由此进入了他的更开阔和茫然的成年。

但是我们也发现,随着历史的进程,帕斯捷尔纳克的生活和创作中也投下了愈来愈浓重的阴影。如诗人1928年所写的《致安娜·阿赫玛托娃》一诗:

> 似乎我在挑选可以站立的词,
> 而你就在它们之中,
> 如果我不能够,也算不了什么,
> 因为那是我的错误。
>
> 我听见屋顶上雨水的低语,
> 在人行道和马路牙子上衰弱的田园诗。
> 某个城市,从第一行涌起,
> 在每一个名词和动词中回响。

"二月,墨水足够用来痛哭"

春天到来,但依然无法出门。
订货人的最后期限就要到期。
你俯身于你的刺绣直到你哭泣,
日出和日落熬干你的眼睛。

呼吸远方拉多加湖的平静,
你的双腿在浸入的浅水中战栗。
如此的蹓跶并没有带来宽慰,
黑暗水道的气味,如同去年夏天的衣柜。

干燥的风划过,就像经过核桃裂开的壳,
拍打着树枝、星星、界桩和灯盏
闪烁的一瞥。而女裁缝的凝视
一直朝向看不见的上游。

从那不同的方位,眼光变得锐利,
意象的精确也以同样的方式达成,
但是可怕力量的解决
就在那里,在白夜刺眼的光线下。

我就这样看你的脸和你的神情。
不,不是盐柱,是你五年前用韵律固定住的
罗得妻子的形象,蒙眼而行,

>   为我们克制住回头看的恐惧。
>
>   你是那么早地，一开始就从散文里
>   提炼出你挺立的诗，而现在，
>   你的眼睛，像是引燃导体的火花，
>   以回忆迫使事件发出颤动。
>
>   （王家新 译）

诗人当然知道，他的诗人使命在于赞颂，在于成为"可与大自然本身相匹敌的创造者"，诗的开头部分，如第二节，也仍延续着早期诗集《生活，我的姐妹》的风格，"但是可怕力量的解决／就在那里，在白夜刺眼的光线下"，命运的真相及其"可怕力量"显现出来了，"不，不是盐柱，是你五年前用韵律固定住的／罗得妻子的形象……"这指向了阿赫玛托娃1924年所写下的《罗得之妻》一诗。而为什么帕斯捷尔纳克在这首诗这样写，显然出自他自己的全部生活和良心的催逼。他在多年后全身心投入创作的《日瓦戈医生》，在很大的意义上，正是"蒙眼而行""克制住回头看的恐惧"的产物。弗拉迪斯拉夫·祖博克在《日瓦戈的孩子》（董帅译）中这样指出诗人后来的精神转变："他开始重新投入东正教的信仰，这将他从自杀的念头里解脱出来。讽刺的是，大恐怖反而使他不那么害怕被边缘化了。他发觉，自己对俄国革命的迷恋，以及与苏联文学的结盟将自己带入了人性价值崩溃的边缘——艺术与道德的共同毁灭。他拒绝了极权的诱惑，不惧结果。他又重新开始写诗……"

而《日瓦戈医生》,正是一部帕斯捷尔纳克以一生来写就的伟大诗篇。

我是在80年代末那些难忘的冬日彻夜读《日瓦戈医生》(漓江版力冈译本)的。那时别的书都读不下去,而这样的书我生怕把它读完。这不仅是一种伟大的富有勇气的时代见证,也具有一种一直深入到我们生命内里的灵魂拷打力量。帕斯捷尔纳克说他写这本书是出于一种欠债感,因为同时代很多优秀的人都先他而去了(他多次对人讲"茨维塔耶娃的死是我一生中最大的悲痛")。他写《日瓦戈医生》就是为了"还债",还生活的债、历史的债、良心的债。帕斯捷尔纳克之所以让我敬佩,就在于他以全部的勇气和精神耐力,承担了一部伟大作品的命运。

就是这样一本书,还有书中透出的那种精神氛围,使我整整一个冬天都沉浸其中。"这里所写的东西,足以使人理解:生活——在我的个别事件中如何转为艺术现实,而这个现实又如何从命运与经历之中诞生出来",这是帕斯捷尔纳克对《人与事》的叙述,这同样适合于描述《日瓦戈医生》的创作。书中的叙述,不仅写出了一个广阔动荡的时代,写出了一个天赋很高、同时又很善良、正直,与他的世纪相争辩、试图寻回生命与爱的意义的知识分子的形象及其悲剧命运,还由此揭开了俄罗斯的精神之谜。拉丽莎对日瓦戈说的"我们就是千百年来人类所创造的无数伟大事物中最后的两个灵魂,正是为了那些不再存在的奇迹,我们才走到一起,相互搀扶、哭泣、帮助……"这一段带有挽歌性质的话,就一语道出了全书的精髓。

所以意大利作家卡尔维诺在《帕斯捷尔纳克与革命》一文中一开始就这样写道:"在二十世纪的半途中,俄国十九世纪伟大小说又像哈姆雷特父亲的鬼魂一样回来打扰我们了,这就是帕斯捷尔纳克的《日瓦戈医生》。"的确,《日瓦戈医生》的意义,就在于它恢复了一个民族的文明记忆和诗歌记忆,在一个粗暴的、践踏文明和人性的年代,恢复了19世纪俄罗斯文学的伟大传统。正如卡尔维诺指出的那样,它"创造了一个深邃的回音室"。

《日瓦戈医生》给中国诗人的启示还在于如何来进行一种艺术承担。帕斯捷尔纳克完全是从个人角度来写历史的,即从一个独立的、自由的,但又对时代充满关注的知识分子的角度来写历史,他把个人置于历史的遭遇和命运的鬼使神差般的力量之中,但最终,又把对历史的思考和叙述化为对个人良知的追问。而这,也正是90年代中国诗人要去努力确定的写作角度和话语方式。

诗人对爱的复活力量的赞颂,在《日瓦戈医生》中也得到了更为感人的交响乐式的回响。那里的爱情描写不仅令人心醉、也令人心碎。诗人通过这个故事,就是要在一个践踏人性的年代重新达到对美的价值、对精神的尊严包括对爱情的高尚力量的肯定。有人说拉丽莎这个人物在帕斯捷尔纳克的生活中有原型,但这并不重要,重要的是他以一种富有想象力的方式展开了对他那一代人在那个时代的命运的描述,并通过这种苦难中的相遇和爱,富有诗意地证实了人的存在的意义,证实了那些更伟大的精神事物对人的庇护。正因为如此,这个故事被注入了神话般的力量。

  当然,《日瓦戈医生》的丰富和深邃,不是我们一时可以穷尽的。和《帕斯捷尔纳克传》的译者王嘎在一起时,他就谈到一个重要细节:在日瓦戈的葬礼上,出现了一个园丁模样的人。熟知《圣经》传统的人会猜出,这正是复活的耶稣的形象,"只可惜所有的中译本都没能传达出这一点。我手头四个译本,只有力冈先生的理解和表达基本正确,并且保留了这个看起来像盲肠一样的括号"。王嘎所说的,见小说第七章第31节中的那个括号:"(她还以为是那看园的……)"。

  而祖博克为什么以"日瓦戈的孩子"为题来阐述这部作品,也体现了他深刻、独到的发现:《日瓦戈医生》的最后几页,讲的是日瓦戈死后,他在战争和恐怖时期活下来的朋友遇见了他的孩子塔尼娅。塔尼娅作为孤儿在农村长大,她没有机会继承他父亲的自由思想和创新精神。这个孩子的命运在小说最后只是点到为止,并留下了悬念:是否俄国知识分子的文化遗存在那个可怕的年代已毁灭殆尽?是否无人能继承日瓦戈的痛苦,也无人能继承日瓦戈的天赋?

  这一切,真是耐人寻味。我记得昆德拉在《小说的艺术》中曾讽刺帕斯捷尔纳克"不会写小说",但人家需要像他那样去写小说吗?当然,昆德拉有他的特长,但他能写出这样的伟大诗篇吗?

  回到帕斯捷尔纳克的这部作品,他在最后还创造了一个伟大悲剧的幻象:日瓦戈身处一辆拥挤的电车内,相信自己在车窗外看到了拉丽莎,他挣扎着向她奔去,却因心脏病发作猝死。——你相信这个神话吗?你是否从中感到一种令你战栗的"更高意义上的真实"?

小说中的日瓦戈到后来猝然死去,因为只有死亡才使悲剧得以完成。应该说,不是日瓦戈必须去死,而是他可以去死了!因为他已经历了一种命运并从中领受到那无上的神恩,因为灵魂的远景已为他呈现,他可以去死了。就在日瓦戈的葬礼上,有一位迟来的女来宾,那就是在小说的后半部几乎消失了的拉丽莎。她就这样神秘地出现了(几天后她又被抓进集中营,并永远消失在那里)。拉丽莎伏在日瓦戈遗体上说的那些话,每次读都使我禁不住内心战栗:

> "我们又聚在一起了,尤拉。上帝为什么又让我们相聚?……你一去,我也完了。这又是一种不可改变的大事。……永别了,我的伟大的人,亲爱的人;永别了,我的水深流急的小溪,我多么爱听你那日夜鸣溅的水声,多么爱纵身跃入你那冰冷的浪花之中……"

这就是《日瓦戈医生》,一部曾让我反复阅读的伟大诗篇。而且我们也要感谢力冈先生那质朴而精彩的译笔。

北岛、柏桦等中国诗人十分推崇帕斯捷尔纳克早期的诗:独特而奇妙的词汇、令人震惊的隐喻、充满新奇的陌生化和紧张感等等。而我自己更认同于他那些沉着、缓慢、带着内省、沉思性质的诗,更认同于他在"尽其一生,达到质朴"上所做出的努力。收在《日瓦戈医生》最后部分"日瓦戈的诗"中的第一首诗《哈姆雷特》,正是这样一首诗,它像墓碑一样照亮了全书:

> 喧哗声止息。我走上舞台。
> 依着一道敞开的门
> 从那回声中,我试着探测
> 给我预备着一个什么样的未来。
>
> 上千的测度夜色的望远镜
> 已经对准了我。
> 我的天父,如果可以的话
> 请移走我的苦杯。
>
> 我珍重你的执拗的构思
> 并准备好担当这个角色。
> 但是这正在上演的和我无关。
> 请免去我这一次。
>
> 然而剧情的布局已定,
> 最后的结局已经显示。
> 在伪君子中间我孤身一人,
> 活着并非漫步于田野。

这是小说主人公日瓦戈的诗,也是帕斯捷尔纳克后期的一种内心独白。

帕斯捷尔纳克是莎士比亚的俄语译者,当然是一个杰出的富有创造性的译者。莎士比亚本来写的是"时代的鞭笞和轻蔑",他在翻译时却借哈姆雷特之口说:"谁能忍受统治者虚假的伟大、权贵们的无知、普通人的伪善,个人的看法无法表达,心中的热爱得不到回报……"人们可以不同意这样的"创造性发挥",但要知道帕氏是在最受压抑的处境下翻译《哈姆雷特》的。他的确是在"冒险",但没有这种冒险,一个激动人心的"俄语的哈姆雷特"也就不可能诞生。

我们来看这首诗:这个俄语版的哈姆雷特从往事的回音中探测着未来,这就是说,他已意识到他的"人生之谜"是由历史——那尚待认识和澄清的历史——来决定的。他不可能摆脱历史来获得他的自由。也正由于这种人生的重负,他仰望星空,而星空也用上千的"望远镜"对准了他。他在接受一种众神的目睹。

他对他的天父呼求。他的全部生活把他推向这一吁请。这说明写《日瓦戈医生》时的帕斯捷尔纳克,已由早期的异教徒式的、泛神论式的世界观,转向一种准基督徒式的虔诚。

像受难前的汗血并流的耶稣一样,他祈求天父"移走我的苦杯",因为这已超出了他的承受力。然而,这苦杯能移开吗?这苦杯就是肉体生命本身。

耐人寻味的是"这正在上演的和我无关"这一句。俄语版的哈姆雷特已经出场,但是他却发现这正在上演的一切和他无关。这暗示着日益严峻的时代和个人良知的冲突。对于20世纪初期的俄国革命,帕斯捷尔纳克和他那一代人中的许多人一样,并不持一种拒绝的态度,因为俄国专制、腐朽的社会需要一场暴风雨的冲刷。但他后来渐渐发现,历史改变了方向,革命的音乐变成了令人恐怖的噪音。这正是诗中的主人公陷入困境的主要背景。

帕斯捷尔纳克为什么选中了哈姆雷特,是因为他从这样一个矛盾的悲剧性艺术形象那里看到了自身的命运。哈姆雷特的著名道白是"To be, or not to be: that is the question",中国现有的多种译本多少都有点把它简化了,或者说,取消了它的形而上的维度。"To be, or not to be"——"存在,还是不去存在",这其实是一个更严峻的起点,对存在的追问就是从这里开始的。哈姆雷特的全部遭遇和内在矛盾把他推向了这样一个终极性的临界点。

帕斯捷尔纳克的哈姆雷特也处在这样一种困境中,甚至比莎士比亚的哈姆雷特面对的困境更为荒谬。莎士比亚的哈姆雷特还有着统一的角色感,他可以在这一角色里完成他的命运。而帕斯捷尔纳克的哈姆雷特却深深感到了加缪在界定"荒谬感"时所说的那种"角色与环境的疏离"(《西西弗的神话》),因此他再次请求:"请免去我这一次。"

然而,生命的苦杯无法移开,历史赋予的角色也无法免去。这就是帕斯捷尔纳克的命运:他唯有承受。小说中的日瓦戈和帕斯捷尔纳克本人都属于那种知识分子艺术家类型。他们都不是救世的英雄,他们是"承担者"。他们在他们生活的历史条件下没有发现别的出路,唯有通过承受和牺牲来达到拯救。

所以,在诗的最后一节里,哈姆雷特出于对命运的觉悟,顺从了历史的意志。似乎这历史的意志中就隐含着上帝的意志。但这并不意味着他对自身良知的放弃。他清醒而痛彻地意识到"在伪君子中间我孤身一人"。他感到"活着并非漫步于田野"。他要求自己的,是最大限度地去承受。

正是在这样一种承受中,产生了一种真正的悲剧的力量。"活下去。活到底。活到最后",这是帕斯捷尔纳克在那个艰难的年代说出的另一句话。显然,这里的活绝不是苟活。这里的活需要全部的良知、勇气、信念和耐力!

90年代初,我就这样和帕斯捷尔纳克的诗守在一起。那时我家住在西单的一个胡同里,有一天大雪刚停,我乘坐——准确地说是"挤上"公共汽车到东边农展馆一带上班去,满载的公共汽车穿越长安街,一路轰鸣着向电报大楼驶去,于是我想起远方的远方,想起一种共同的生活和命运,而随着一道雪泥溅起,一阵光芒闪耀,一种痛苦或者说幸福,几乎就要从我的内心里发出它的呼喊,于是我写下了我那首诗《帕斯捷尔纳克》。

就是这样一首诗,"这是痛苦,是幸福,要说出它/需要以冰雪充满我的一生"。我说出了吗?似乎说出了一些。诗人柏桦在一篇论文中说"王家新借《瓦雷金诺叙事曲》《帕斯捷尔纳克》两首诗深入地介入了中国的现实"。就诗而言,诗中那种内在的强度,那种精神的迸发性和语言的明亮,一生中似乎也只能闪耀一次。其中的一些诗句比如"终于能按照自己的内心写作了/却不能按一个人的内心生活",也唤起了广泛的共鸣。这些,都是我写这首诗时没有想到的。

但是相对于帕斯捷尔纳克这样的诗人,我们还远远没有"说出",还需要以"冰雪"来充满我们的一生。这些20世纪俄罗斯诗人不仅以其优异的艺术个性吸引着中国的诗人们,也以其特有的诗歌良知和道德精神力量,如诗人谢穆斯·希尼所说,在20世纪整个现代诗歌的版图上构成了一个"审判席"。

"它来到我们中间寻找骑手"

——天才诗人布罗茨基

约瑟夫·布罗茨基(Joseph Brodsky,1940—1996),20 世纪最优异的俄语诗人之一,生于列宁格勒一个犹太人家庭,生性叛逆,15 岁时的一天上午,他突然走出那令人窒息的中学教室,并且永远没有再回去。从此以后,他干各种零活,甚至在医院的太平间里当过搬运工,后来随一支地质勘探队到边远地区探矿,这自由而艰苦的岁月,也是他自由地"猎取知识"、成为一个诗人的岁月。他这种经历,使我想起了他一生所崇敬的奥登所写的《兰波》一诗:

> 夜,铁路的桥洞,恶劣的天空
> 他的可气的伙伴们并不知道
> 在那个孩子身上修辞学家的谎言
> 崩裂如水管:寒冷造就了一个诗人

这样的诗句,用来描述布罗茨基也正合适。似乎他生来就在"寒冷"中长大(他说他在 7 岁时便感到了对犹太人的歧视),

他更知道那种内在的"崩裂"是怎么一回事。这使他不再生活在"修辞学家的谎言"下。他不能让一张《真理报》掩盖了他的一生。退学以后,他边打工边大量读书,并自学波兰语和英语,写诗,并翻译他所喜欢的诗。据他当年的朋友、诗人耐曼回忆,那时他们在一起时常说两个"暗号"似的短句,一是日本作家芥川龙之介的"我没有世界观,我只有神经",一是福克纳的"不幸的狗崽子"(这不仅指他们自己,还指一切人,人类!)。耐曼就这样见证了布罗茨基的成长。据他回忆,临近1962年,布罗茨基"开始用自己的声音讲话"(这一年他写出了《黑马》),而到了1964年(那时他刚完成《悼约翰·邓恩》这首在后来曾令奥登刮目相看的长诗),他们拜以为师的阿赫玛托娃"就知道他是一个大师级的诗人,而我们都不知晓"。不过,耐曼也不迟钝,他以三言两语就道出了他对这位朋友的直感:"他以一种独特的方式形成了自己的独一无二性";他"就像他歌颂过的猛禽一样,知道该往哪儿瞧才能找到猎物";他在诗艺上的进展有一种"超出常规"的"神速",等等。①

　　这样,布罗茨基的诗开始在地下流传。不用说,这样的"另类"在当时很难见容于社会:1964年初,他被当局以莫名其妙的"寄生虫"罪名弄了起来,理由是他"不工作"。后来经阿赫玛托娃等作家的声援,没有被判刑而是流放到偏远地带劳动改造。

---

① 阿纳托利·耐曼:《安娜·阿赫玛托娃纪事》(夏忠宪、唐逸红译),华文出版社2002年版。

1972年，因为布罗茨基在西方也引起了关注，苏联当局嫌麻烦，干脆把这个"寄生虫"送出去，据说给他指定的去向是犹太人的定居国以色列，但布罗茨基选择的却是奥地利—英国—美国。我看过一张布罗茨基告别故国前在机场坐在旅行箱上的照片：坦然，自信，英姿勃勃。有谁能阻拦得住这样的天才诗人呢。

布罗茨基后来定居美国并加入了美国籍，他用俄语写诗，用英语写诗论随笔和散文，犹如登上人类文明的山巅"静观两侧的斜坡"，取得令人瞩目的成就，用米沃什的话来说"光彩夺目，不到十年就确立了他在世界诗坛的地位"。1987年，布罗茨基因其"浓郁的诗意，优美的智识和高超的语言"以及"历史想象力"获诺贝尔文学奖，成为该奖有史以来最年轻的获奖人之一。

正因为这个奖，布罗茨基进入中国读者的视野中。我们惊异于在20世纪俄罗斯的诗歌版图上还有着这样一位不为人知的天才性诗人。

黑马

> 黑色的穹窿也比它四脚明亮，
> 它无法与黑暗融为一体。
>
> 在那个夜晚，我们坐在篝火旁边，
> 一匹黑色的马儿映入眼底。
>
> 我不记得比它更黑的物体。

"它来到我们中间寻找骑手"

它的四脚黑如乌煤,
它黑得如同夜晚,如同空虚。
周身黑咕隆咚,从鬃到尾。

但它那没有鞍子的脊背上
却是另外一种黑暗。
它纹丝不动的伫立,仿佛正在沉睡。
它蹄子上的黑暗令人心惊胆战。

它浑身漆黑,感觉不到身影。
如此漆黑,黑到了极点。
如此漆黑,就像子夜的黑暗。
如此漆黑,如同它前方的树木。
如同肋骨间的凹陷的胸脯。
恰似地窖深处的粮仓。
我想:我们的体内是漆黑一团。

可它仍在我们眼前发黑!
钟表上还只是子夜时分。
它的腹股沟中笼罩着无边的黑暗。
它一步也没有朝我们靠近。
它的脊背已经辨认不清,
明亮之斑没剩下一毫一丝。

它的双眼白光一闪,像手指一弹。
那瞳孔更是令人畏惧。

它仿佛是某人的底片。
它为何在我们中间停留?
为何不从篝火边走开?
驻足直到黎明降临的时候?
为何呼吸黑色的空气,
把压坏的树枝弄得瑟瑟作响?
为何从眼中射出黑色的光芒?
它在我们中间寻找骑手。

(吴笛 译)

该诗为诗人早期的一首代表作。它显示了布罗茨基不同凡响的心灵禀赋和诗歌才华。怪不得阿赫玛托娃当年逢人便讲布罗茨基的诗是"俄罗斯的想象力并没有被历史拖垮"的一个有力证明。

诗一开始就不同寻常:"黑色的穹窿也比它四脚明亮,它无法与黑暗融为一体。"这其实是诗人自己的自画像。他无法与黑暗融为一体,所以他成为一个诗人。

它无法与黑暗融为一体,不是因为它白,恰恰是因为它黑,它比黑还"黑"。一匹来自黑暗而又无法与黑暗融为一体的"黑马",不仅更神秘、更有力量,也更能显现和照亮一种命运。接下来,诗人用种种修辞手段极尽黑马的"黑"。正是这些新奇、独到的比喻,产生了一种让人惊异的语言力量。

我看过布罗茨基很多文章和访谈,他始终强调的就是"语言"与"个性"这两样东西。据说在如今的俄国,仍保存着当年的审讯记录。当女法官问及他的姓名和职业时,他回答"我是一个诗人",女法官问"何以证明你是一个诗人?"年轻的布罗茨基这样反问:"何以证明我是一个人?"女法官被问住了,但她转而又这样问:"在我们苏维埃,许多作家都受过专门的教育,你说你是诗人,谁教你写诗?""上帝",这就是布罗茨基最后的回答![1]

仅凭这两个回答,一个不同凡响的诗人就出现在我们面前。《黑马》中这些精彩的比喻,不仅显示了过人的语言才能,更显示了诗人深刻独到的感受力,"我不记得比它更黑的物体。/它的四脚黑如乌煤,/它黑得如同夜晚,如同空虚"。如果说前一句人们都可以写出,但"黑得如同夜晚,如同空虚",恐怕只有布罗茨基这样的诗人才可以道出。它写出了一种黑的形而上。

耐人寻味的还有"它仿佛是某人的底片"这个比喻。是谁的"底片"?是诗人自己,还是命运的神秘使者?

说诗人写出了一种黑的形而上,还在于这一句"可它仍在我们眼前发黑",这样一来,黑马的"黑"就更神秘了。正是这种感受,使这首诗超越了一般意义的诗:它要把握的乃是存在本

---

[1] 参见刘文飞《布罗茨基传》,新世界出版社2003年版。

身，它要接近的，是存在的闪光的黑暗本原。

《黑马》充满了想象力和精神性，但又没有坠入玄虚。诗人以其真切的描述，以富有质感和造型感的语言，使这匹神秘的黑马如在目前。诗中的语言刻画虚实结合，从黑马蹄子上的黑暗，到肋骨间凹陷的胸脯，从它脊背上的黑，到它的双眼白光一闪，甚至它"把压坏的树枝弄得瑟瑟作响"，也被我们听到了，正是这些精彩的描述，使我们切实感受到这匹黑马的力量，感受到它的出现、到场，它的渴望、呼吸，甚至它眼中射出的"黑色的光芒"……

这首诗层层递进，不时有惊人之笔，然而最出人意料的还是最后一句"它在我们中间寻找骑手"。这不仅出人意料，也在陡然间提升了全诗的境界。读到最后一句我们不由得感叹：什么是诗？这才是"诗"！

它一下子扭转了寻常的理路（比如"骑手在寻找马"），而显示了一种奇异的诗歌想象力——不是骑手在寻找马，而是它来到我们中间寻找骑手！

布罗茨基推崇弗罗斯特、哈代及奥登等诗人，称他们往往"在最难预料的时候和地方发出更漂亮的一击"。他自己这首诗的结尾，也正是"天才的灵光一现"，是一个诗人天赋的最精彩也最深刻的表达。

这就是布罗茨基的《黑马》。它的特殊意义，在我看来，就在于显示了一种马与骑手、诗与诗人的相互寻找。一般读者很容易把这匹黑马看作是命运的象征，他们当然可以这样认为，但对诗人而言,它就是前来寻找他的诗歌本身。由此我们也可以说,不是我们在写诗,而是诗在写我们。布罗茨基这首诗给我们的启示就是:马与骑手、诗与诗人的相互寻找,才能构成一种真正的诗歌命运。

不过,话虽这么说,但问题并不这么简单。这匹神秘的黑马并不是说出现就出现的,没有深刻独到的感受力和想象力,没有过人的语言才能,这匹马就无法现形。同样,并不是谁想当这个骑手就能当,这还要看这匹神秘的黑马是否选中了你,或者说,是否答应了你。而布罗茨基就是准备好了的一个骑手,所以当这匹黑马向他靠近时,他不当这个骑手,教他写诗的"上帝"也不答应!

当然,这样的"诗与诗人的相互寻找"也必然是一个漫长和艰辛的过程。这种寻找,在根本上就是与语言、与诗歌建立一种如马丁·布伯所说的那种"我与你"的最亲密、最内在的关系。我想,也正是从这里入手,布罗茨基形成了他的诗学。在他那里,语言具有了一种神话般的、本体论上的意义。在其随笔集《小于一》中他宣称:"语言比国家更古老,格律学总是比历史更耐久。"而他把他作为一个诗人的一生,献给了他所信奉的这种终极价值。

而这,还要感谢他的流亡的命运,因为正如他自己所说,这种流亡生涯"提供了极大的加速度,将我们推入孤独,推进一个绝对的视角",这使他与他的语言构成了一种更深刻的"相依为命"的关系。在孤独和命运的抛置中,他需要语言这个"太空舱",而他自己恰好也就是他的母语所要寻找和期待的那个诗人!

在诺贝尔文学奖获奖词中,作为俄罗斯诗歌的传人,布罗茨基自然会谈到曼德尔施塔姆、阿赫玛托娃、茨维塔耶娃等为他所崇敬的诗人:"在最好的时辰,我觉得自己仿佛是他们的总和,——但总是小于他们中的任何一个个体"(《诺贝尔文学奖获奖辞》,刘文飞译)。是的,是总和,但又并非"小于一"。布罗茨基的诗,不仅体现了俄罗斯诗歌最精华的东西,还充分吸收了英语现代诗歌的诗艺,体现了不同文明视野的高度融合和一种惊人的创造力。在一篇论述茨维塔耶娃的文章中,他这样写道:"她最终摆脱了俄国文学的主流终究是一件幸事。正如她所热爱的帕斯捷尔纳克所译的她热爱的里尔克的一首诗所写的,这颗星,有如'教区边沿上最后一所房舍'的窗户里透出的灯光,使教区居民观念中的教区范围大大地扩展了。"①

布罗茨基自己的诗,也正是这样的从"教区最边缘的房子里透出的灯光"。

现在我们来看布罗茨基后期的诗,它们不仅把他的语言天赋和反讽性诗歌技艺发展到一个极致,也容纳和整合了更深刻、复杂、强烈的人生感受,如他定居美国期间写下的组诗《言辞片断》②中的一节:"并非我在失控:只是倦于夏季。/日子荒于你

---

① Joseph Brodsky:*A Poet and Prose*,*Less Than One*,Farrar Straus Giroux,1987.
② 约瑟夫·布罗茨基:《从彼得堡到斯德哥尔摩》(王希、苏常晖译),漓江出版社1990年版。

伸手抽屉取衬衣之际",这是多么精彩的瞬间感受!它达到的,乃是一种"诗的精确"(因而它也有了一种很大的张力)。至于这节诗中的另一句"自由/是你忘记如何拼写暴君姓氏的时候",每个人读后都不会忘记,它已成为诗人最常被人们引用的名句。还有他的《来自明朝的信》一诗,该诗似乎是以一个在"明朝"为皇太子当老师的西方人的口吻写的,第一部分写对中国皇帝和宫廷生活的描述、讽刺及感叹,第二部分写诗的叙述人自己返归故乡的无望、徒劳和艰难——显然,这暗含了布罗茨基自己作为一个流亡诗人的感受。

来自明朝的信

1

不久将是夜莺飞出丝笼,隐没踪迹
的第十三个年头。当暮色降临,
皇帝用另一个裁缝的血吞下
药丸,接着,倚上银枕,转视一只珠饰的鸟
它那平乏、单调的鸣叫催他入眠。
这就是我们这些天来在"人间天堂"庆贺的
这个单数,且不吉利的周年。
那面特制的用以抚平皱纹的镜子
一年贵比一年。我们的小花园为杂草窒息。
天空,也被塔尖刺破,像针插进某病人的
肩胛骨,他病情惨重,只可让我们望其脊背。

每当我对皇子谈论
天文,他便开始打趣……
这封你的野鸭,亲爱的,给你的信
是写在皇后恩赐的香水宣纸上。
最近,稻米匮乏,而宣纸却源源不断。

2

"千里之行,始于足下",此乃
谚语所云。可惜归途
不始于相同的起点。它超过十个
一千里,尤其当你从个位的零数起。
一千里,二千里
一千意味"你永不能
返回故里"。这种无意义,像瘟疫,
从言语跃上数字,特别落上了零。

风把我们吹向西方,如黄色的豌豆
迸出干裂的豆荚,在城墙屹立处。
顶风的人,形态丑陋,僵硬,有如惊惧的象形文字
有如人们注视着的一篇难解的铭文。
这单向的牵拽把我拉成
瘦长的东西,像个马头,
身子的一切努力消耗在影子里,

沙沙地掠过野麦枯萎的叶片。

(常晖 译)

该诗大概是布罗茨基唯一的一首和中国有关的诗。诗的第一部分,可以说是出自"对东方的想象",也可以说是他的"帝国研究"的一部分。"帝国",这一直是潜在于布罗茨基诗中的一个主题。

诗一开始的"夜莺"是隐喻性的,可想象为那些挣脱"丝笼"的自由生灵;"第十三个年头"即下面所说的单数、不吉利的周年。"当暮色降临,/皇帝用另一个裁缝的血吞下/药丸",暗示了这是一个残暴、腐朽、非理性的帝国。但是,到了"那面特制的用以抚平皱纹的镜子/一年贵比一年",时间的力量就显现了。诗人以反讽的笔法来写时间的无情,富有张力。而"天空,也被塔尖刺破……",这里的比喻不禁让人想起哈姆雷特"这是一个脱了臼的时代"的著名道白,它暗示着帝国的崩溃,不可救药。

但接着就出现了喜剧性的一转:"每当我对皇子谈论/天文,他便开始打趣……"这里,不仅显示了明太子的淘气,或许还包含了对东西方文化相互"错位"的讽刺。接下来"这封你的野鸭,亲爱的,给你的信",这里的句法有点"不正常"(因为句子中间的穿插),但却道出了一种活生生的"语感"。"野鸭"显然是一种调侃性的代称,并和性有关,它暗示着故事后面的故事。

至于这一节的最后一句"最近,稻米匮乏,而宣纸却源源不断",对一种奇特的文明的讽刺真是到了家!让人不能不为诗人的历史眼光和反讽诗艺所惊异。

诗的第二节一开始引用了中国谚语"千里之行,始于足下",这里显然还暗含了另一句中国古话:"失之毫厘,差以千里"。人已迷失在时间中,他已无法想起最初错在哪一步,他被存在的荒诞、命运的力量所左右,因而他永不可能"返回故里"。

耐人寻味的是"一千里,二千里",这里有意模仿了一种数数的语感,为了使这类认真的推理最终达到一种荒谬、一种可笑的无意义。"这种无意义,像瘟疫,/从言语跃上数字","瘟疫"这种比喻不仅出人意外,而且极其有力。这是布罗茨基最擅长的手艺。

"风把我们吹向西方,如黄色的豌豆/进出干裂的豆荚",这样的比喻新奇而又让人难忘。城墙是指中国著名的长城,在那里,顶风的人,被时间磨消的人,"有如惊惧的象形文字",已使人难以辨认和理解。这是时间对人的捉弄,也是命运的力量对人的书写。

而全诗最后的比喻达到了一种诗歌修辞的极致:一方面命运的强力牵拽使"我"变成了一个瘦长的像马头的东西;另一方面身体的挣扎和努力又只能徒劳地消耗在自身不断拖长、消失的影子里,并像一个怪物一样"沙沙地掠过野麦枯萎的叶片"。还有什么能比这更能道出存在的悲辛、荒谬和无奈?这或许是被放逐的人类最令人惊惧的写照之一!

但是布罗茨基后期的诗不仅是"反讽"的,也仍是"激情"的,和一般的西方诗歌有别,它们仍保有了俄罗斯诗歌特有的想象力和精神气质。由此,我还想到了波兰诗人扎加耶夫斯基在《为激情一辩》(王东东译)中的精彩阐述:"只有激情才是我们文学建筑的第一块基石。反讽,当然不可或缺,但是只能是第二位的存在,反讽是诺尔维特称呼的'永远的微调';反讽更像是门洞和窗户,没有了它们我们的建筑不过是坚实的纪念碑,而非可以栖居的空间。反讽在我们的墙壁上敲打出有用的洞,但是如果没有墙,它只能在虚无里穿凿附会而已。"我想,这样的话对认识布罗茨基后期的诗歌同样有效。我们来看他1989年在美国为纪念阿赫玛托娃写下的一首诗:

阿赫玛托娃百年祭

书页和烈焰,麦粒和磨盘,
锐利的斧和斩断的发——上帝
留存一切;更留存他视为其声的
宽恕的言辞和爱的话语。

那词语中,脉搏在撕扯骨骼在爆裂,
还有铁锹的敲击;低沉而均匀,
生命仅一次,所以死者的话语更清晰,
胜过普盖的厚絮下这片含混的声音。

伟大的灵魂啊,你找到了那词语,
一个跨越海洋的鞠躬,向你,

也向那熟睡在故土的易腐的部分，

是你让聋哑的宇宙有了听说的能力。

（刘文飞　译）

该诗曾使我深受激动。布罗茨基一生尊崇阿赫玛托娃，就在《哀泣的缪斯》一文的最后他这样宣称：阿赫玛托娃的诗将永存，"因为语言比国家更古老，格律学比历史更耐久；实际上，诗几乎不需要历史，所有它需要的是一个诗人，而阿赫玛托娃正是那个诗人"。

该诗就贯穿了这种思想，并倾注了他对一位伟大诗人的感情，"书页和烈焰，麦粒和磨盘，/锐利的斧和斩断的发"，诗一开始就把诗和诗人置于这些尖锐的命运"对立项"中，虽然诗人宣称"诗几乎不需要历史"，但是俄罗斯那苦难、残酷的历史却不由分说闯进了这首诗中——"那词语中，脉搏在撕扯骨骼在爆裂，/还有铁锹的敲击；低沉而均匀……"，正因为如此，阿赫玛托娃作为"哀泣的缪斯"的意义才显现出来；也正因此，"死者的话语更清晰"，因为诗人把它从遗忘和重重的谎言中带了出来，而那不仅是抗诉的声音，更是上帝要留存的"宽恕的言词和爱的话语"，是神启的、几乎从天上响起的不灭的声音！

诗的最后一节上升为更激越的赞颂："伟大的灵魂啊，你找到了那词语""是你让聋哑的宇宙有了听说的能力"。可以说，这面朝故国、跨越海洋的赞颂，不仅是献给阿赫玛托娃的，也是献给一切"伟大的灵魂"的。因为他们，聋哑的宇宙和沉默的历史发出了声音——而这，就是"我们的神话"（布罗茨基评论曼德尔施塔姆时的用语),是诗和诗人存在最终的意义。

正因为布罗茨基是这样一位诗人,所以这么多年以来,他一直伴随着许多中国诗人。1996年1月28日,诗人在纽约英年早逝,死于心肌梗塞。消息传来,我在北京深受震动。这可不是一般的事件,布罗茨基深刻影响了我们,我们也与他一起分担了那么多共同的东西,如抗争、流亡、对母语的爱等等。这是一种和我们深刻相关的死亡。接下来的2月初,我就带着这样的震动,从北京登上了到美国的班机,去后就写下了这首短诗:

布罗茨基之死

在一个人的死亡中,远山开始发蓝
带着持久不化的雪冠;
阳光强烈,孩子们登上上学的巴士……
但是,在你睁眼看见这一切之前
你还必须忍受住
一阵词的黑暗。

旧金山海湾机场转机时所看到的积雪的远山,强烈的阳光,排队登上校车的孩子,诗人之死——如用布罗茨基爱用的"墨水"来比喻,墨水瓶打翻了,最后,它将被悲痛的词语全部吸收。还有诗最后的那一阵"词的黑暗",没有死亡带来的重创,就不可能进入这词的黑暗。这词的黑暗,是"绝对"的黑暗,还不妨说,它就是上帝的黑暗。

而在这十多年后,在意大利朗诵期间,我还特意去威尼斯

S. Michele 墓园访问了布罗茨基的墓地。布罗茨基的墓地与埃兹拉·庞德及夫人的墓地在同一个墓园。庞德的墓碑平躺着,而布罗茨基的灰白玉墓碑挺立着,这颇合乎他那桀骜不驯的性格,就是死了也要站着!于是我把一束从墓园外海边滩地上采来的细长飘拂的芦苇插在了他的墓碑前,再见吧,我的诗人,再见吧,会思想的芦苇!

读列夫·洛谢夫《布罗茨基传》

从这本你早年朋友写的传记里,
我知道了你爱吃中国餐。
你只用墨水。
知道了大概在三十多年前,
就在我第一次读到普希金的时候,
你也曾收到过一封"来自明朝的信"。
我还知道了我们都生在五月下旬,
同属于双子星座。
而你的朋友让我更清澈地看到了
那颗只照耀你的星。
天才,当然,我甚至仿佛和洛谢夫一起
亲自听到了你第一次朗诵时
那犹如来自云端的声音。
(你现在又回到了那里。)
我知道得愈多,

便愈是为自己悲哀。
不过,除了诗神和俄罗斯
为你特意准备的
那一份火与冰的厚礼,
我也知道了我们所受的苦刑
其实都一样:那就是坐下来——
并面对一张
犹如来自西伯利亚雪地的
白纸。

这又是我几年前写下的一首诗。1972年,大概就在被驱逐出国之前,布罗茨基曾写有一首名诗《鲍波的葬礼》,全诗的最后是"新生的但丁,有满腔的话说,/俯在空白的纸上,写下一个词"这样的诗句,而在今天,我们仿佛一动不动,仍在面对着这张"犹如来自西伯利亚雪地"的白纸!

"诗的见证"与"神秘学入门"

——从米沃什到扎加耶夫斯基

切斯瓦夫·米沃什(Czeslaw Milosz,1911—2004),生于当时属波兰领土的立陶宛,早年曾在维尔纽斯学习法律,1936年出版诗集《冰封的日子》,之后在华沙从事文学活动,德国占领波兰期间曾参加抵抗运动,战后出任波兰驻美、法外交官,但他于1951年选择了自我流放,此后旅居巴黎,自1960年起在美国加州大学伯克利分校教授斯拉夫文学,1989年后回波兰特拉克夫定居。米沃什的诗感情深沉,视野开阔,以质朴、诚恳的语言形式表达深邃复杂的经验,有一种历史见证人的责任感和沧桑感,他所经历的一切,促使他以笔来叙述20世纪人类的噩梦:"街上机关枪在扫射,子弹把路面的鹅卵石打得蹦了起来,就像豪猪身上长的箭刺。"同时,他的一生又一直在与虚无和冷漠搏斗:"我的座右铭是小林一茶的俳句——'我们走在地狱的屋顶/凝望着花朵'。"

1980年,米沃什获得诺贝尔文学奖。这位被布罗茨基称为"我们这个时代的伟大诗人,或许是最伟大的诗人"很快进入中国读者的视野。但米沃什真正对中国当代诗歌产生实质性影响却是在90年代以后。为什么呢?也许正是人们的时代经历使他们意识到这样一位诗人对他们的非同寻常的意义:

> 在恐惧和战栗中,我想我要实现我的生命
> 就必须让自己做一次公开的坦白,
> 暴露我和我的时代的虚伪……①

此外,这种影响还直接和翻译有关。1989年漓江出版社"获诺贝尔文学奖作家丛书"出版了诗人绿原翻译的米沃什诗集《拆散的笔记本》,它出现得正是时候,绿原先生的翻译也富有语言的力度。可以说,这是一部曾伴随许多中国诗人走过了90年代的重要译诗集。

不仅是诗,米沃什的随笔、诗论和演说在中国诗界也产生了广泛、深刻的影响。在90年代初那些难忘的时日,读米沃什的《诗的见证》(马高明译),它的几乎每一句话都对我产生了一种震动:"我将本文命名为《诗的见证》,并非因为我们目睹诗歌,而是因为它目睹了我们。"

正是被置于这样的"目睹"之下,中国90年代的诗歌重新发出了自己的声音。甚至可以说,在某种程度上,正是通过像米沃什这样的诗人,许多中国诗人确定了他们自己精神的在场。这是一种更深刻的"同呼吸共命运"的关系。

---

① 米沃什:《使命》,选自《切·米沃什诗选》(张曙光译),河北教育出版社2002年版。

当然，米沃什诗歌的力量并不仅仅在于其道德勇气和它对历史的"见证"，还在于其诚实和非凡的智慧，在于其通过审视自我和世界而打开的宽广维度。在一首题为"诱惑"的诗中，诗人写到他来到山坡上眺望星空下的城市，并带着他的"伙伴"——他那"凄凉的灵魂"。诗中带有自我争辩性质的对话以及像"如果不是我，会有另一个人来到这里，试图理解他的时代"这样的诗句，也深深地触动了我。的确，面对一个时时超出了我们理解之外的世界，这种"试图"，是艺术的全部难度所在，但也是作为一个诗人的全部勇气、诚实和智慧所在。在晚年的一次访谈中，当被问道："你曾定义'诗是对真实的热情追求'？在你的创造中，是否曾经获得那样的'真实'？"米沃什也这样回答："真实，我的意思是说，神，一直是深不可测的。"

看来"诗的见证"并不像人们想的那样简单，它本身即是"神秘学入门"（这是另一位波兰诗人扎加耶夫斯基一首诗的题目）。

继绿原译《拆散的笔记本》之后，米沃什诗歌的第二个中译本为诗人张曙光翻译的《切·米沃什诗选》（河北教育出版社"20世纪世界诗歌译丛"，2002）。

张曙光是一位沉潜的诗人，也是90年代以来一位主要的诗人译者。他的翻译，如同绿原等人对米沃什的翻译，都是从英译中"转译"的。但这是可行的，因为米沃什诗歌的英译，大都是他本人和一些美国著名诗人如罗伯特·哈斯、罗伯特·品斯基合作的结果。以下这首"Dedication"，则由他本人亲自翻译成英文。

献辞

我没有能够拯救的你
听我说吧。
设法理解这简单的话,因为我羞于再说别的。
我发誓,我身上没有词语的巫术。
我以沉默对你说话,像一朵云或一棵树

使我坚强的,却对你致命。
你混淆了一个时代的结束和一个新的开始,
混淆了憎恨的灵感和抒情的美丽,
以及盲目的力量和完美的形式。

这里是波兰浅河的流域。一架大桥
伸进白茫茫的雾里。这里是一座毁坏的城市,
在我和你说话时,
风把海鸥的尖叫抛在了你的坟上。

不能拯救国家和人民的诗歌是什么?
一种对官方谎言的默许,
一支醉汉的歌,他的喉咙将在瞬间被割断,
二年级女生的读物。

我需要好诗却不了解它，
我最近发现了它有益的目的，
在这里，只是在这里，我找到了拯救。

人们常在坟上撒下小米和罂粟的种子
喂着伪装成鸟儿到来的死者。
我把这本书放在这里，为曾经活着的你，
这样你就再不会拜访我们。

(张曙光 译)

该诗于1945年写于华沙。1945年左右，米沃什在华沙写下了很多诗歌，后来结集为《拯救》。1943年，米沃什目击了华沙犹太区的惨案，这成为他一生的良心重负。他曾在《从波罗的海到太平洋》中写道："活着的这些人永远受着那些死者的委托。他们只有努力重现曾经发生过的事情，将过去从神话和传奇中拉出来，才算清偿了这笔债。"①

这是一首对死难者的献辞。面对"我没有能够拯救的你"，诗中充满了真实感人的自我拷问，"人们常在坟上撒下小米和罂粟的种子/喂着伪装成鸟儿到来的死者"。这些"撒下的小米和罂粟的种子"，即是诗人写下的这些词。因为对惨痛的历史和死难者负有的债务，米沃什由此思考诗歌的责任，因此他在这

---

① 转引自亚历山德拉·莱涅尔-拉瓦斯汀《欧洲精神》(范炜炜、戴巧等译)，吉林出版集团2009年版。

首诗中也同时对波兰诗坛那些所谓的"纯诗"讲话:"不能拯救国家和人民的/诗歌是什么?/一种对官方谎言的默许,/一支醉汉的歌,他的喉咙将在瞬间被割断,/二年级女生的读物……"

张曙光的翻译十分到位。他之所以对米沃什的这首诗心领神会,是因为他和许多中国诗人一样,也在那个年代经历了这样的自我诘难和诗学转变。"我没有能够拯救的你/听我说吧",译作一开始,就传达出一种恳切动人的语调。面对着死者和自己的良心,诗人声称这里"没有词语的巫术",而张曙光的翻译,也没有任何多余的修饰,他最大程度地使用坦率、诚恳而质朴的语言,而在运用动词时则力求准确有力,如"在我和你说话时,/风把海鸥的尖叫抛在了你的坟上"。至于"使我坚强的,却对你致命"这一句,不仅达到了一种格言般的简练,也和全诗那种诚恳而缓慢的节奏构成了一种张力。

作为一个诗人译者,张曙光深知节奏和音调的重要。他对节奏的把握张弛有度,如原诗第一段结尾的"I speak to you with silence like a cloud or a tree",他译为:"我以沉默对你说话,像一朵云或一棵树",中间以逗号隔开,在译文中形成了自身的节奏。而在后面,当诗人感到自己找到了拯救的意义"In this and only this I find salvation",张曙光则译为:"在这里,只是在这里,我找到了拯救",和原诗一样坚定,并富有汉语的节奏感。

至于米沃什的《礼物》,大概是在中国影响面最广的一首诗,对该诗也有多种不同译本,以下为90年代沈睿的译文:

> 如此幸福的一天

雾早就散了，我在花园里劳作。
歌唱的鸟儿正落在忍冬花上。
在这世界上我不想占有任何东西。
我知道没有一个人值得我嫉妒。
不管我曾遭受过什么样的苦难，我都忘了。
想到我曾是那同样的人并不使我难受。
我身体上没感到疼。
挺起身来，我看见蓝色的大海和帆。

有人曾把海子的《面朝大海，春暖花开》与这首诗相比较。一个是年轻诗人写的诗，虽然极其优秀，但毕竟透出一种大男孩气，一个则是一位饱经沧桑的诗人写的诗，朴素无华，但背后却透出了诗人所经历的全部历史。《礼物》并不是一首一般的即景诗，对它的境界的体会，要结合到诗人的一生。诗的背景就是诗人所经历的全部历史。正因此，这首诗才获得它的分量和意义。"挺起身来"的一瞬，漫长的苦难岁月被超越，诗人"看见蓝色的大海和帆"，这就和瓦雷里《海滨墓园》中的名句"终于得以放眼神明赐予的宁静"所显示的一样。这超越的一刻，正是"神恩"所在。这就是为什么诗人要用"礼物"这个题目来命名这首诗的原因。

这样的诗，就远远突破了自恋和自我中心，而把自己置于宇宙的无穷中来说话。

"赋到沧桑句便工"。米沃什的诗不仅是历史的见证，在盲目、混乱的时间经验中，他一生的写作还是一种伟大的澄清。正是这种澄清中,那消逝的过去被置于眼前,那些对我们人生最有意义的东西显现了出来,而这,也许就是他常说到的"拯救"。

除了张曙光等译者,近二十多年来,阅读和翻译米沃什,已成了更多中国诗人的功课。如青年诗人胡桑,就带着他自己的发现和领悟翻译了大量米沃什的诗歌。胡桑以相对"平静"的语调来译米沃什的晚期诗,而又能使它们"站立在成熟的光辉中"。如他所译的《草地》这首令人喜爱的小诗:

> 一片河边的草地,丰盛,在干草收割之前,
> 六月阳光下一个完美的日子。
> 我搜寻,找到,并认出了它。
> 花草在那里生长,我儿时就已熟悉。
> 眼睑半闭,我吸收着光芒。
> 气味占据了我,所有的认知终止。
> 突然,我感到自己正在消失,带着欢愉哭泣。

而诗人连晗生所译的《蓟,荨麻》一诗,也给我们带来更丰富的启示:

> 蓟,荨麻,牛蒡,颠茄
> 有一个未来。它们的未来是荒原,
> 和废弃的铁轨,天空,寂静。
>
> 在许多代之后,作为人我将是谁?
> 什么时候,在舌头的喧嚣之后,寂静得到奖赏?

>因为安置词语的天赋，我将得到救赎，
>但我必须为一个没有语法的地球而准备，
>
>为了蓟，荨麻，牛蒡，颠茄，
>和它们之上的微风，一朵困倦的云，寂静。

看来这样一位诗人，不仅伴随中国诗人走过了九十年代，也注定会伴随我们走向一个更加开阔的未来。

维·希姆博尔斯卡（Wislawa Szymborska，1923—2012），又译为辛波斯卡，是继米沃什之后再次获得诺贝尔文学奖的波兰诗人，1945年发表第一首诗，1957年随着诗集《呼唤雪人》的出版，突破官方模式，风格向个人化方向转变，随后她的创作不断深化发展，出版有诗集《一百种乐趣》《巨大的数目》《桥上的人们》等。1996年因"以精确的讽喻，让历史学和生物学的脉络得以彰显在人类现实的片段中"获得诺奖。她的诗在中国也受到很多诗人和读者的喜爱。

我们先来看以下这首题为"可能性"的诗：

>我喜欢电影。
>我喜欢小猫。
>我喜欢沿着瓦尔塔生长的橡树。
>我喜欢狄更斯甚于陀思妥耶夫斯基。

我喜欢令我喜爱的人甚于人类。

我喜欢手头留着针线,以备不时之需。

我喜欢绿颜色。

我喜欢不去论证理智应为一切负责。

我喜欢例外。

我喜欢早早动身。

我喜欢跟医生说点别的。

我喜欢老式的插图。

我喜欢写诗的荒谬甚于

不写诗的荒谬。

我喜欢爱情的非周年纪念

以便可以天天庆祝。

我喜欢道德主义者,

他们从不承诺我什么。

我喜欢狡黠的好心甚于过于天真的好意。

我喜欢平民的土地。

我喜欢被征服国甚于征服国。

我喜欢有所保留。

我喜欢喧哗的地狱甚于秩序井然的地狱。

我喜欢格林童话甚于报纸的头几版。

我喜欢没有花朵的叶子甚于没有叶子的花朵。

我喜欢没被剁去尾巴的狗。

我喜欢淡颜色的眼睛,因为我是深色的。

我喜欢桌子抽屉。
我喜欢很多在此没有提及的事物
甚于很多我也没有说出的事物。
我喜欢不受约束的零
甚于后面那些列队的数字。
我喜欢萤火虫甚于星星。
我喜欢敲在木头上。
我喜欢不去管还有多久以及什么时候。
我喜欢把可能性放在心上：
存在自有它存在的道理。

（李以亮 译）

  生活在一个"强求一律"的社会里，诗人通过这首诗，对自己的价值观和个人趣味做了机智而又相当坦率的表白。从头到尾，女诗人娓娓道来，既显示出存在的种种可能，体现了她那"擅长自日常生活汲取喜悦"的诗学特质，又委婉地表达了她的态度和选择。诗人曾称她的每一个字词都在天平上量过，这首诗尤其如此，它微妙的语感、精确的讽喻、丰富的暗示性等等，既召唤着翻译又对翻译构成了挑战。

  关于这首诗的中译，首先要提到林洪亮的译本。林译《呼唤雪人》（漓江出版社，2000），对于全面了解希姆博尔斯卡的创作，有着不可替代的重要作用。但是遗憾的是，他所译的这首诗，在许多地方却不尽如人意，甚至有很大的问题，如这一句"我喜欢写诗的笑话/胜于不写诗的笑话"（请对照 Stanislaw

Baranczak 和 Clare Cavanagh 的英译"I prefer the absurdity of writing poems/to the absurdity of not writing poems")。林先生是从波兰文译的,但我想在原文中也一定会是"荒谬"("absurdity")这个词。对诗人及这首诗来说,这是多么重要的一个词!当年我读李以亮的译本,正是因为"我喜欢写诗的荒谬甚于/不写诗的荒谬"这一句,才对这位女诗人刮目相看的。的确,在当今,如果一个诗人要对世界作出回答,还有什么比这更睿智的回答呢?没有。

诗人李以亮近些年来一直倾心于翻译波兰诗歌(从英译中转译)。他的这个译本,充分注意到对语感的把握,在理解和用词上也更会心一些,如"我喜欢手头留着针线,以备不时之需"中的"留着",就比"我偏爱在手边摆放针线"(陈黎、张芬龄译本)中的"摆放"要好;同样,"我喜欢跟医生说点别的",也比"我宁愿和医生谈论别的事情"(林译)更亲切,这种微妙的传达,到了能使我们如见其人、如闻其声的程度。

不仅如此,李对一些句子的翻译也更直接、到位,往往达到了一种格言式的隽永和简练,如"我喜欢爱情的非周年纪念/以便可以天天庆祝"(对照林译:"我喜欢爱情的非整数的纪念年/宁可天天都庆贺")等等。作为一个诗人,李的翻译有时还带上了一种他自己的改写,如把"I prefer the time of insects to the time of stars"这一句译为"我喜欢萤火虫甚于星星",如果对照陈、张更忠实的译文"我偏爱昆虫的时间胜过星星的时间",我们便知道李译已与原文有很大出入。但是,它也恰好传达了原作的精神,或者说这也是一种"忠实"。

现在,我们来看李译中那一连串的"我喜欢",它更口语化一些,更合乎人们说话的习惯,而台湾诗人陈黎的"我偏爱",虽然有点书面化,但可能更接近原作的精神及"prefer"这个词的意味,因为希氏的这首诗,就是一首要有意道出个人的偏好和个人选择的诗。此外,陈、张译本中的有些句子,也更耐人寻味一些,如"我偏爱狡猾的仁慈胜过过度可信的那种"("I prefer cunning kindness to the over-trustful kind")等等,尤其是"我偏爱及早离去"这一句,译得太好了!"及早"而不是"早早",用词的微妙恰好传达了诗人的语感和诗的丰富暗示性。至于该诗的最后一句,陈、张译为"存在的理由不假外求",与原诗在字面上有出入,但也似乎有如神助,一下子找到了这首诗真正要表达的东西!

的确,这首诗最根本的一点,就是不屈从于任何外界权威而从自身中发掘"存在的理由"。它从对存在的可能性敞开开始,最后达到了这种坚定。在当年,它是对波兰社会体制下那种"编了码的愚蠢"(诗人霍卢布语)的一种消解和嘲讽,在今天看来,它也依然闪耀着智性的光芒。

以上我们对照了李译与陈、张译本。一般来说,大陆的译诗语言更口语化、更有活力一些,台湾的译诗语言更典雅、更有文化内涵一些。但是陈黎的许多译诗都会改变人们的这种印象,可以说他的译诗兼具了汉语言文化的功底与当下的活力和敏感性。就这首诗来说,他把"I prefer the earth in civvies"译为"我偏爱穿便服的地球",不仅准确,也创造了一个新鲜动人的意象,而李以亮却在这一点上卡住了,他译为"我喜欢平民的土地",这种属于不够细心造成的误译,顿使原诗减色不少。我们可以体会到,"我偏爱穿便服的地球"这一句,不仅见出诗人自由的天性,这对当时那个"穿制服"的波兰社会,又是多么有针对性的一击!

这就是希姆博尔斯卡的这首诗。它有一种对任何高调的拒辞,但同时又是对人性底线的可贵坚守;坚持从自身中发掘"存在的理由",同时又尊重世界的差异性和多样性,等等。希姆博尔斯卡从她的生活中学会了这一切,当然,她还得感谢她一生的选择——写诗,纵然在一个世俗和功利的社会里这被视为"荒谬"。

在某颗小星下

我为把巧合称作必要而向它道歉。
我为万一我错了而向必要道歉。
请幸福不要因为我把它占为己有而愤怒。
请死者不要因为我几乎没把他们留在记忆中而不耐烦。
我为每一秒都忽视全世界而向时间道歉。
我为把新恋情当成初恋而向老恋情道歉。
原谅我,远方的战争,原谅我把鲜花带回家。
原谅我,张开的伤口,原谅我刺破我的手指。
我为小舞曲唱片而向那些在深处呼叫的人道歉。

我为在早晨五点钟睡觉而向火车站的人道歉。

原谅我,被追逐的希望,原谅我一再地大笑。

原谅我,沙漠,原谅我没有带一匙水奔向你。

还有你,啊游隼,这么多年了还是老样子,还在同一个笼里,

永远目不转睛地凝视同一个点,

宽恕我,即使你只是标本。

我为桌子的四脚而向被砍倒的树道歉。

我为小回答而向大问题道歉。

啊真理,不要太注意我。

啊庄严,对我大度些。

容忍吧,存在的神秘,容忍我扯了你面纱的一条线。

不要指责我,啊灵魂,不要指责我拥有你但不经常。

我为不能到每个地方而向每样事物道歉。

我为不能成为每个男人和女人而向每个人道歉。

我知道只要我还活着就没有什么可以证明我是正当的,

因为我自己是我自己的障碍。

不要见怪,啊言语,不要见怪我借来笨重的词,

却竭尽全力要使它们显得灵巧。

(黄灿然 译)

"总是在日落之后,那只蜘蛛出来,并等待金星"(卡内蒂《钟的秘密心脏》)。而希姆博尔斯卡的这首诗,并不着意写人与

宇宙的神秘关系,在浩瀚无穷的星空中,她选择了一颗不起眼的小星,只是作为她对自身卑微存在的定位。作为一个一直规避着空洞"大词"的智慧女性,她面向这颗小星的抒情,与其说是在扩展自身,不如说是在限定并拷问自身的存在,是进入她"自身存在的特定角度"。

但这却是一颗属于自己的星,因而诗人会很动情,她内心里的很多东西都被调动了起来。我想这就是为什么诗人黄灿然会挑出这首来译。他喜欢,而且他从中找到了一个中国诗人与一个东欧诗人最隐秘的汇通点,而这往往就是译出好诗的前提。从他对这首诗的翻译来看,虽然有一些可商榷之处,但从总体上看十分动人,尤其是在语感、音调和节奏的把握上。他找准并确定了一种抒情语调,并使它形成了一种贯穿全篇的感染力,而这是一般的译者很难做到的。

现在我们来看这首诗的翻译。该诗同诗人的其他诗一样,密度很大,一句是一句,每一句都很耐读,正因此,也给翻译提供了诸多的可能性。黄灿然对开头两句的翻译,有一种直接把人带入的力量,但他把"My apologies to chance for calling it necessity/My apologies to necessity if I'm mistaken, after all"这两句中的"necessity"都译为"必要",我觉得还是译为"必然"为好。希氏不是一位一般的抒情女诗人,而是一位有着哲学头脑、长于把人生经验提升到形而上的层面来观照的诗人。这开头两句也很重要,它同时表达了对"偶然"和"必然"的双重歉意。这也反映了诗人的两个方面:一方面,"我喜欢例外"(《可能性》),另一

方面，又时时感到人受制于自身的生物规律和历史规律。她就是从这样的视角来打量她的一生的。

接下来诗人一句一句表达了她的致歉，有些是真道歉，有些则是正话反说，带有一种反讽的张力和更丰富、微妙的意味，"请幸福不要因为我把它占为己有而愤怒"（"Please, don't be angry, happiness, that I take you as my due"），黄对这一句的翻译，充满感情，不拘泥于原作的句式而又很有张力，虽然"愤怒"一词稍感过了一些，因为"angry"在这里也可译为恼怒、生气等等；但接下来的"请死者不要因为我几乎没把他们留在记忆中而不耐烦"，就过于平实了，主要是"May my dead be patient with the way my memories fade"中的那个"fade"未能充分留意到，它所包含的"褪色""枯萎""变弱"之意也未能译出，在这一句上，李以亮的"请死者宽恕我逐渐衰退的记忆"显然要好一些。

至于"我为把新恋情当成初恋而向老恋情道歉"这一句，当然译得很准确，不过，我更喜欢林洪亮的"我为把新欢当成初恋而向旧爱道歉"。像"My apologies to past loves for thinking that the lates is the first"这样的诗，在翻译时会给我们提供一个充分开发汉语资源的机会，为什么不利用一下呢。附带说一下，这样一句堪称名句的诗，不一定是诗人个人的自白。这表现了诗人对人类本性的洞观，也表现了她的幽默。

幽默归幽默，到了"原谅我，远方的战争，原谅我把鲜花带回家""原谅我，张开的伤口，原谅我刺破我的手指"，我们就感到那更严肃的东西了。对后一句，我们还可以对照一下林译：

"请原谅我,敞开的伤口,我又刺破了手指头",林本来为学者型译者,但这里的一个"又"字,却运用得非常之好。

道歉到这里,那更能引发诗人不安的一面就显现出来了,面对她的小星——其实那也正是她天赋良知的一种折射,她不能不为她的小步舞曲唱片而向另一些在深渊中呐喊甚至呼救的人致歉。米沃什就曾谈到有一次当他和朋友从一个狂欢聚会上回来,在夜半的街上正好遇上被秘密逮捕的人们被推上囚车的经历,说正是那样的经历促使他后来做出了脱离波兰的决定。希氏或许还没有这样的直言真实的勇气,但她的道歉同样出于一种感人的自省:"原谅我,沙漠,原谅我没有带一匙水奔向你"(李译"沙漠啊,原谅我一小匙水也没有带来",在语感上要更好一些)。接下来诗人的目光由自身投向了一只游隼标本,也使我们感到了一阵刺疼:"还有你,啊游隼,这么多年了还是老样子,还在同一个笼里,/永远目不转睛地凝视同一个点",诗人因自身的自由而向这样一种可悲的存在致歉,黄灿然对这两句诗动情的翻译,其纯熟、流畅而又充满张力的语感,也使它的力量更为感人了。

至于接下来的"我为小回答而向大问题道歉",这一句已成为名句,经常被人引用。这既真实地表现了诗人的谦卑,同时,也带着一种微妙的反讽,对那个爱提"大问题"的时代的反讽。然后就是诗人直接的抒情——"Truth,please don't pay me much attention./Dignity,please be magnanimous","啊真理,不要太注意我。/啊庄严,对我大度些",黄译这两句,从容有度,语调更好，用词也更为直接，他在"真理""庄严"前所加上去的"啊"，也带出了一种更感人的抒情的力量，虽然这里的"Dignity"是译为"庄严"还是"尊严"，还可以再考虑。我个人认为译为"尊严"更合乎诗人的本意。这两句诗也包含着远比字面上更丰富的意味，这里既有对自身的辩护，又有良心的愧疚，既是"不要太注意我"这样的请求，但同时，又更加表现了真理和尊严的那种逼人的力量。

希姆博尔斯卡是一位善于结尾的诗人，尤其是那种"必然而又意外"的结尾，这首诗又是一例。该诗的最后部分，诗人由"容忍吧，存在的神秘，容忍我扯了你面纱的一条线"，层层递进，最后落实到她作为一个诗人的存在：

不要见怪，啊言语，不要见怪我借来笨重的词，
却竭尽全力要使它们显得灵巧。

这样，诗人最终回到对她所终身侍奉的语言讲话。"笨重的词"不过是一个隐喻，诗人以它最终道出了生活本身的沉重性质（我以为还是将"weighty words"译为"沉重的词"为妥），并表达了未能表达出其沉重而是使它显得灵巧的愧疚。这种愧疚，折射出一个诗人在现实承担与艺术规律之间的那种"两难"，全诗因而获得了更深刻感人的力量。

但不仅是愧疚，这最后一句，诗人的用词仍是很微妙的："then labour heavily so that they may seem light"，黄译精确地传达了这一点："使它们显得灵巧"，而不是真的变"轻"了。诗人

当然不得不承担生命之重,这对希姆博尔斯卡来说也是一个道德律令,但却要以艺术自身的方式,在诗人的另一首诗《特技艺人》中,她就耐人寻味地写到要跨越惊险的高空,他就必须"比体重更轻灵"。显然,这不是通常的轻,而是一种"费劲的轻巧",是一个诗人要"竭尽全力"才能达到的"轻"。

遗憾的是,在林译中不仅未能传达出这一点,也完全不对:"言语啊,请不要怪罪我借用了庄严的词句,/以后我会竭尽全力使它们变得轻松",在这里,"重与轻"的重要对照被取消了,"以后我会竭尽全力使它们变得轻松",这也有点像是将功补过式的表态,却完全不合乎诗人的原意及其语感。

也许,林先生这样译,和原文中也有一个类似于"then"(见以上英译)这样的副词有关。但是,这个"then"在这里却不能理解为"以后"或"后来",而只能理解为"而又"。

至于另外一个译本的"语言啊,不要怪我借来了许多感人的辞令,/我要尽心雕琢使它们变得活泼轻盈"(张振辉译),这里就不谈了,因为天知道这样的"辞令"是谁的辞令。它已和希姆博尔斯卡这样的诗人无关。

看来翻译的问题并不仅仅在于是否精通外语,更在于能否进入到诗的内在起源,能否与一颗诗心深刻相通。黄、李之所以能够那样译(李对这首诗的结尾译得也不错),是因为他们深谙创作之道,而且他们作为中国诗人,对该诗最后所显现的那种心灵的"两难"也都有着深切的体会。幸而有这样的诗人译者,一首堪称伟大的诗(虽然它以"低姿态"出现),找到了再现和重写它的手。

继米沃什、希姆博尔斯卡之后,在世界上包括在中国最有影响的波兰诗人就是扎加耶夫斯基了。亚当·扎加耶夫斯基(1945—),出生于利沃夫,后来在克拉科夫上大学,1972年出版诗集《公报》,成为"新浪潮"诗派的代表人物。1981年离开"营房般阴沉"的波兰,迁居法国和美国,晚年又回到克拉科夫定居。

最早读到这位波兰诗人的诗,还是在十五六年前通过一位叫"桴夫"的译者。他是一位原籍台湾、业余时间一直爱好读诗、译诗的退休数学教授。他托学生带来的译稿中,就有扎加耶夫斯基的诗集《神秘学入门》。那时在中国大陆还无人提到扎加耶夫斯基的名字,但是,一接触到他的诗,我就知道这是一位"精神同类"。甚至,比起米沃什的诗,在许多方面他的诗更使我感到亲切。其诗歌处于见证与愉悦、激情与反讽之间,同时他的诗歌又有着很大的丰饶性。我们过去偏向于强调诗的见证,其感性的一面、对世界进行发现的一面没有给予足够注意。还有,扎加耶夫斯基对我来说很重要的一点,是他从诗的意义上重新发现了"脆弱性"。这一点使我想起了肖邦,两者确有很多共通之处:脆弱、痛苦、尊严和美等等。这里的"脆弱性"不单是属于诗人个人的,还属于波兰整个民族,因为这个民族反复遭受到两个帝国的蹂躏。从这个意义上,也可以说他的诗歌是"弱者的美学",这是他与"强力诗人"米沃什最为明显的不同。在一首题为"自画像"的诗中他写道:"我看到音乐的三样成分:脆弱、力量和痛苦……"而这同样是构成这位东欧诗人作品感人力量的因素:

飞蛾

透过窗玻璃
飞蛾看着我们。坐在桌旁,
我们似被烤炙,以它们远比
残翅更硬,闪烁的眼光。

你们永远是在外边,
隔着玻璃板,而我们在屋内
愈陷愈深的内部,飞蛾透过
窗子看着我们,在八月。

(桴夫 译)

人人都知道小飞虫的悲剧在于它的趋光性,但我们在凝视这样一种生命存在时,是否也感到了一种注视?扎加耶夫斯基就感到了这种注视。正因为这种神秘的注视,并由此想到更广大的悲剧人生,诗人感到被"烤炙",换言之,他的良心在承受一种拷打。愈陷愈深的内部,这是一种隐喻性的写法,但我们都知道诗人在说什么。

所以,诗中最后出现的不再是飞蛾,是"灵魂"出现了。不仅是我们在看飞蛾,也是某种痛苦的生灵在凝视我们——这首诗就这样写出了一种"被看",一种内与外的互视。它让我们生活在一种"目睹"之下。一个东欧诗人的"内向性",就这样带着一种特有的诗歌良知和道德内省的力量。

因此几年前应邀参加美国爱荷华国际写作项目期间,在爱荷华和其他城市的书店中,只要发现扎加耶夫斯基的诗歌或随笔集的英译本,我都买下来了。我自己也试着译了一二十首扎加耶夫斯基的诗和数篇随笔:

奥斯维辛的燕子

在营房的寂静里,
在夏日星期天的沉默中,
燕子的尖叫声传来。

那究竟是不是人类的言说
最后留下来的?

暴风雪

我们听着音乐——
一点巴赫,一点悲伤的舒伯特。
有一瞬间我们听着沉默。
而暴风雪在屋外呼啸,
风把它蓝色的脸
压在墙上。

而死者在雪橇上疾走，
边走边把雪球扔在
我们的窗子上。

第一首如此简单，但又如此耐人寻味，它几乎把"奥斯维辛的燕子"上升到哈姆雷特的父亲的鬼魂那样的象征领域；这不仅因为诗人生活的克拉科夫就靠近奥斯维辛集中营，更因为他所受到的良心上的折磨。在第二首中，生者忍受着死者的戏耍，这中间则是人类最神圣的音乐，是雪和沉默，而"风把它蓝色的脸/压在墙上"。这就是他的"东欧性"？即使在《读米沃什》这首诗中，最后也出现了他不得不面对的东西：

有时候你的声音
在一个瞬间就转化了我们，
我们相信——的确——
每一天都是神圣的，
……
但是夜晚来临，
我把书放在了一边，
城市日常的嘈杂声再次升起——
有人咳嗽，有人在哭喊和诅咒。

让我受震动的，还有他的《三种历史》中这样的文字："但是对于苦难的历史，奥斯维辛是它的基础。不幸的是，苦难的历史并不存在。艺术史家们也对奥斯维辛不感兴趣。烂泥，简陋的营房,低沉的天空。雾和四棵枯瘦难看的杨树。奥尔菲斯不会朝这里漫步。奥菲妮娅也不会选择在这里跳河自尽。"多么沉痛和辛辣!在翻译这篇随笔时,我不仅真切地感到诗人的脉搏跳动,也深为我们自己羞愧。面对苦难的并充满禁忌的历史,我们自己在干什么呢?那"奥斯维辛的燕子"的尖叫声就这样为我再次传来了!

话说回来,我们为什么会如此关注东欧文学和诗歌呢?这里,我想起了我曾译过的阿赫玛托娃的一个诗片断:

> 对你,俄语有点不够,
> 而在所有其他语言中你最想
> 知道的,是上升与下降如何急转,
> 以及我们会为恐惧,还有良心
> 付出多少代价。

这就是为什么扎加耶夫斯基会受到如此多中国诗人的关注,除了他诗中的优美和人性慰藉等因素外,更因为在他的全部写作中都有着这样一个痛苦的、燃烧的内核。

扎加耶夫斯基在中国主要的译者为诗人李以亮,多年来他一直倾心于翻译"老扎"和其他波兰诗人的作品。我们来看他译的这首《钢琴家之死》:

> 当其他人作战
> 或乞求和平,或躺在
> 医院或营房

的窄床上，一连数日

而他练习着贝多芬的奏鸣曲，
纤细的手指，像守财奴的，
触摸到那些不属于他的
巨大财富。

该诗似乎表现的是对艺术的热爱和渴望。为什么这种热爱和渴望获得了如此感人的力量？这完全有赖于上下文的对照和"钢琴家之死"这一题目。如果脱离了泥里血里的战争、医院病床上的苦难、每个人包括"钢琴家"自己都不免一死这种语境，这首诗就不会如此强烈地触动我们。

诗的主题正是苦难人生的短暂与伟大艺术的永恒，以及这两者的对照。正是在这艰难、短暂的人生中，音乐成为某种既给人带来慰藉而又难以企及的存在。诗最后的"那些不属于他的/巨大财富"，要表达的正是这种意思。

扎加耶夫斯基经常写到音乐，"我看到音乐的三种成分：脆弱、力量和痛苦/第四种没有名字"。前"三种成分"我们在肖邦的音乐中，也在扎加耶夫斯基的诗作中感到了，"第四种没有名字"，而它是什么？无论它是什么，它都是让音乐成为音乐的更具有决定性的因素——它也正是一个钢琴家要以他"纤细的手指"、在死亡的挣扎中要去竭力"触摸"到的东西。

怎样将自身艰难、卑微、易逝的存在与一种永恒的力量结合在一起，这也正是诗人扎加耶夫斯基的一个基本主题。不过，在该诗的最后部分,我们也读到一种很微妙的反讽,一种"抒情的反讽"——它不仅耐人琢磨,也给我们带来了更丰富的启示性。

看来在这位波兰诗人那里,一直有一种幽灵般的存在,它时而是"奥斯维辛的燕子",时而是音乐的"第四种成分",而这一切,在他看来都仅仅是"神秘学入门"。更要命的是,这一"初级课程",还"预设"了一场"延迟的"但又最终不得不面对的"考试"——以下即为扎加耶夫斯基的名诗《神秘学入门》,我试着把它译在这里:

> 天气和煦,阳光慷慨,
> 咖啡馆阳台上的德国人
> 将一本小书放在他的膝盖上。
> 我瞥见那书名:
> 神秘学入门。
> 我突然领会,燕子们
> 在蒙特卡西诺街头巡回
> 发出的尖利叫声,
> 还有怯生生的旅客安静的谈话
> 来自东部,所谓的中欧,
> 还有白苍鹭站在稻田里——昨天?或者前天?——
> 就像修女一样,
> 还有黄昏,缓慢并且有条不紊,
> 一点点抹去中世纪房屋的轮廓,
> 还有小山丘上的橄榄树,

任凭风吹日晒,
还有不明公主的头
我在卢浮宫里见过并爱慕的那一个,
还有彩色玻璃窗,像蝴蝶的翅膀
沾满了花粉,
还有一只小夜莺正在练习
它的演讲,在高速公路旁,
以及任何跋涉,任何形式的旅行,
这一切都仅仅是神秘学入门,
这一初级课程,预设了一场
延迟的
考试。

里尔克:"大地的转变者"

里尔克(Rainer Maria Rilke,1879—1926),现代德语诗人,生于布拉格,主要诗集有《生活与诗歌》《梦幻》《耶稣降临节》《图象集》《祈祷书》《新诗集》《新诗续集》《杜伊诺哀歌》和《献给奥尔甫斯的十四行诗》,另有《布里格随笔》和艺术评论等多种。奥地利大作家穆齐尔盛赞他"第一次让德语诗歌臻至完美",德国诗人贝恩称他为"伟大诗歌的清泉"。

严重的时刻

谁此刻在世界上某处哭,
无端端在世界上哭,
在哭着我。

谁此刻在世界上某处笑,
无端端在世界上笑,
在笑着我。

里尔克:"大地的转变者"

谁此刻在世界上某处走,
无端端在世界上走,
向我走来。

谁此刻在世界上某处死,
无端端在世界上死,
眼望着我。

由诗人梁宗岱翻译的里尔克这首诗,一直深受中国读者和诗人的喜爱。诗题"严重的时刻",让人联想到诗人的名诗《秋日》一开始的"主啊!是时候了",它同样表现的是个体存在的严峻时刻,不过,在《秋日》中是诗人在秋风刮来之际向他的主发出恳求,而在这首诗中,是整个世界的力量无缘由地、不由分说地向诗人走来,正是以这种"被动"的方式,诗人把存在放进他"开放"和"委身"的心灵,从而体现了他作为一个诗人的"担当"(这是冯至先生在评价里尔克时经常运用的一个词)。

总的来看,这首诗以奇绝的玄思、迫人的节奏和凝练的语言,表现存在的紧迫感、生命的同情和万物之间的深刻关联。全诗由四节构成,看似"无端端",却一步步加强了诗的力量,而到了最后的"无端端在世界上死,/眼望着我",则一下子拉近了"垂死者"与"我"的距离,具有了无限哀婉的力量。

这首译作收在梁宗岱1936年出版的译诗集《一切的峰顶》中。译作中的三个"无端端",堪称神来之笔,既忠实于原作的精神("无缘由地"或"没有理由地"),又有了汉语的活生生的姿态;而最后的"眼望着我"显然也比"望着我"这样的直译更好,它的焦点更为集中,效果也更为强烈。这样的翻译,不仅为原作增辉,也把译诗提升为一门具有自身语言追求和价值的艺术。

卞之琳的第一部译文集《西窗集》,同样于1936年出版,收有里尔克的早期长篇散文诗名作《旗手》,乃从法译本中转译。它也给中国新诗带来了陌异的刺激和冲击。因为是散文诗,卞先生在翻译时没有像他后来在译西方格律诗时那样刻意讲究韵律,而是更注重其语言的异质性、雕塑感,着重传达其敏锐的感受力。比如当全篇结尾,旗手独自突入敌阵:"在中心,他坚持着在慢慢烧毁的旗子。……跳到他身上的十六把圆刀,锋芒交错,是一个盛会。"这一个"跳"字来得是多么大胆,它使语言的全部锋芒刹那间交错在了一起!

关于《旗手》,冯至在1936年写的《里尔克》一文中曾这样回忆:"在我那是种意外的、奇异的收获。色彩的绚烂、音调的铿锵,从头到尾被一种幽郁而神秘的情调支配着……这是一部神助的作品。"而卞先生的翻译,几乎完美地再现了这一切。它本身就是"一部神助的作品"!

里尔克的作品最早对中国读者和诗人产生"实质性影响",就是通过梁、卞这样的翻译,而在这稍后冯至对里尔克的倾心译介,在我看来,还具有了文学史上的"对称"意义。这种译介,不仅塑造了里尔克的精神气质和诗人形象,它还成就和提升了译者自己的创作,并给中国新诗带来了为它最需要的东西。

冯至早在北京大学学德语并开始新诗创作期间,受过歌德、海涅等德国诗人的影响。1926年左右,冯至第一次读到里尔克的《旗手》,被深深地吸引。1930年留学德国后,他便开始倾心阅读里尔克,并陆续翻译了一些诗作以及《给一个青年诗人的十封信》《论山水》《布里格随笔》(摘译)等。正是里尔克的影响,促成了冯至由青春期的感伤、唯美和苦闷,进入更为深沉、成熟、严肃的生命与艺术的领域,这一切,正如他早期所译出的里尔克的一节诗:

> 他们要开花,
> 开花是灿烂的,可是我们要成熟,
> 这叫做居于幽暗而自己努力。

值得注意的,是冯至对里尔克关于"诗是经验"的诗观的译介:"啊,说到诗:是不会有什么成绩的,如果写得太早了。我们应该一生之久,尽可能那样久地去等待,采集真意与精华,最后或许能够写出十行好诗。因为诗并不像一般人所说的是情感(情感人们早就很够了),——诗是经验。为了一首诗我们必须观看……必须能够回想……如果回忆很多,我们必须能够忘记,要有很大的忍耐力等着它们回来。因为只是回忆还不算数。等到它们成为我们身内的血,我们的目光和姿态,无名地和我们自己再也不能区分,那才能以实现,在一个很稀有的时刻有一行诗的第一个字在它们的中心形成,脱颖而出。"(《布里格随笔》)

这段著名的话，梁宗岱在1931年写给徐志摩的长信中也曾专门提到。但它的"实质性影响"，在冯至于40年代初期创作的《十四行集》中才真正体现出来。《十四行集》已不是那种浮泛的抒情，它正是"经验"的令人惊异的转化和呈现。

里尔克不单是一位卓越的抒情诗人，如同歌德，他也有"诗哲"之称。他一方面具有诗人优异的语言才能和感受力，同时又具有哲人的深邃眼光，善于对存在进行形而上的透视和追索。现在我们来看冯至翻译的《秋日》一诗，它不仅体现了里尔克诗的特质，也体现了两个创作心灵之间的最深刻感应：

> 主啊！是时候了。夏日曾经很盛大。
> 把你的阴影落在日晷上，
> 让秋风刮过田野。
>
> 让最后的果实长得丰满，
> 再给它们两天南方的气候，
> 迫使它们成熟，
> 把最后的甘甜酿入浓酒。
>
> 谁这时没有房屋，就不必建筑，
> 谁这时孤独，就永远孤独，
> 就醒着，读着，写着长信，
> 在林荫道上来回
> 不安地游荡，当着落叶纷飞。

这首里尔克的早期名作,我第一次读就永远地喜欢上了它。这是一首抒情诗,但也充满了一种人生警策的力量,正如有人所说,里尔克的秋天是一个"尖锐的秋天"。诗一开始写秋日将至时的空旷感和紧迫感,因此第一句"主啊!是时候了"十分震动人心。我相信,即使我们没有里尔克的那种文化信仰背景,但在某个时候我们自己的全部遭遇也会把我们推向这一声呼喊。

正是在这样的关头,诗人发出了他的恳求:在秋风刮来之前,"让最后的果实长得丰满","迫使它们成熟,/把最后的甘甜酿入浓酒"。生命就是这样一种"转化"和"奉献"。这"最后的果实"不仅是自然界的果实,也正是"心灵的果实",它意味着生命的实现和精神劳作的"完满"。

第三节中的"谁这时没有房屋,就不必建筑,/谁这时孤独,就永远孤独",为里尔克的名句:谁在秋日来临之际没有准备好"房屋",就不必建筑,因为一切都来不及了;谁在这时孤独,就永远孤独,因为秋日来临时人所感到的孤独是致命性的,是一种永恒的孤独。

但里尔克的孤独自有深意。在他那里,孤独也是一种生命的完成,它使生命更成熟、更深刻了。孤独,这就是人生的收获,"我是孤独的但我孤独得还不够,为了来到你的面前",里尔克还在另一首诗中这样写道。正是人生这难以克服的孤独把诗人推向创造性的精神劳作。我至今仍难忘多年前读冯至译里尔克《给青年诗人的第一封信》时所记住的那些话,它在我内心所引起的战栗已超出了一切言语:"我必须写吗?你要在自身内挖掘一个深的答复。若你以'我必须'对答那个严肃的问题,那么,你就根据这个需要去建造你的生活吧","你的职责是艺术家。那么你就接受这个命运,承担起它的重负和伟大"。

冯至所译介的里尔克,在中国读者面前树立的,就是这样一位优异的抒情诗人、诗哲和精神圣徒的形象。以下这首冯译里尔克的诗,还使我想起了诗人"受召作为赞美者"的那种古老的诗性传统:

啊,诗人,你说,你做什么?——我赞美。
但是那死亡和奇诡
你怎么担当,怎么承受?——我赞美。
但是那无名的失名的事物,
诗人,你到底怎样呼唤?——我赞美。
……怎么狂暴和寂静都象风雷
与星光似地认识你?——因为我赞美。

作为一个诗人,里尔克经受了一个敏感的现代心灵所经历的全部磨难和危机,他对现代社会和文明的症状也一直有着痛切的洞察,他也从来没有撒下他心灵的艰难、矛盾和悖论,但他又一直坚持着"诗作为赞颂"这一崇高的诗学原则。这使他的诗,充满了一种如霍尔特胡森所说的"哀歌兼赞歌"的精神特质和复调结构①,也充满了一种语言的光辉和明亮。我想,正是这种影响和启示,使冯至领悟到一个诗人的"天职"所在,使他深

---

① 霍尔特胡森:《里尔克》(魏育青译),三联书店1988年版。

入苦难的人生而又把握到了那种肯定性的力量,使他发现了平凡中的神性和光芒。下面是《十四行集》第十二首中对杜甫的动情赞颂:

> 你的贫穷在闪烁发光
> 象一件圣者的烂衣裳,
> 就是一丝一缕在人间
> 也有无穷的神的力量。

离开了里尔克的精神影响,冯至就不可能对杜甫做出这样的阐释。

接下来我们来看里尔克一生所经历的两次艺术"转换":一次是从"无形"进入存在,一次是从"大地"进入"无形",从而成为一个如他自己所说的"大地的转变者"①(诗人致其波兰文译者)。

所谓从"无形"进入存在,是指诗人从罗丹、塞尚那里所受到的启示和训练,其结果不仅是创作了一系列"咏物诗",还形成了一种里尔克式的"观看"或"视力",这使诗人从空泛的自我抒情回到事物本身,使被遮蔽的存在得以显现、到场,就诗歌语言而言,这还给里尔克的诗带来了一种青铜般的永恒质感。

但诗人不可能满足于此。他还要从自己全部的精神体验出发,使他的诗超越于有形之物而指向不可说的一切,正如他自己

---

① 转引自《里尔克诗选》(黄灿然译),河北教育出版社2002年版。

所说"眼目的作品如今已经完成,现在是心灵的作品";"大地别无选择,只能成为不可见之物"(诗人致其波兰文译者),只有这样,才能完成一次真正伟大的敞开和奉献。

这里的大地,是一个有形的、可见的世界,如海德格尔所说"大地是承担者,开花结果,伸展成石头和水,产生了植物和动物"①;但在《杜依诺哀歌》中,还出现了超验的"天使"——"致命的灵魂的飞鸟"。对此,诗人自己说"哀歌中的天使是这样一种存在,它保证了在不可见中认识现实的更高秩序"(诗人致其波兰文译者)。

不管怎么说,里尔克的后期正是这样一个卓绝的"大地的转变者"。正是在这种否定之否定的转换中,他听到更高的召唤:"艺术是万物的模糊愿望。它们希冀成为我们全部秘密的图像……以满足我们某种深沉的要求。这几乎是艺术家所听到的召唤:事物的愿望即为他的语言。艺术家应该将事物从常规习俗的沉重而无意义的各种关系里,提升到其本质的巨大联系之中。"(里尔克《关于艺术的札记》,卢永华译)

而要担当起这样的艺术使命,正如诗人自己意识到的,"从诚挚到伟大的必由之路乃是献祭"。他走上了一条一般诗人都没有勇气和耐力走上的路。他最终成为被诗歌所挑选的人。杜伊诺海滨那个伟大时刻就是为这样的诗人所准备的,在那一刻,他仿佛凭借着不是他自己的而是某种神异的力量,一跃而进入

---

① 海德格尔:《诗·语言·思》(彭富春译),文化艺术出版社1990年版。

到生命的光辉之中,也正如霍尔特胡森所说,一举摆脱了"咏物诗"的个别性和囿于实物性,将一切卷入哀歌兼赞歌的洪流之中……

这样的旷世之作,不仅是一位诗歌圣徒的至高完成,也是整个现代诗歌的光荣。杜伊诺城堡从此在人类的精神地图上永久地闪耀。

接下来,我从自己的角度谈谈对里尔克的接受。虽然在70年代初期《译文》就刊有冯译里尔克诗,但似乎并没有影响到当时北京的那批青年诗人,那时让他们激动的是戴望舒译的洛尔迦。80年代是一个富有精神诉求和冲动的年代,里尔克开始成为最受中国诗人和读者注重的诗人之一。我自己是在1981年上大四时第一次在《外国现代派作品选》中读到冯译《秋日》《豹》等十首诗和《布里格随笔》片断的,我有了一种血液被搅动的激动。很快我又读冯译里尔克《给青年诗人的第一封信》,而它对我的深刻影响,借用《布里格随笔》中的一句话,"它们成为我们身内的血、我们的目光和姿态,无名地和我们自己再也不能区分。"

作为一个刚刚走上文学之路的年轻诗人,里尔克关于"诗是经验"的诗观,也促成了我和其他年轻诗人由青春的抒情转向对经验的挖掘,使我们把创作开始建立在一个更为坚实的根基上。还有里尔克在《现代抒情诗》(史行果译)里的这句话"只有当个人穿过所有教育习俗并超越一切肤浅的感受,深入到他的最内部的音色当中时,他才能与艺术建立一种亲密的内在关系:成为艺术家"也成了我在那时的"座右铭"。多年之后,美国著名诗人罗伯特·哈斯在为我的英译诗集《变暗的镜子》所作的序文(中文译文见《世界文学》2015 年第 12 期)中这样说:"阅读他的诗,你会再一次意识到诗歌并非文学运动或历史事件的产物,而是一种独立个人的声音,在他这里则表现为一种高度警觉与内省的特质。王家新是保罗·策兰的中文译者,读他的诗能感受到二十世纪最伟大的欧洲诗歌特有的向内回溯的力量……"哈斯看得很准,这"最伟大的欧洲诗歌",当然也包括了里尔克的作品对我的影响。

20 世纪 80 年代以来,海德格尔对荷尔德林、里尔克等诗人的阐释,也给了我和其他中国诗人以很大的启示。在《荷尔德林诗的阐释》中,海氏引用了荷尔德林关于语言是"危险的财富"的诗句,语言的财富之所以"危险",正在于"人借语言见证其本质"。在著名的《诗人何为》中,海氏把"诗人何为"作为一个重要命题提了出来,并视里尔克的《献给奥尔甫斯的十四行诗》为对这一命题的一个回应:"走向这首诗歌的漫长道路本身乃是诗意地追问的道路。里尔克在途中渐渐清晰地体会到时代的贫困。时代之所以贫困不仅是因为上帝之死,而是因为,终有一死的人甚至连他们本身的终有一死也不能认识和承受了。终有一死的人还没有居有他们的本质。死亡遁入谜团之中。痛苦的秘密被掩藏起来了。人们还没有学会爱情。但终有一死的人存在着。只要语言在,他们就存在。歌声依然栖留在他们的贫困的大地之上。歌者的词语中依然持有神圣的踪迹。"①

这些,都深深介入到我们的写作和精神活动中。1997年秋,我到德国斯图加特郊外一个古堡做半年的访问作家,在我随身带的书中,就有新出版的一大本绿原译的《里尔克诗选》。古堡位于远离尘嚣的山坡上,正是一个用来读书、沉思的所在。那时我在个人家庭生活发生变故后,又面临着一个极其艰难的人生的关口。一种难以言说的精神沉痛,使我对里尔克这样的诗人再次有了深切的需要。在这种情形下,我似乎也比任何时候都更能进入到里尔克的精神世界中。从古堡那里远眺山下苍茫的山川和隐约的城镇,我每每会想起冯译《献给奥尔甫斯的十四行诗》中的这样一首诗:

> 苦难没有认清,
> 爱也没有学成,
> 远远在死乡的事物
>
> 没有揭开了面幕。
> 惟有大地上的歌声
> 在颂扬,在庆祝。

一方面是深切的悲哀和无望,另一方面却又是不可遏止的从大地上升起的赞颂。是哀歌,又是赞歌;是对人世苦难的揭示,更是对天意的领受。这样的诗,不仅让我受到感动,更让我

---

① 海德格尔:《诗·语言·思》(彭富春译),文化艺术出版社1990年版。

意识到什么才是伟大的艺术。而这对我至关重要。它帮助我在人生的长夜中朝向一次艰难的超越,也使我再次领悟到一个诗人的"天职"。诗人的天职就是承受,就是深入苦难的命运而达到爱的回归,达到一种更高的肯定和赞颂。因此我在那个秋冬写的长诗《回答》,就以里尔克的"苦难尚未认识"作为题辞。它不仅是一首不可能的挽歌,正如许多人看到的,也是一首不可能的赞歌。在这首长诗的结尾部分,我还引用了《杜伊诺哀歌》第十首中的开头两句"愿有朝一日我在严酷审察的终结处,欢呼着颂扬着首肯的天使们"(绿原译本)。里尔克的再次出现,就这样有力地校正并规定了一首诗的方向。

而在今天,这一切似乎都成为遥远的往事。一个物欲时代的力量日复一日地削弱着人们对诗歌、对精神事物的感受力。里尔克正在离我们远去,或者说显得不合时宜。人们甚至以一种令人难以置信的口吻来谈论他了。在这方面,诗人北岛2004年发在《收获》上的一篇长文颇引人注意。在该文中,这位我素来尊敬的诗人一上来就说里尔克的诗"在我看来多是平庸之作,甚至连他后期的两首长诗《杜伊诺哀歌》和《献给奥尔甫斯的十四行诗》也被西方世界捧得太高了"。《杜伊诺哀歌》"由于包罗万象而显得空洞浮华"。他甚至还得出这样的结论:"他没有脱离基督教的话语体系,这从根本上影响了他在写作中的突破。"

对里尔克人们当然可以有自己的看法,在今天,我们也需要从某种盲目崇拜中摆脱出来,但上述这种轻率的口吻、不负责任的评说却是我怎么也不能接受的。在我看来,这甚至是对诗歌的尊严和精神的尊严的贬低。从里尔克一生的大量诗作中去找几首"平庸之作"并不是一件难事,这无损于里尔克的光辉,难就难在更深地进入他的世界,并由此意识到我们自身的贫乏。尼采就曾这样说过"如果我们不能胜任善,善就令我们讨厌"。的确如此。

当然,我在这里无意就上述问题展开辨析。里尔克那些丰碑般的诗篇就摆在那里,并且至今仍在对我们构成挑战。只要面对这位诗人(当然,最好是面对原著和那些优秀可靠的译文),我们就知道什么叫平庸什么叫不平庸,在我看来,里尔克恰恰是一个为现代诗歌提供伟大尺度的诗人。他不可能为人人所理解所喜欢,相反,他是一位对他的读者有所挑选和巨大要求的诗人。但无论怎样,他值得我们以一生来阅读。他全部的写作,也包含了极大的精神的丰饶性。那种对一个艺术家孤独命运的承担,那种进入现实而又不断摆脱其"常规习俗"的努力,那种以毕生心血来锻造一个与生活本身"古老的敌意"相抗衡的精神世界的使命,那种进入到一种声音中言说的勇气和天赋,仍会对今天和后来的诗人产生激励。与其说里尔克在其《杜伊诺哀歌》中"扮演的是先知"(北岛语),不如说他没有愧对"诗人"之名。他最终使奥尔甫斯在一个衰败的现代社会得以复生。

正因为对这样一位诗人所怀有的感激和敬仰,2012年9月我去斯洛文尼亚参加国际文学节回来的路上,我专门在意大利

的里雅斯特停留了几个小时,并独自去造访了那个挺立于悬岩之上、迎向远风和大海的杜依诺城堡:

访杜依诺城堡

似乎当年诗人发出的呼喊
仍悬在这半山腰上
没有回应

没有骤起的狂风
天使也不会突然
向我们袭来

游客们在古堡里上上下下
无人能够进入那样的存在

诗,是一种气候
是一阵风暴
来把我们摇撼
为了它那
灾难般的果实

而现在
我们只是在享受

它那风光宜人的九月!

我自己比较看重这首诗,因为它再次给我带来了"风暴前的一刻",虽然在这首诗中更多的是反讽。的确,一般人的审美只能到"风光宜人"这一步。但是真正的诗歌,我想,是另一回事。

"没有骤起的狂风/天使也不会突然/向我们袭来。"这骤起的狂风,是精神的和语言的风暴,只有它在一瞬间召唤我们进入存在。"袭来",对,只能用这个词!艺术的本质往往就是"非人性的"。而诗,就是"一种气候",也只有在这种精神气候中产生。对此,我们已无法预测。我们现有的许多诗学仪器可能已经失灵。

诗人仍需要独自前行,也仍需要"在我们自己身上,克服这个时代"(尼采)。无论公众对诗歌如何期待,也无论你的同行们在做什么或怎么看,作为一个诗人,你只能像但丁所说的那样:"你的笔要仅仅追随口授者。"(《炼狱篇》)现在,这恐怕是我唯一要听从的指令了——哪怕它摇落下的,是"灾难般的果实"!

策兰:创伤经验,晚期风格,语言的异乡

保罗·策兰(1920—1970),20世纪下半叶以来在世界范围内产生最重要、持久影响的德语犹太诗人。

策兰原名安切尔,1920年11月生于切尔诺维茨(原属奥匈帝国,帝国瓦解后归属罗马尼亚,今属乌克兰)一个讲德语的犹太血统家庭。策兰青年时期即开始用德语写诗、译诗,1938年11月遵父母之命前往法国读医学预科,次年回乡探亲期间,因战争爆发中断学业。1942年,其父母被驱逐到纳粹集中营并相继惨死在那里,策兰在朋友帮助下幸免于难,后被劳动营强征为苦力。战后,策兰离开荒凉的故乡前往布加勒斯特,从事翻译和写作,并以"策兰"作为他本人的名字。1947年底,罗马尼亚新政权成立,幸存的犹太人和政治异己受到迫害,策兰冒险偷渡到维也纳,从此走上了一个流亡诗人的不归路。

在维也纳,策兰凭着他的德语和优异的诗歌才能,认识了一些诗人、艺术家,并发表了组诗《骨灰瓮之沙》。对他来说更重要的,是认识了当时正在维也纳大学攻读哲学博士的敏感而富

有文学天赋的英格褒·巴赫曼。但是,作为难民,策兰不能留在奥地利,他决定走得更远,1948年7月5日,策兰登上了开往法国的列车。

在巴黎度过最初艰难的几年后,策兰认识了法国女画家吉瑟勒,并于1952年初成婚。同年5月,他在巴赫曼的推荐下参加了西德四七社文学年会,并在斯图加特出版诗集《罂粟与记忆》,其诗歌天赋很快引起注意,尤其是《死亡赋格》一诗,在德语世界产生了广泛影响。正是这首"时代之诗",奠定了策兰在战后德语诗坛的重要位置。

在这之后,策兰又出版了诗集《门槛之间》(1955)、《言语栅栏》(1959),获得了包括毕希纳奖在内的多种最重要的德语文学奖,人们也愈来愈习惯于把他和里尔克、特拉克尔等现代德语诗人相提并论。在1960年的一封信中,著名德语犹太女诗人内莉·萨克斯就称策兰为"我们时代的荷尔德林"了。

但是,针对策兰的攻击也在升级,1960年前后,诗人伊凡·哥尔的遗孀克莱尔对策兰的"剽窃"指控达到一个高潮,纵然巴赫曼、恩岑斯贝尔格等著名诗人和批评家为他做出辩护,德国语言和文学学院、奥地利笔会都一致反驳这种指控,但是伤害已经造成,以至于策兰终生都无法摆脱。

好在策兰是一个一直顶着死亡写作的诗人。自《死亡赋格》之后,他的创作也发生了深刻变化。他没有以对苦难的渲染来吸引人们的同情,而是以对语言内核的抵达,以对个人内在声音的深入挖掘,开始了更艰巨、也更不易被人理解的艺术历程。在60年代期间,策兰除了翻译曼德尔施塔姆等人的诗外,又出版了《无人玫瑰》《换气》《线太阳群》等多部重要诗集,此外还有三部编定的诗集《光之逼迫》《雪部》《时间农庄》在死后出版。在这些"谜"一样的晚期诗歌里,策兰以其罕见的艺术勇气,把他的创作推向了一个令人惊异的境地。意大利诗人安德烈·赞佐托这样说:对任何人,阅读策兰都是一种"震慑的经历":"他把那些似乎不可能的事物描绘得如此真切,不仅是在奥斯维辛之后继续写诗,而且是在它的灰烬中写作,屈从于那绝对的湮灭以抵达另一种诗歌。策兰以他的力量穿过这些葬身之地,其柔软和坚硬无人可以比拟。在他穿过这些不可能的障碍的途中,他所引起的炫目的发现对于二十世纪后半期以来的诗歌是决定性的。"

1969年9月底至10月中,策兰第一次访问了以色列。对策兰来说,耶路撒冷之行是朝圣之旅,他与早年时代的女友伊拉娜·施穆黎在以色列意外重逢,也再次激发了他的创作激情。然而,回到巴黎后不久,他的精神病再次加重,被迫进行治疗。1970年4月20日夜,策兰因无法克服的精神创伤投塞纳河自尽。

就在这令人震动的消息传来后,巴赫曼随即在她的小说《玛丽娜》手稿中添加道:"我的生命已经到了尽头,因为他已经在强迫运送的途中淹死,他是我的生命。我爱他胜过爱我自己的生命。"这里的"强迫运送",指的是对犹太人的"最后解决"。著名作家加缪也视策兰之死为"社会谋杀"。他们都完全有理

策兰：创伤经验，晚期风格，语言的异乡

由这样认为。的确，策兰的纵身一跃可视为一种终极抗议，是"在现实的墙上和抗辩上打开一个缺口"。在他之前，不止一个奥斯维辛的幸存者都这样做了。

但策兰之死远远不止于这种社会学上的意义。读了他的后期诗作，我们就知道：他可以那样"展翅"了，他的全部创作已达到了语言所能承受的极限，或者说，他的创伤已变得羽翼丰满了。他结束了自己，但也在更忠实、也更令人惊叹的程度上完成了自己。

在策兰死后，他的诗歌及其悲剧性命运引起了更广泛关注。在欧洲，策兰的诗不仅在一般读者和诗人中产生影响，也受到了包括海德格尔、伽达默尔、阿多诺、列维纳斯、德里达、布朗肖、拉巴尔特、巴迪欧阿甘本等在内的著名哲学家的特殊关注。在美国，评论家乔治·斯坦纳称策兰的诗为"德国诗歌（也许是现代欧洲）的最高峰"，哈罗德·布鲁姆感叹策兰"令人惊异"，哈佛大学教授、诗评家文德勒称策兰为"自叶芝以来最伟大的诗人"。

策兰是20世纪人类黑暗时代造就的诗人。他的诗，见证了犹太民族的苦难历史，深刻体现了时代的冲突和"内在的绞痛"。但策兰的诗不仅是对"奥斯维辛"的反响。他忠实于他的时代而又超越了时代。他的诗尤其是他那些深邃而又难解的晚期诗歌，至今仍难以为人们所穷尽。下面，我就从以下几点简要地谈一谈我对这位伟大诗人的读解，本文中所引策兰诗作及策兰评论资料，也均为我自己所译。

1. 创伤经验

《死亡赋格》为策兰的成名作。无论谈论策兰本人还是谈论战后欧洲诗歌，这都是不可绕过的一首诗。在内容上，它艺术地再现了集中营里犹太人的悲惨命运，诗中不仅有着对纳粹邪恶本质的强力控诉和批判，而且其独特的悖论式修辞手法和高度的赋格式音乐组织技巧也不同凡响。它那经历了至深苦难的人才有的在神面前的悲苦无告，它那强烈、悲怆而持久的艺术力量，至今也仍在感动着无数读者。正如有人所说，它是"二十世纪最不可磨灭的一首诗"。

《死亡赋格》之所以产生如此广泛的影响，除了诗本身的思想艺术力量外，显然还在于诗背后的重大历史背景，亦即对犹太人的大屠杀。另外，《死亡赋格》之所以成为一首"时代之诗"，和二战后西方的思想处境、西方知识分子所关注的问题也密不可分。1949年，德国犹太裔哲学家阿多诺提出"奥斯维辛后仍然写诗是野蛮的，也是不可能的"。无论这个断言在后来是怎样引起争议，它都提出了一个重要问题，不仅提出了战后艺术的可能性问题，更重要的，是第一次把"奥斯维辛"作为一个无法逾越的重大"障碍"提了出来。

奥斯维辛集中营又被称为"死亡工厂"，有数百万犹太人、吉卜赛人、波兰人、斯拉夫人在那里被杀害。身为人类却又制造出如此骇人听闻的反人类暴行，产生过巴赫、歌德的文明高度发达的民族却又干出如此疯狂野蛮的事,这一切,都超出了人类理性所能解答的范围。它成为现代人类历史上最残酷、黑暗的一个谜。它动摇了西方文明和信仰的基础。

正因此,"奥斯维辛"成为一个具有划时代象征意义的事件。经由人们从哲学、神学、历史、政治、伦理、艺术和美学等方面所做出的重新审视和追问,它不仅成为大屠杀和种族灭绝的象征,它还伴随着人们对一切集权主义,对专制程序,对现代社会的异化形式,对工业文明和种族、信仰问题的思索和批判。正是伴随着这种追问,"奥斯维辛"照亮了人们长久以来所盲目忍受的一切。

这就是为什么策兰的这首诗在世界上引起广泛关注的重要原因。它不仅在战后德语文学和诗歌的自我"清理"中具有标志性意义,多少年来它也一直伴随着人们对历史的哀悼、反思和追问。

死亡赋格

清晨的黑色牛奶我们傍晚喝

我们正午喝早上喝我们在夜里喝

我们喝呀我们喝

我们在空中掘一个坟墓躺在那里不拥挤

住在那屋里的男人他玩着蛇他写

他写到当黄昏降临到德国你的金色头发呀玛格丽特

他写着步出门外而群星照耀着他

他打着呼哨唤出他的狼狗

他打着呼哨唤出他的犹太人在地上让他们掘个坟墓

他命令我们开始表演跳舞

清晨的黑色牛奶我们夜里喝

我们早上喝正午喝我们在傍晚喝

我们喝呀我们喝

住在那屋里的男人他玩着蛇他写

他写到当黄昏降临到德国你的金色头发呀玛格丽特

你的灰色头发呀苏拉米斯我们在风中掘个坟墓躺在那里不拥挤

他叫道朝地里更深地挖呀你们这些人你们另一些唱呀表演呀

他抓起腰带上的枪他挥舞着它他的眼睛是蓝色的

更深地挖呀你们这些人用你们的铁锹你们另一些继续给我跳舞

清晨的黑色牛奶我们夜里喝

我们正午喝早上喝我们在傍晚喝

我们喝呀我们喝你

住在那屋里的男人你的金色头发呀玛格丽特

你的灰色头发呀苏拉米斯他玩着蛇

他叫道把死亡演奏得更甜蜜些死亡是从德国来的大师

他叫道更低沉一些拉你们的琴然后你们就会化为烟雾升向空中

然后在云彩里你们就有一个坟墓躺在那里不拥挤

清晨的黑色牛奶我们在夜里喝

我们在正午喝死亡是一位从德国来的大师

我们在傍晚喝我们在早上喝我们喝你

死亡是一位从德国来的大师他的眼睛是蓝色的

他用子弹射你他射得很准

住在那屋里的男人你的金色头发呀玛格丽特

他放出他的狼狗扑向我们他赠给我们一座空中的坟墓

他玩着蛇做着美梦死亡是一位从德国来的大师

你的金色头发玛格丽特

你的灰色头发苏拉米斯

据传记材料,策兰这首诗写于1945年前后,最初在布加勒斯特发表时题为"死亡探戈",后被改为"死亡赋格"。而这一改动意义重大。它不仅把集中营里的屠杀与赋格音乐联系起来,而且把它与赋格艺术的大师、德国文化的象征巴赫联系了起来("死亡是一位从德国来的大师"),因而对读者首先就产生了一种惊骇作用。

"死亡赋格"（"Todesfuge"）为策兰自造的复合词，即把"死亡"（"todes"）和"赋格"（"fuge"）拼在一起，从而使这两个词相互对抗，又相互属于，再也不可分割。和这种词语的并置相关，《死亡赋格》整首诗在语言形式上也比较特别，即不"断句"，虽然这给阅读带来了难度，但却有一种音乐般的层层递进的冲击力。

诗的第一句就震动人心："清晨的黑色牛奶我们在傍晚喝"。这一句在后来反复出现，有规则地变化，成为诗中的叠句。令人惊异的是"黑色牛奶"这个隐喻。说别的事物是黑色的人们不会吃惊（策兰早期就有《黑色雪片》一诗），但说奶是黑色的，这就成大问题了。作为洁白的生命之源的象征，它在集中营里却变成了死亡的黑色毒汁！这真是令人惊骇。它所引起的，不仅是对纳粹的控诉，还具有了深广的隐喻意味。从策兰的一生来看，他都生活在"黑色牛奶"的诅咒之下。

我们再来看诗中对赋格艺术手段的运用。赋格音乐的最主要技法为对位法，它使各部分并列呈示，相应发展，直到内容充足为止。巴赫的赋格音乐具有卓越非凡的结构技巧，构成了欧洲古典音乐的高峰。而策兰的《死亡赋格》第一、二、四、六段都以"清晨的黑色牛奶……"开头，不断重新展开母题，并进行变奏，形成了富有冲击力的音乐节奏；此外，诗中还运用了"地上"与"空中"、"金色头发"与"灰色头发"的多种对位，到后来"死亡是一位从德国来的大师"也一再地插入进来，一并形成了一个艺术整体，层层递进而又充满极大的张力和冲击力。读《死亡赋格》,真感到像叶芝所说的"一种可怕的美已经诞生"!

说《死亡赋格》有一种"可怕的美",一是指集中营里那超乎一切语言表达的痛苦和恐怖居然被转化成了音乐和诗,一是指它在文明批判上的"杀伤力":它以这种"以毒攻毒"的方式对已被毒化了的德国文化进行了有力的批判和质询。

至于"他命令我们开始表演跳舞"等等,这不仅出自当年在集中营里发生的实情,这也暗含了一种"对位",《旧约》中就有这样的记载:当犹太人被掳到巴比伦的时候,他们被迫唱起《锡安之歌》给征服者作乐。因此,对熟悉《旧约》的读者来说,他们在读《死亡赋格》时,"巴比伦之辱"就在起一种"同声作用"!

而在《死亡赋格》中,最重要的对位即是"你的金色头发玛格丽特"与"你的灰色头发苏拉米斯"的对位。玛格丽特,这不是一般的名字,是歌德《浮士德》中的女主人公的名字。苏拉米斯,在《圣经》和希伯来歌曲中多次出现,她成为犹太民族的某种象征。需要一提的是,在原诗中,策兰不是用"grau"(灰色)来形容苏拉米斯的头发,而是用的"aschen"(灰,灰烬,遗骸)。这一下子使人们想到集中营里那冒着滚滚浓烟的焚尸炉!此外,"aschen"也使人想到格林童话中那位被继母驱使、终日与煤灰为伴的"aschens"即"灰姑娘"。

"aschen"这个词的运用,本身就含着极大的悲痛。全诗的重点也在于玛格丽特与苏拉米斯的"头发",诗人着意要把两种头发作为两个种族、两种命运的象征。与此相对应,诗中的"他"和"我们"也都是在对这种头发进行"抒情"和感叹,"他写到当黄昏降临到德国你的金色头发呀玛格丽特",这里的"抒情主体"是集中营里的纳粹看管,"他"拥有绝对的权力,拥有一双可怕的蓝色眼睛和一个种族迫害狂的全部邪恶本性("他打着呼哨唤出他的犹太人""他用子弹射你他射得很准"),但这并不妨碍他像一个诗人那样"抒情",他抒的是什么情呢——"你的金色头发呀玛格丽特",这里不仅有令人肉麻的罗曼蒂克,在对"金色头发"的咏叹里,还有着一种纳粹式的种族自我膜拜——他们所干的一切,就是要建立这个神话!

正因为如此,两种头发的"对位"有了不同寻常的意义,"你的灰色头发呀苏拉米斯我们在风中掘个坟墓躺在那里不拥挤",这里的"抒情主体"变成了"我们"——被迫喝着致命的黑色牛奶,被迫自己为自己掘墓,承受着暴虐和戏耍而为自身命运心酸、悲痛的"我们"!从这里开始的"对位"一下子拓展了诗的空间,呈现了诗的主题,使两种头发即两种命运相互映衬,读来令人心碎。策兰就这样通过赋格音乐的对位手法,不仅艺术地再现了集中营里犹太人的悲惨命运,也不仅对纳粹的邪恶本质进行了控诉和暴露,而且将上帝也无法回答的种族问题提到了上帝面前,因而具有了更深刻悲怆的震撼力。诗的最后,又回到了赋格艺术的对位性呈示:

你的金色头发玛格丽特
你的灰色头发苏拉米斯

在诗中交替贯穿的,到最后并行呈现了。这种并列句法,这种两种头发的相互映照，使人似乎感到了某种"共存"甚或"重归言好"的可能，但也将这两者的界限和对峙更尖锐地呈现了出来。这种并置，正如有人用一种悖论的方式所表述，是"一个不调和的和弦"。它的艺术表现到了极限。

但全诗最后的重心却落在了"你的灰色头发苏拉米斯"这一句上，诗人以此意犹未尽地结束了全诗。苏拉米斯，带着一头灰烬色头发的苏拉米斯，象征着被德国的死亡大师不可抹掉的一切，在沉默中永远地显现在人们目前。

而策兰一生的写作，就处在这种如他自己所说的"回答的沉默"里。

就像历史上其他具有重大历史作用的作品一样，《死亡赋格》只能有一首。《死亡赋格》之后，策兰也很少直接言说大屠杀，但他的一生都是犹太民族苦难的见证者和哀悼者，哪怕这是一种"不可能的哀悼"。他要求自己的，是始终和那些沉默者、受迫害者站在一起，并始终处在"自身存在的倾斜度下"写作。母亲的惨死，本来已给策兰造成了永难平复的精神创伤，而后来在战后新反犹浪潮中所受到的"剽窃"指控，使他再一次受到致命伤害。作为大屠杀的幸存者，他不仅要捂着自己的伤口生活，他还不得不替"奥斯维辛"的死者再死一次。

正是这种经历，深化了也激发了策兰后期的创作。正因为这"被赐予的肉中刺"，这不肯愈合的伤口，使策兰后来的诗作更尖锐、更有深度，也更具张力了。在创作于1962年间的《带着来自塔露萨的书》一诗的开头，他直接引用了茨维塔耶娃的一句诗"所有诗人都是犹太人"。这就是说,他把个人的创伤经历直接提升为一种诗人的普遍命运。

因为《带着来自塔露萨的书》这首诗很长,我也写过专文分析,我们来看收在《换气》(1967)中的一首短诗《凝结》:

还有你的
伤口,罗莎。

而你的罗马尼亚野牛的
犄角的光
替代了那颗星
在沙床上,在
滔滔不绝的,红色——
灰烬般强悍的
枪托中。

诗题"Coagula"(德文、英文都是同一个词),意思是凝结,尤其是指伤疤的凝结;诗中的"罗莎",会使我们想到罗莎·卢森堡,实际上策兰也曾写到这位被德国极端民族主义分子杀害的带有犹太血统的左翼政治家(她和李卜克内西一起于1919年年初被害,为一个重要的历史事件),但为什么这首诗中出现了"罗马尼亚野牛"呢?沃夫冈·埃梅里希在其《策兰传》[①]中帮我们找到了出处:1918年12月,还在狱中的卢森堡写信向一个

---

① 沃夫冈·埃梅里希:《策兰传》(梁晶晶译),台北:倾向出版社,2009年版。

朋友描述了她以前看到的作为"战利品"的公牛遭到士兵虐待的情形:"鲜血从一头幼兽'新鲜的伤口'中流淌而出……乌黑的面庞和温柔乌黑的眼睛看上去就像一个哭泣的孩子……我站在它的面前,那野兽看着我。泪水从我眼中淌下——这是它的眼泪。震惊中,我因着这平静的痛而抽搐,哀悼最亲密兄弟的伤痛的抽搐也莫过于此。美丽、自由、肥美、葱郁的罗马尼亚草原已经失落,它们是那么遥远,那么难以企及。"

此外,卡夫卡小说《乡村医生》中的那个遭到残忍虐待的女仆也叫罗莎。还有,我们还不能忘的是,策兰在1947年以前基本上是持罗马尼亚国籍。因此,那"罗马尼亚野牛"乃是和他自己血肉相连的生命。

对于该诗,我们还是来看诗人自己的说法,在写给布加勒斯特时代的朋友彼得·所罗门的一封信里,策兰这样说:"在诗集《换气》第79页上,罗莎·卢森堡透过监狱栏杆所看到的罗马尼亚公牛和卡夫卡《乡村医生》中的三个词汇聚到一起,和罗莎这个名字汇聚到一起。我要让其凝结,我要尝试着让其凝结。"

"我要让其凝结,我要尝试着让其凝结"——这是多么悲痛的诗歌努力,这已近乎一种呼喊了!

因此这种诗的"凝结",不是别的,乃是以牺牲者的血来凝结!正如埃梅里希所指出的:"(在)'伤'这个符号中,许多互不相干的地点、时间和人物被结为一体,在想象中被融合,继而被'凝结'成诗的文本质地。……一道想象中的线将一切聚合起来,这是一条牺牲者的子午线,它们正是诗的祭奠所在。两种

'Coagula'——真实的血凝块和文字的凝结——是同一物的两面。"

这里,还有一个翻译的问题,原诗中的最后一个词"kolben",在德语中含有棍棒、活塞、枪托、烧瓶、蒸馏器等义,我所看到的几种英译均为"alembic"或"retort",它们只有烧瓶、蒸馏器之义。不过,根据卢森堡的狱中通信和策兰写给所罗门的信,我更倾向于"枪托击打"这样的译解。我想,策兰创作这首诗,很可能是首先出自卢森堡狱中通信对他的触发,尤其是那一段对受虐动物的描述,"还有你的/伤口,罗莎",策兰总是欲说又止的,他没有再去写罗莎自己的伤口,而是把视线投向了那承受着"滔滔不绝"的枪托击打的罗马尼亚野牛。顺带说一下,在翻译时我为找到了"滔滔不绝"这个汉语词而兴奋,原文为"不停地说话",而"滔滔不绝"却加强了原诗的强度和修辞上的新奇性,它使声音(暴打声、咒骂声)、动作和对我们心灵的震撼同时发生!

然而,诗中不仅有着对苦难的承受。请注意这句诗"你的罗马尼亚野牛的/犄角的光/替代了那颗星"(那颗星,也许就是策兰早期带有浪漫、神秘情调的诗中一再写到的"星"),我想这正是全诗的一个中心点。是的,被伤害的罗莎从牢狱里朝那里看,写这首诗的诗人还有我们每个读到这首诗的人也都在朝那里看:那是一些最无辜的受虐动物,但那也是最后的人性之光,在残暴的击打中,替代了那颗星,照耀着一位诗人!

这也就是为什么我会翻译策兰:为他对自己被枪杀的母亲

的忠实,为他的"拒绝的美学"(拒绝遗忘,拒绝粉饰,同样,也拒绝别人来"消费"他的痛苦),为他的"远艺术"的勇气,为他穿过那些"文学行话"而朝向一个"语言的异乡"的卓绝努力。没有强烈而深刻的共鸣,我是不会把这么多年的时间放在这样一位诗人身上的。没有谁的诗比他的诗更能刺伤我。说到这里,我想到有人在谈论中国诗人时所说的"奥斯维辛情结"。为什么折磨一个犹太诗人的谜也在折磨着我们?为什么"早上的黑色牛奶"我们到现在还在喝?这还用解释吗?策兰的创伤其实就内在于我们的身体。

也正因为对自己痛苦的忠实和不懈发掘,策兰让我高度尊敬和认同。他甚至拒绝有人将他的诗和马拉美放在一起比较。他要使自己的写作与那些所谓"美文学"或"绝对诗"彻底区别开来,在《子午线》演说中他就这样宣称:在"历史的沉音符"与"文学的长音符——延长号——属于永恒"之间,"我标上——我别无选择——,我标上尖音符"。

请注意这里的强调语气:他"别无选择"。他只能如此。他忠实于他的创伤,也就是忠实于他的生命记忆,忠实于他对诗歌的认知,甚至可以说,也就是忠实于他和他的上帝之间的誓约——任何力量都不能打破。茨维塔耶娃在《书桌》中写道"你甚至用我的血来检验/所有我用墨水写下的诗行",策兰同样严苛,甚至更加如此——因为他有一个死去的母亲和千百万牺牲者的亡灵在围绕着他。他要使自己写下的每一行都对得起他们。

这就涉及对策兰的不同读解。欧洲有些哲学家和评论家，往往从形而上的哲学和诗学层面来谈论策兰，但另有一些策兰的研究者如美国的费尔斯蒂纳、德国的埃默里希等等，则坚持"立足于哀悼，立足于眼泪之源"。我倾向于这一种读解（虽然前一种对我也有启发），因为只有这样，我们才能进入策兰诗歌痛苦的内在起源。如果不是这样而仅仅从形式或技艺的层面来"欣赏"策兰，那很可能会是一种亵渎。在策兰生前，当有人用轻佻的口吻谈论《死亡赋格》时，他就曾十分愤怒："我的母亲也只有这一座坟墓！"

2. "晚嘴""晚词""晚期风格"

我曾在一篇文章中写过，策兰是一个具有高度羞耻感和历史意识的诗人，在死亡的大屠杀之后再用那一套"诗意"的、"美"的、"音乐性"的语言，不仅过于廉价，也几乎是等于给屠夫的利斧系上缎带。甚至可以说，在奥斯维辛之后，他不仅要质疑他的上帝，他也几乎不再相信"人类的"语言了。这就是他在后来要调整自己创作的主要背景。

从这个意义上，策兰的中后期诗歌也正是对阿多诺那个著名论断的反响。据阿多诺"文化与野蛮的辩证法"，他的意思并不是说奥斯维辛之后就不能写诗。奥斯维辛之后写诗的前提应是彻底的"清算"——不仅是对凶手，还是对文化和艺术自身的重新审视和批判——这就是我对阿多诺的理解。

我想,这也是我们读解策兰在《死亡赋格》之后创作演变的一个前提。正是在这一背景下,我们才能理解为什么他会抛开早期对音乐性的追求,也拒绝了公众对诗歌的"美"的期求,再那样写作,那的确就是"野蛮的"!

什么也没有

什么也没有
只有孤单的孩子
在喉咙里带着
虚弱、荒凉的母亲气息,
如树——如漆黑的——
桤木——被选择,
无味。

策兰晚期的这首短诗,看似很"简单",或者说达到了最大限度的单纯,但那却是一个经历了"奥斯维辛"的诗人所能够看到的景象——"什么也没有/只有……",诗人采用了这种句式,因为这就是整个世界留给他的一切。

而那孩子,也只能是"孤单的孩子"(与此相关,是策兰诗中常写到的"孤儿"形象)。这是被上帝抛弃的孩子,但也是上帝最为眷顾的孩子,不然他不会出现在这首诗的视野里。

而那孩子,也是"什么也没有",除了"在喉咙里带着/虚弱、荒凉的母亲气息"。说实话,我还从来没有读过到如此感人、直达人性黑暗本源的诗句!那涌上喉咙里的母亲气息,是"虚弱、荒凉"的,但正是它在维系着我们生命的记忆。

耐人寻味的还在于后面:这个孤单的孩子"如树"——接着是更为确切的定位——"如漆黑的桤木"。"桤木"的出现,不是随便的比喻,在长诗《港口》里,策兰就曾歌咏过故乡的白桤木和蓝越橘。只不过在这首诗里,"桤木"的树干变黑了,"如漆黑的桤木",这是全诗中色调最深的一笔!

而他/它站出来,"被选择,/无味"。被谁选择?被大自然?被那"更高的意志"?被无情的命运?总之,这样的"被选择",带着一种献祭的意味。

而最后的"无味"(duftlos/scentless)更是"耐人寻味"。这不是一棵芳香的、"美丽的"、用来取悦于人类的树。它"无味"。它在一切阐释之外。它认命于自身的"无味",坚持自身的"无味"。它的"无味",即是它的本性。它的"无味",还包含了一种断然的拒绝!

这就需要把这首诗放在策兰的整个创作中来读解。在《死亡赋格》之后,策兰转向了一种灰烬的语言、无机物的语言,这就是他所说的奥斯维辛之后"可吟唱的残余"。也正是以这样的写作实践,策兰顶住了"美的诗""抒情的诗"这类吁求,坚持实践一种"不美化也不促成诗意的艺术"。对此,还是阿多诺说得好:"在抛开有机生命的最后残余之际,策兰在完成波德莱尔的任务,按照本雅明的说法,那就是写诗无须一种韵味。"

这是一种幸存之诗,也是一种清算之诗、还原之诗。它清算被滥用的语言。它抛开一切装饰。它拒绝变得"有味"。"无味",这就是这首诗最后的发音。

这就是策兰自《死亡赋格》以后的写作。这自然会引起一部分读者的失望。策兰没有成为他们愿望中的诗人,相反,原有的抗议主题和音乐性似乎都消失了,出现在人们面前的,只是一些极度浓缩、晦涩的诗歌文本。但在今天看来,正是这种变化显示了一个诗人对其使命和写作宿命的深刻觉悟,也在艺术上打开了一种天启般的独创性境界:

> 带上一把可变的钥匙
> 你打开房子,在那里面
> 缄默的雪花飞舞。
> 你总是在挑选着钥匙
> 靠着血,那涌出你的眼
> 嘴或耳朵的血。
>
> 你变换着钥匙,你变换着词
> 它可以随着雪片飞舞。
> 而怎样结成词团,
> 靠这漠然拒绝你的风。

"词"的艰难形成与冰雪的暴力,逆风而行的诗人与语言的结晶——可以说,这同样是"最不可磨灭的一首诗"。从诗学的意义上,这甚至是一个更为深刻和艰巨的起点。自此以后,策兰的诗,愈来愈成为"策兰式的"了。

在诗人那里总是存在着一个不可命名的"雪屋"("在那里面/缄默的雪花飞舞"),而诗人不能说出;冰雪从词的内部、从诗人的焦虑中渗出来,但仍无法说出。也许,我们不得不变换着什么?这宿命又是可以改变的吗?这就是策兰所关注的问题。它显示了一种抛开表面化的表达,从更深刻的意义上重新通向言说的诗歌意识和努力。你挑选着钥匙,你迎向冰风,你要进入那顽固的沉默,但这必得是一个艰巨的向内挖掘和辨认的历程,甚至必得"根据血,那从你的眼、/嘴或耳朵涌出的血"!对此我们还能多说什么?用水是不能解释血的。

对后来的策兰来说,《死亡赋格》已宣告了某种终结,也不可能再有第二首。他要求有更多的"黑暗""悖论""断裂"和"沉默"进入他的诗中。甚至,一种深刻的对于语言表达和公众趣味的不信任,还有他自己在"选择词语的困难,句法急剧的坡度或为了省略句"(《子午线:毕希纳奖获奖致辞》)上所做的艰辛努力,使他愈来愈倾向于成为一个"哑巴"。在一首《在下面》的诗中他这样写道:"把家带入遗忘/我们迟缓眼睛的/客人致辞";"而我谈论的多余:堆积出小小的/水晶/在你沉默的服饰里"。

这样的诗句真是耐人寻味。这不仅显现了一种罕见的思想深度,这也给策兰的创作带来了一种新的开始。巴赫曼在1960年的一个讲座中就曾这样谈到策兰:"在令人痛心的转变之后,在对词和世界的关系进行了最严苛的考证之后,新的定义产生了。"

对于策兰的诗歌,阿多诺在其《美学理论》中指出:"他的诗歌作品渗透着一种愧疚感,这种愧疚感源于艺术既不能经历也无法升华苦难这一实情。策兰的诗以沉默的方式表达了不可言说的恐惧,从而将其真理性内容转化为一种否定。……在一个死亡失去所有意义的世界上,非生物的语言是唯一的慰藉形式。这种向无机物的过渡,不仅体现在策兰的诗歌主题里,而且也体现在这些诗歌的密封结构中,从中可以重构出从恐怖到沉默的轨道。"

与这种创作上的深化和转变深刻相关,是策兰的"晚嘴""晚词""晚期风格"。我们首先来看"晚嘴"("spaetmund"),它出现在1955年出版的《收葡萄者》一诗中。策兰的任何用词都是深思熟虑的。据费尔斯蒂纳提示,策兰的"晚嘴"可能出自于荷尔德林,对于荷尔德林,"来得太晚"意味着生活在神性隐匿的"贫乏时代";对于策兰呢,奥斯维辛之后的写作更是一种幸存的"晚嘴"的言说。

的确,"晚嘴",这就是策兰作为一个诗人对自身创作的历史定位。不仅如此,无论作为一个荷尔德林、里尔克之后的诗人,还是作为一个奥斯维辛后的诗人,他还需要有相应的"晚词"("spaetwort",见《闰世纪》一诗"阅读之站台:在晚词里"),以构成他存在的地质学。可以说,自《死亡赋格》之后,策兰对现代诗歌最具有冲击力和启示意义的,便是他对"晚词"的实践。

正如阿多诺所注意到的,在策兰的后期诗歌中,出现了大量

"无机物"的语言、地质学、矿物学、晶体学、天文学、解剖学、植物学、昆虫学的冷僻语言。对策兰来说,这些石头的语言,残骸的语言、灰烬的语言,就是"可吟唱的剩余"。他不仅以此构成了一个个陌异的诗歌隐喻,如有人所说,他还要"以地质学的材料向灵魂发出探询"。

这里还涉及"晚期风格"。我本人很早就对"晚期"或"文学中的晚年"感兴趣。但是策兰的"晚期风格",和我们通常所说的"成熟"仍不是一回事。后来我曾在一文中试图用阿多诺在论述贝多芬音乐时所提出的"晚期风格"来解读策兰诗歌。阿多诺指出"晚期风格"反映了一种"特殊的成熟性",它有着悖论、反讽、非同一性、脱逸、分裂、突兀停顿、压缩、"微观"眼光等等特征;它是自我颠覆、解体的结果。深受阿多诺影响的萨义德也曾专门论述过晚期风格,认为晚期的特质在于它是"一种放逐的形式":"我讨论的焦点是伟大的艺术家,以及他们人生渐进尾声之际,他们的思想如何生出一种新的语法,这新语法,我名之曰晚期风格。"(《论晚期风格——反常合道的音乐与文学》,彭淮栋译,台北麦田出版社)它不是古典意义上的和谐、宁静、明澈,而是不妥协、紧张和"尚未解决","在人们期盼平静和成熟时,却碰到了耸立的、艰难的和固执的——也许是野蛮的——挑战"。(《论晚期风格——反本质的音乐和文学》,阎嘉译,三联书店)

我想,策兰的"成熟",也正是一种苦涩的、"扎嘴的"成熟,是阿多诺意义上的"灾难般"的成熟。但策兰自我颠覆的勇气、一意孤行的决绝、"死里求生"的爆发力,仍远远超出了人们的想象。20世纪下半叶的诗人中,有谁比他更有艺术勇气,或者说比他更彻底也更"极端"的呢?没有。他走上的,乃是一条如他自己所说的"远艺术"的路,甚至是一条"去人类化"的路(他在1963年出版的诗集干脆就叫"无人玫瑰")。在他那里,一切都被"死亡大师"所收割,或者说,与他相伴的只有死亡。然而,也正是在他的晚期诗歌中,在他与死亡、"无意义"的搏斗中,如博纳富瓦在论波德莱尔时所说:死亡成为"灵魂的仆人","死亡会实现语言的命运"。

这里我还想说说策兰的"疯癫"问题。策兰后期由于其精神重创,多次被强制送到精神病院接受治疗("目的是使我精神崩溃")。但是策兰的"疯癫"和荷尔德林的疯癫不大一样。策兰的"疯癫"时期,恰恰是他的创作最富有爆发力的时期,另外更让我惊异的是,即使在"赤裸裸展现身心失禁"之时,他写下的每一首诗依然是"精确无误"的。我不得不说,在这样"疯癫"的"晚期",策兰的很多诗已和德里达所说的那个"语言的幽灵"结合为一体了。

不仅是创作,策兰对莎士比亚十四行诗的翻译,在很大意义上,也就是"晚期风格"对"古典风格"的重写。他不想复制莎士比亚的优美,而且要使它变得困难;不想重现莎士比亚的自信,而且要使它变得吃力;不想模仿莎士比亚的流畅,而是拦腰把它切断,亮出词与词之间的深渊,甚至由此把全诗带向了"口吃"的边缘。他在那些译文最后发出的,已不是莎士比亚自信、雄辩的声音,而是策兰式的在艰难压力下所释放的"喉头爆破音"!

策兰晚期的诗,往往把我们引向的,正是这种"喉头爆破音"(《法兰克福,九月》)。这是一个"穿过"全部文学历史和自身痛苦命运的诗人在其晚期的最后发音,而在这之后便是任何语言也不能打破的寂静。在此意义上,与其说策兰是一个"晚期风格"的诗人,不如说他是一个终极意义上的诗人。

3. 语言的异乡

"语言的异乡",这显然也是策兰晚期创作的一个主要趋向,这要以他 1962 年的长诗《带着来自塔露萨的书》为标志。如果细心比较,他在 1960 年所作的《子午线》演说与 1958 年的《不来梅文学奖获奖致辞》就很不一样了。在《子午线》中他提出诗歌是一种"换气"。他经历的一切,都在为这种"换气"做准备。

策兰在这前后所承受的对他的"剽窃"指控和战后德国死灰复燃的新反犹浪潮,也使他不得不调整他与德语诗歌的关系。他"换气"的方式之一便是翻译曼德尔施塔姆。他不仅要更多地转向对自身希伯来精神基因的发掘,他还要转向一个"朝向东方的、家乡的、反日耳曼的家园",这就是他为什么要把一本"来自塔露萨的书"带在身上。可以说,正因为要摆脱西方人文美学的"同一性"和西方理性的"主宰语法",策兰在后来会朝向"无人",朝向"未来北方的河流",朝向一个词语的异乡。兰波

的名言是"到达陌生处"。现在看来,真正在语言上"到达陌生处"的,唯有策兰的诗歌:

> 可以看见,从脑筋和心茎上
> 还未变暗,在地面上,
> 子夜的射手,在早晨
> 穿过叛逆和腐烂的骨髓
> 追逐着十二颂歌。
>
> ——《可以看见》(《线太阳群》,1968)

这样的诗真是令人惊异,"陌生"而又"异端"。我想,这也就是为什么美国的许多诗人会为策兰所吸引的重要原因。斯蒂文斯的诗,纵然高超而美妙,但那仍是从"阿波罗的(理性)竖琴"(乔治·斯坦纳)上发出的声音,但在策兰那里,他们遇到了一种真正的"外语",一种真正属于异质性的东西。

而策兰的后期诗歌对于德国人呢,正如皮埃尔·乔瑞斯所说,也几乎是"一种外语":"策兰的语言,尽管其表面上是德语,其实即使对讲德语的人来说,它也是一种外语。……策兰的德语是一种诡异的、几乎是幽灵般的语言;它既是母语,牢牢地抛锚于一个死者的国度,又是一种诗人必须激活,必须重新创造,重新发明,以带回到生命中的语言。"

弗莱堡大学教授胡戈·弗里德里希的《现代诗歌的结构——19世纪中期至20世纪中期的抒情诗》,是一本精辟的阐述欧洲现代诗歌的著作。但是它也有一个问题:好像它的作者从来没有经历过"奥斯维辛"似的。因而他所描述的现代诗的"电流般的悚栗"会发生短路。他所推崇的本恩的"绝对诗",比起策兰的诗,也多少显得有些苍白。弗里德里希的这本书出版于 1955 年,他当然没有读到策兰这样的诗作:

> 弓弦祈祷者——你
> 不曾一起默祷,它们曾是,
> 你所想的,你的。

> 而从早先的星座中
> 乌鸦之天鹅悬挂:
> 以被侵蚀的眼睑裂隙,
> 一张脸站立——甚至就在
> 这些影子下。

> ……

这是一首题为"西伯利亚"的诗的前两节。该诗可视为一首献给曼德尔施塔姆的哀歌,因为策兰想象他有可能死于西伯利亚流放地(见策兰《曼德尔施塔姆诗歌译后记》,1959)。从艺术上看,这首诗本身就是一种"去人类化"(即对西方人文、美学传统的超越和摆脱)的产物,在"早先的星座"中出现的,是"乌鸦之天鹅"这样一种在一切命名之外的造物。他要把生命重新置于"千年的冰风"中,就在那里,"我也/露出铜绿/从我的唇上"。

策兰:创伤经验,晚期风格,语言的异乡

这是怎样的一种诗?这恐怕连兰波、马拉美都难以想象了。更为惊人的是诗的结尾:"那里我躺下并向你说话,/以剥去皮的/手指。"以"剥去皮的手指"对"你"说话——这就是策兰不惜一切代价要重新获得的语言,所要显现的"本质的遗骸"!

为此他艰辛地劳作于他的"晚词"里("在你面前,在/巨大的划行的孢子囊里,/仿佛词语在那里喘气,/一道光影收割",《淤泥渗出》)。他坚决地从人类的那一套已被滥用的文学语言中转开,转而从陌生的"无机物"语言中去发掘。当然,还不仅在于对诗歌词汇的拓展,更在于他对语言的潜能的发掘。从这个意义上,他简直是在发明一种语言。在他的创作中,他无所顾忌地利用德语的特性自造复合词和新词,比如"乌鸦之天鹅"这种"策兰式的合成物"("Celanian composite")。他后期的许多诗,通篇都是这种陌生、怪异的构词。不仅是构词,还有他那往往是打破常规的句法。总之,他对语言的颠覆、挖掘和重建,都到了如费尔斯蒂纳所说的"驱使语言朝向了一个革命性的边界"。

既然策兰爱用地质学、矿物学的词语,我们在这里不妨回想一下伽达默尔对策兰后期诗歌的描述:"这地形是词的地形……在那里,更深的地层裂开了它的外表。"伊利亚·卡明斯基也称策兰创造出了一个"策兰尼亚"("Celania")的语言国度。正因为如此,策兰的诗会成为西方"后现代诗"或"语言诗"的一个源头,虽然很多人从他那里学到的不过是些皮毛。

我仍可以看你:一个回声,

可用感觉的词语
触摸,在告别的
山脊。

你的脸略带羞涩
当突然地
一个灯一般的闪亮
在我心中,正好在那里
一个最痛苦的在说,永不

一个完全进入到词语的黑暗中的诗人,才可以写出如此震动人心的诗。正是在这种词语的黑暗中,生与死的界限被取消了:"我仍可以看你。"而这个"你"是谁?一位黑暗中的天使?另一个自己?死去的母亲的魂灵?一位永不现身的对话者和审视者?使人震动的是,当这样一个"你"的出现唤醒了诗人,一声更内在的、模糊而又痛苦的"永不",便陡然显现出诗的深度,或者说,"一个灯一般的闪亮",终于照亮了生命中的那个痛苦的内核。

不能进入这个黑暗的痛苦的内核,策兰的诗对我们来说就是"天书",我们从他那里学到的也不过是些皮毛。

除了以"晚词""重构出从恐怖到沉默的轨道",在其后期,策兰还要以他的"偏词"("Nebenwort")从德语诗歌版图中偏离。德里达曾称策兰创造了一种"移居的语言":"他使用德语,既尊重其习惯表达方式,同时又在移置的意义上来触及它,他把它作为某种伤疤、标记,某种创伤。他修改了德国语言,他窜改了语言,为了他的诗。……他也是一个伟大的译者……他不仅从英语、俄语和更多的语言中翻译,也从他卷入其中的德国语言自身中翻译……"

这还使我想到了德勒兹和伽塔利所说的"解辖域化"(deterritorialized)。在他们看来,卡夫卡将德语带入了意第绪语的空间,这就是一种"解辖域化"。比起卡夫卡,策兰的创作更是如此。他所运用的,是一种"非身份化的德语",一种"德语之外的德语"。他的诗歌语言,正如他在《带着来自塔露萨的书》一诗中所说,是一种"偏词",是一种"混合诗韵"。这正如乔瑞斯所说:"他创造了他自己的语言——一种处于绝对流亡的语言,正如他自身的命运。"

策兰的后期诗,告诉了我们什么叫作"创伤之展翅",同时也昭示着一条穿越语言和文化边界的艰途。在德里达看来,策兰的诗就是"我们这个充满移居、流亡、放逐的移居时代痛苦的范例"。他还属于德语文学吗?属于,不过这却多少带上了一丝苦涩的讽刺的意味。

正因为如此,策兰的诗在我们这个充满文化分裂和冲突的时代具有了一种重要的意义。最起码,它提示了一种特殊的、为我们这个时代所要求的语言创造力。我曾分析过策兰"隙缝之玫瑰"这一意象,它已和里尔克的玫瑰很不一样了,它是从痛苦的挤压中重新生长出的语言的标识。它指向了一种诗的未来。或者说,策兰的诗,无论我们怎样去读,都永远属于"语言的异乡"。很可能,这就是他最独特的意义所在。

而我的翻译,就是要尽力让人们能听到"他那不懈的与德国语言的深刻搏斗",听到在那朝向语言异乡的路上"船夫的嚓嚓回声……"并力求以一种"存异""求异"的翻译,给我们自己的语言也带来一种冲击。诗人们对此的反响就不用说了,学者孙郁在《词语书写的另一种标志》中就这样感叹他读到的这些策兰译文:"逆俗的文本穿越了词林,有了自己的所在。他们用一种本民族难以解释的词语写作的时候,诗才真的诞生了。"

"山顶上,蓝色的海追赶着天空"
——纪念诗人特朗斯特罗姆

托马斯·特朗斯特罗姆(Tomas Transtromer,1931—2015),瑞典著名诗人,生于斯德哥尔摩,1954年出版第一本诗集《诗十七首》,成名后又陆续出版十余部诗集,在世界上产生广泛影响。2011年,因为"通过凝练、透彻的意象,他为我们提供了通向现实的新途径"获得诺贝尔文学奖。

我是在韩国釜山访问期间,从同行的作家阎连科那里首先得知这一消息的。我深感欣喜,但又不惊讶。第二天,同行的孙郁教授问我特朗斯特罗姆写了哪些诗,我随口念了一句"醒悟是梦中往外跳伞"。他听后略作沉吟,然后兴奋地直点头:"好!好诗!这才是诗人!"

这句诗是诗人早年成名作《诗十七首》"序诗"中的第一句。它不仅如梦初醒般地打开了一种伟大的瞬间,现在来看,它也决定了诗人一生创作的音质。单凭这一句,一个卓尔不凡的诗人在瑞典语中出现了。

风暴

突然，漫游者在此遇上年迈的
高大的橡树——像一头石化的
长着巨角的麋鹿，面对九月大海
那墨绿的城堡

北方的风暴。正是楸树的果子
成熟的季节。在黑暗中醒着
能听见橡树上空的星宿
在厩中跺脚

这是诗人另一首早期之作，意象大都取自北欧常见的自然事物，但却不像我们印象中的一些北欧诗那样阴沉干冷，而是充溢着一种新鲜、饱满的想象力。其诗思的涌现，呼应着一场神秘的风暴，并以其转换和停顿，一举完成了对"更高领域"的敞开。

这还是诗人在二十岁出头写的诗，呼唤着风暴，而又控制着风暴，其诗歌天赋和高超的技艺都让人惊异。这就是人们为什么称诗人的这第一本诗集《诗十七首》为"瑞典诗坛的一件大事"。一读，人们就知道这是一位气象非凡的诗人。他刷新了他那个时代的诗歌语言和感受力。诗人阿多尼斯就曾这样评价："如果说，意象是'话语的黎明'——正如加斯东·巴什拉所言，那么，特朗斯特罗姆的诗歌呈现的便是这样的黎明。"

对我来说，这又是一位始终扎根在个人存在深处的诗人。

他的诗,充满了奇异的想象力,但用策兰的一句话讲,又都是"深海里听到的词"。也可以说,在艺术上他虽然受到超现实主义的很大开启,但他却带来了许多超现实主义诗人所缺乏的深度和洞察力,他的高度艺术控制力也是很罕见的。正因此,我认同和信任这样的诗人。在我这里,"信任"是一个远远高于"喜欢"的词。

1966 年——写于冰雪消融中

> 奔腾,奔腾的流水轰响古老的催眠
> 小河淹没了废车场,在面具背后
> 闪耀
> 我紧紧抓住桥栏
> 桥:一只驶过死亡的大铁鸟

诗人白桦称它为一首"伟大小诗",的确,它虽然只有五行,但正如诗人自己所说,它是一个"聚点"("我的诗是聚点。它试图在被常规语言分隔的现实的不同领域之间建立一种突然的联系:风景中的大小细节汇集,不同的人文相通,自然与工业交错等等,就像对立物揭示彼此的联系一样。"),却凝聚了诗人对生与死、自然与历史的强烈感受,在各种元素的聚集和交错中,具有了启示录一样的诗意效果。

诗的第一句就不同寻常,冰雪消融不仅带来了喧腾的流水,而且还轰响"古老的催眠",它揭示了大自然的那种神秘之力:它是催眠,但又是伟大的唤醒。当这河水淹没了废车场(有人译为"汽车公墓"),生命复活的容颜就在"面具"、在工业文明社会那些不堪一击的掩体背后闪耀(它甚至就在那里看着我们!)。接下来的两句,更具有力度和紧张感:"我紧紧抓住桥栏",它道出了"我"在生与死的洪流中一瞬间的抵抗与挣扎、希望与恐惧;到最后,抑制住诗人想要说的一切,而以"桥:一只驶过死亡的大铁鸟"这个惊人的意象,使语言之弓达到了最大程度的饱满。

耐人寻味的,还有"1966年——写于冰雪消融中"这个诗题。那一年,诗人35岁。那一年的早春,他抓住了"冰雪消融"这一伟大时刻,从而让他的精神展翅,朝向一次诗的跨越。人们对特氏诗歌的印象是"精致""优雅",其实在他克制的风格外表下,一直蕴含着这样的内在搏斗和冲动。

我被这样的诗所吸引。诗人从他的梦中"往外跳伞",没有飘浮在空中,而是进入现实的血肉之中。他接受了北欧的大自然给予他的无穷馈赠,但他不仅是个"自然之子",在他的诗中,始终包含了他认知世界的全部努力。

由于特朗斯特罗姆中风(1990年)后右半身瘫痪,失去了说话交流的能力,在由他的夫人莫妮卡代为宣读的诺贝尔文学奖获奖致辞中引用了他的这样一首短诗:

厌烦了所有带来词的人,词而不是语言
我走向白雪覆盖的岛屿
荒野没有词
空白之页向四方展开!

> 我触到雪地里鹿蹄的痕迹
>
> 是语言而不是词
>
> ——《自 1979 年 3 月》

　　这也是李笠在 80 年代后期最早译出的那批特氏诗作之一,它在那时对许多中国诗人的艺术追求也曾产生了激励。正因为身处"常规语言分隔的现实",诗人厌烦了所有带来词即带来陈词滥调的人,他把发现、变革和刷新语言作为自己的艺术目标。特朗斯特罗姆对我们最初的启示可能就在这一点上。读他的诗,我每每惊异于他的新颖和精确,他那独特非凡的诗歌隐喻的能力:"灌木中词在用新语言呢喃:/元音是蓝天,辅音是黑色枝杈,它们在雪中漫谈"(《冰雪消融》),这是多么美妙的、创世般的语言!而在《西罗斯》一诗中,面对港口里一个个庞大的船头,诗人竟会产生"童年的玩具"已"长成巨人"这样的惊人诗思……

　　我曾说过特朗斯特罗姆是一位"范例诗人",意思是他是"可学"的。实际上他的诗歌技艺和艺术方法对很多诗人都有启发。对此,李笠有着很好的描述,他说特氏"总是通过精确的描写,让读者进入一个诗的境界。然后突然更换镜头,让细节放大,变成特写。飞逝的瞬息在那里获得旺盛的生命力,并散发'意义',展露出一个全新的世界:远变成近,历史变成现在,表面变成深处"。

　　而在今天重读特氏的诗,我不仅依然喜爱,而且有了更多的领悟。我更深切地感到了,特氏诗中的那些意象,都不是轻易到来的,用诗人《宫殿》中的一句诗来说,它们都是"喑哑世界里搏斗的形象",它们被诗的语言找到,显形,照亮着我们对事物的认知。如他的《宫殿》一诗,诗人通过对一匹雕塑马的感受来揭示"存在与虚无"的关系:"比一只海螺里的嗡嗡声/更弱的城市的噪音和人声,/在这间空屋里袅绕",在寻找某种东西,"我们在被空虚捕获之后",才注意到黑暗中这匹马的存在,"它很大,/黑得像铁。一个帝王消失时/残存下来的权力化身";甚至,到后来随着诗人的想象,宫殿成了"马棚":"那匹马说:'我是惟一的。/我甩掉了骑在我身上的空虚。/这是我的棚。我慢慢生长/我吞吃这里的荒寂。'"

的确,"通过凝练、透彻的意象,他为我们提供了通向现实的新途径",诺奖的这个颁奖理由,说出了人们对特氏诗歌的主要感受。正是这种从梦中"往外跳伞"而进入当下的努力,在推动着诗人后来在创作上的发展。对此,我们来看看诗人晚年所写的《上海的街》。这绝不是一首一般意义上的观光诗,它凝聚着诗人解读世界和自身、把握真实的深刻而卓越的努力。

正因为如此,不仅中国读者对这首《上海的街》很感兴趣,美国著名诗人罗伯特·哈斯也曾向美国读者特意介绍了这首诗①。哈斯曾经访问过上海,因此他深有感触地这样说:"在上海的主要经历,很像是在纽约,也在于错综的街道上熙熙攘攘的

---

① Robert Hass: *Now and Then, The Poet's Choice Columns*, 1997—2000, Counter Point, Berkeley, 2007.

人群。……人们普遍认为,特朗斯特罗姆是仍健在的伟大的欧洲诗人中的一位。他的作品融合了精确性、创新性隐喻和内在穿透力等多重特征。他还有着某些可以与老一代斯堪的纳维亚半岛上的艺术家们——如英格玛·伯格曼——联系起来的精神上的张力和严肃性。……诗中体现了一位北方新教徒的敏感触角,着迷于外在公共世界和内在情感世界之间的矛盾,沉思于我曾游览过的那些场景。我很高兴看到,这首诗并非如我的印象那样,以人群带来的冲击开篇,而是从公园里的一只蝴蝶开始。"

> 公园里许多人读着这只白色蝴蝶
> 我爱这只菜粉蝶,仿佛它是真理扑闪的一角!

这就是《上海的街》的开头。哈斯是很敏锐的,他一下子就注意到诗人进入和把握这个世界的独特视角。在一个远远超出了我们理解的陌生而喧闹的世界上,这"真理扑闪的一角"多么隐秘,又是多么令人喜爱!诗人捕捉到的,不仅是一个动人的意象,更是一种"通向现实的新途径"。

既然是在一个语言、文化风俗和生活方式都很陌生的世界里,诗人就要抓取某种"本地"的东西,以显现他的观察和他的领悟:"鲤鱼在池塘中不停地游动,它们睡着时也在游,/它们是信仰者的楷模:生生不息。"而更为精彩的,是接下来他由一个"公共世界"转向对自身的审视和反讽:

> 我被我无法解读的文字包围,我是个彻底的文盲。

> 但我已经付了理应支付的,这一切都有收据。
> 我收集了如此多难以辨认的发票。
> 我是棵老树,悬挂着不会落地的枯叶。
>
> 一阵海风吹得这些发票沙沙作响。

这是一个多么独特、难忘的诗人形象！它由具体经验转化而来(因为特氏的上海之行由瑞方出资,瑞典使馆让他保管好每一张"发票"),而又具有了更为普遍的隐喻性意义:文盲、支付、发票、老树……它的每一行都耐人寻味！这个形象置身于上海的街上,显现了人在时间中、在一个"无法解读的"陌异世界上的带有某种荒谬感的存在。

这就是诗人借助"上海的街"所确定的"一种现实",所达成的对自身的新的、反讽性认识。但该诗的丰富性还不止于此。特氏的诗总是在"两个世界"之间、"在被常规语言分隔的不同领域之间""建立一种突然的联系",并使它们相遇、交错,以达成让"对立物揭示彼此"。这首诗同样如此。诗的第三节的开头:

> 黎明时分,跋涉的人群催动我们寂静的星球。
> 我们都拥上了街面,如同挤在渡船的甲板上。
> 我们将去哪里？有足够的茶杯吗？我们为及时地赶到
> 这条街庆幸！

我真的很惊异,为"我们都拥上了街面,如同挤在渡船的甲板上"这句诗!上海的渡船、有着上百年历史的外白渡桥,我们这些去过上海多次的人都知道,但却未能把它引向一种"诗的发现"。我不能不佩服特氏敏锐的"抓取"能力和创造诗歌隐喻的能力。

上海的市民在黎明时分拥上街面只是为了上班,而"如同挤在渡船的甲板上",这是一个诗人才会有的隐秘的感受。因为"渡船"这个隐喻,不仅是诗人身处的拥挤的大街,我们的整个存在本身也都发生了诗性的转化,也都需要用另一种眼光来打量了!

因为这个联想,接下来,诗人内心那种对存在的惊异甚至创伤性感受也被调动起来了:

> 这里每个行人背后,一副十字架盘桓不去,它想要追上我们,超越我们,融入我们。
>
> 有什么想要悄然靠近,蒙住我们双眼,低声道:"猜猜是谁?"
>
> 太阳下我们看似快乐,而血从我们一无所知的伤口流出,直至死亡。

这就是这首诗的结尾。诗人道出了"摆渡"前的艰难,对此前的浪漫想象和精神冲动进行了"反讽的微调",并打上了个人最隐秘的印封。对这个结尾,连哈斯也不无困惑地这样说:"重读最后几行仍让我感到惊奇。这是一个基督教十字架吗?这个隐喻性的十字架是不是我们都不得不蒙受的个人遭难的相应形式？特朗斯特罗姆始终感兴趣的，是个体灵魂而非公众面孔。……但在这个文本中的基督教的隐喻——是考虑到那段传教活动和西方帝国主义相纠缠的历史吗？似乎不太可能。我们常常遭遇翻译的限制，这是诸多例证之一。而人们仍想知道那个'十字架'在瑞典语中意味着什么，又引起了何种共鸣。"

不管怎么说，这是一首新奇而又耐读，带有伟大作品才有的那些性质的好诗。特氏诗歌以意象的创造著称，甚至布罗茨基也说过曾从他那里"偷过意象"。但他却不是曼德尔施塔姆所说的那种"意象的批发商"（"诗人不是意象的批发商"），而首先是一位深刻、独创的"思想者"。《上海的街》这首诗就透出了他对世界进行独到感受、认知和诗性转化的非凡努力。

也许，更让一些中国读者感到亲切的是他的"化简诗学"（这里借用诗人庞德的一个说法）。我不知特氏是否受过中国古典诗的影响（虽然在他家里挂着中国书法），但他显然受过日本俳句的启示。但我想，这都不单是一个风格的问题，在一次访谈中他就曾这样说："诗人必须……敢于割爱、消减。如果必要，可放弃雄辩，做一个诗的禁欲者。"是的，"放弃雄辩"，让那些最为独到并且令人难忘的意象和隐喻讲话，这也正是其诗歌艺术的秘密所在。

正因为勇于"放弃雄辩"，特朗斯特罗姆从来没有以大师自许。他一直把自己限定在诗歌自身的范围内。他写得很少，每一首都务必完美（"写诗时，我感受自己是一件幸运或受难的乐器,不是我在找诗,而是诗在找我,逼我展现它")。他的作品也大都是一些抒情短诗。但诗的力量和价值并不在于其规模或篇幅。他的诗不仅影响了世界上很多诗人,它们也经受住了时间的考验。在今天来看,他无愧是半个世纪以来欧洲最优秀的那么几位抒情诗人之一。所以他获得诺奖,我一点也不惊讶。他即使不得奖,也会在我们心中占据一个崇高的位置。

这就是为什么六七年前到瑞典朗诵时,我和其他几位中国诗人一定要去拜访这位我们所热爱的诗人。关于那次访问,我曾写下《特朗斯特罗姆》一诗(全诗的最后是这几句:"……这出自谁的意志/他在灰烬中幸存/像一只供人参观的已绝迹的恐龙")。那次访问,我们都得到了一本他2004年出版的诗集《巨大的谜团》的签名本。当时看着诗人抖颤着左手为我们签名,我心里不能平静,据说他中风后一般都只为读者签"T.T"(他的名和姓的第一个字母),但那一次他坚持为我们签完全名。那抖颤的字体,怎么看都像是火焰在风中作最后的燃烧!

现在,诗人已永远离开了我们。回想起来,他的诗已伴随我们三十年了。最初的相遇最难忘。就我个人来说,最初接触到特朗斯特罗姆的诗,还是在20世纪80年代中后期,那时我在《诗刊》做编辑,经常发表李笠的这些译作,后来李笠译的《特朗斯特罗姆诗全集》在中国的出版,也和我的这份"热爱"有关。书出版前,李笠请我写文章,我写出了《取道斯德哥尔摩》一文,并很快在《读书》杂志刊出(2001年第5期)。在该文中,我特意举出了像《黑色的山》这首令我喜爱的译作:

> 汽车驶入又一道盘山公路,摆脱了山的影子
> 朝着太阳向山顶爬去
> 我们在车内拥挤。独裁者的头像也被裹在
> 报纸里。一只酒瓶从一张嘴传向另一张嘴
> 死亡和胎记用不同的速度在大家的体内生长
> 山顶上,蓝色的海追赶着天空

这真是一首令人百读不厌的好诗,精湛、透明、富有层次感、令人着迷:特朗斯特罗姆为它提供了一种奇异的生成方式,而李笠为它提供了汉语的节奏和质感。在那篇文章中我还这样问:在《黑色的山》这首译作中,是瑞典的山和海在闪耀吗?不,是一种已被提纯的汉语,是汉语之光在照耀原作。

现在,斯人已去。我再次想到了这首诗,同时也再次感到了诗人那双清澈、锐利、智慧、有神的眼睛——瑞典的山和海仍在远方闪耀,并将永远地为我闪耀。

(文中特朗斯特罗姆的诗,除《上海的街》外,均为李笠所译。)

夏尔:语言激流对我们的冲刷

——勒内·夏尔诗歌

1

勒内·夏尔(1907—1988),生于法国南部沃克吕兹省,年轻时投入超现实主义诗歌运动,二战时德国占领法国期间,曾投入抵抗运动,战后依然保持着旺盛的创作活力,其诗意象奇特,形式简练,经常采用诗歌片断的形式,富有精神的启示性和饱满的语言张力,为二战后法国最重要的诗人。

"诗人不能长久地在语言的恒温层中逗留。他要想继续走自己的路,就应该在痛切的泪水中盘作一团"①——这还是20世纪80年代中期我读到并记住的夏尔的一句话。这就是我与

---

① 勒内·夏尔:《诗论》,雷光译,《法国作家论文学》,三联书店1984年版。

一位杰出诗人最初的相遇，或者说，是我进入"早行者的黎明"时所经受的"第一个寒颤"！

从此，夏尔作为一个具有神话般力量的诗人形象就一直伴随着我，而这要感谢罗大冈、徐知免、葛雷、树才等译者。每次发现并读到他们夏尔诗歌的译文，都会感到欣喜。徐知免译的《比利牛斯山》，让我领略到法国诗中很罕见的"雄奇突兀"、比爱和死更冰冷无情的语言的力量；罗大冈译的一组夏尔的早期诗，则带有一种生猛的美感和谜一样的魅惑力（"我撒手播种／用腰部插秧"）；至于葛雷所译的《先行者之歌》、树才所译的《祝蛇健康》《图书馆着火》等诗片断系列，则为我展示出一位"片断的大师"和那种真正可以说是"天才的灵光一现"的东西。当然不仅是喜欢，它们也深刻地介入了我自己的写作——在我自1991年以来所写的《反向》等一系列诗片断中，就可以听到某种来自夏尔的反响。

近些年来，我又陆续读到数位译者对夏尔的翻译，如何家炜译的"你是灯，你是夜；……／这条扁担为着你的疲惫，／这点点水为着你的干渴"（《真理会让你们得自由》），"这条扁担"用在这里真好！一读就让人忘不了了。而于木所译的"肩扛着现实，他／在盐库守着波涛的记忆""夏日卑微的死亡／帮我卸下光荣的牺牲／我已知道如何活着"（《三十三个片断》），不仅富有语言的张力和质感，它们在我面前也进一步树立了一个坚强而孤绝、超越性的诗人形象。

的确，我珍爱夏尔的诗，因为哪怕它往往只有片言只语，也不时会给我一种如诗人庞德所说的"在伟大作品面前突然成长的感觉"。

2

"我们居住在闪电里,闪电处于永恒的心脏",夏尔的这句名诗,本身就像一道闪电,不仅泄露了"天启"的秘密,也曾照亮了20世纪80年代以来众多的中国诗人。

作家加缪当年曾说:"夏尔的新颖,令人为之目眩。"[①]那么在今天呢,在今天,这也正是我阅读、翻译夏尔的感受。像下面这首从未被译成中文的诗:

朱砂
——回答一位画家

无论她作为情妇走向你倾斜的楼梯,
还是从树林的薄雾中呼唤你,
无论她在房间里递送她的言辞或注视,
一个妻子都在她的窗边,不被察觉的引信;
她的手,撕开大海,爱抚你的手指,
替换夏日不变的界碑。

---

① 加缪:《勒内·夏尔》,《加缪全集》(散文卷2),上海译文出版社2010年版。

> 夜的风暴在赶制阿格里真托①的卵石,
> 我听见了它——歌唱在你的铁墙里。
>
> 啊非尘世的春天,徒劳的挫败把它从荒茎中拔了出来
> 根源,我们的立足之地。

这样的诗令人喜爱,它几乎是以一种神秘的力量,把我们带向一个"非尘世的春天",而又直达那隐秘的"根源"。夏尔的诗总是这样,意象奇绝,想象力超迈,但又总是能在一个什么点上出其不意地也更深地触动我们,如《阿尔狄纳的回声》中的这个片断:"我们奢侈的缠绕在银河的身体里,一个峰顶上的房间为了我们俩个,否则我们各自会在夜里结冰。"

这就是为什么莫里斯·布朗肖会这样说:"勒内·夏尔的作品……属于未来之诗,它是非个人化的并且总是走向一个我们依然听到的地方,在那个领域里,它们以一种决然的独创和亲密的语言,为我们显露出那些最为亲近和最为迫切的事物"。②

正因为如此,他的许多诗,在今天读来,我们依然会有"血液上的呼唤"。它们为我们显露出"那些最为亲近和最为迫切的事物"。它们讲述诗的诞生,讲述生命是怎样被创造的。如《宣告一个人的名字》中的那个孩子,当屋顶上的那些铁公鸡被

---

① 阿格里真托,西西里最古老的神庙,其宏伟仅次于雅典的巴特农神殿。
② 转引自 Mary Ann Caw:*Rene Char:Poetry and Passion*,Rene Char:*Selected Poems*,Edited by Mary Ann Caws and Tina Jolas,New Directions Publishing Corporation,1992。

封冻,"但是,是什么样的轮子,在这个盯看的孩子心里旋转着?比那带着白色火灾的磨轮转得更强劲、更迅疾?"一句诗,一个奇异的意象,如梦初醒般地把我带回了我自己的童年……

关于夏尔,人们已说得很多了。美国著名诗人威廉·卡洛斯·威廉斯这样说:"勒内·夏尔是一个相信美的力量能够纠正所有错误事物的诗人。"加缪也这样说:"面对他那个时代的虚无主义……夏尔的每一首诗,都为我们标出了一条希望之路。"夏尔诗歌的英译者玛丽·安·考西则很看重夏尔诗中那种精神和语言的"能量":"他是一个彻底地反对限制的诗人,他的目标,是使每个读者都能进入'自我的伟大空间'。"

这些说得都很好。但是,夏尔的诗仍有待于我们去发现,这正如他的一句箴言般的诗"鹰,在未来"所启示的那样。以下是他的一首题为"黑雄鹿"的诗:

> 流水的潺潺声进入天空的耳朵。
> 雄鹿,你越过了千年期的距离
> 从岩石的黑暗,到空气的爱抚。
>
> 如何,从我的宽敞海岸,我赞赏他们的激情:
> 那迫近的猎手,盯住你的精灵。
> 如果我拥有他们的眼睛,在那希望的一瞬,又该如何?

译出这首诗后,我为之深深激动。这不仅是一首从未被翻译过来的好诗,它还展露出夏尔更为卓越超凡的一面。它不仅有一种"大师的气度",还让我领会到什么才是诗歌要去把握的真正的"神秘"!

也许正因为如此,有人视夏尔为"先知"般的诗人。他的语言是黎明的语言。他是激越的、超迈的,有时甚至以神谕的方式讲话,但对我来说,他又是最质朴的。我的翻译,就是要把他变成一个"可辨识"的诗人。比如说,他令人赞叹地把一位"先知"和一位"劳动者"结合为一体:"在你们面前是这二十英亩地:我是它的劳工,它的秘密的血,它的悲惨的石头。除此之外我没有什么可让你们多想的。(《被解雇的学校教师》)"多么朴实而有分量!也正因为这样的诗,让我们对他有了更深的信赖。

这真是一位受到天地祝福的诗人。永恒的大地成为他诗歌的摇篮。他不仅歌颂它的美,不仅从中获得丰饶、神秘的启示,获得爱和创造的力量,他还体会到它那彻骨的暴力。他生前一直生活在法国南部的家乡(据说海德格尔晚年曾数次访问那里,并和诗人一起伴着夏日的蝉鸣讨论赫拉克利特的残篇),他扎根于此并达到了更伟大的敞开。他那烈风、激流般的语言,为我们带回了爱的记忆,带回了大地"失去的赤裸"和神秘的"统一性"。正因为如此,他比任何人都更接近于诗的创造本源。在他的许多诗篇里,他已和这种创造力结合为一体:"我们曾观看这片大水,当它流过,在我们面前汹涌。突然间,它就淹没了山岭,从它母亲的那一边吸引着自身。这不是一道向自身命运屈从的激流,而是一头无法形容的野兽,而我们成为它的语言和存在……"(《最初的瞬间》)

夏尔：语言激流对我们的冲刷

而夏尔所创造的美，他的诗所把握到的存在，也往往正是"一头无法形容的野兽"！正因此，夏尔的诗几乎不可阐释。这是一位绝对性的诗人，语言中燃烧着"极端的碳火"。他的狂暴与柔情、爱与搏斗、寒冷与燃烧，深深搅动着我们的血液，但他又总是把不同的元素和相互矛盾的东西奇妙地也是暴力性地结合为一体——为了那"纯粹的矛盾"即生命本身（"玫瑰，哦纯粹的矛盾"，里尔克）。

这一切，都体现在夏尔的语言中。我曾在一篇文章中写到，"他最奇绝的力量就在于他把超现实主义的玄想与古希腊的元素结合为一体，把闪电一瞬间的透彻与岩石的质感结合在了一体"；这次翻译他的诗作，我更深切地体会到他那令人惊异的语言创造力，我仍猜不透他语言中的那种奇绝而又浑朴、抽象而又富有生命质感的魅力。他就像他写到的那个古老神话中的射手："他拉满他的弓，每一个造物闪光"（《俄里翁的接待》），每一个词因而也获得了神秘的生命。

对于夏尔的诗，树才曾这样描述："（诗人）将它引入语言的高落差的峡谷，最终获得了直接性的锐利和瞬间迸溅的速度。"的确如此。他的诗往往是瞬间的"闯入"，但也是持久的燃烧。可以说，对于过于精致、失去血质的法国诗歌，他带来了岩石的硬度、铜管乐的色调、弩弓一样的张力甚或是烙铁般的烫伤力。这也就是为什么在瓦雷里以来所有的法国诗人中，我最认同和喜爱夏尔的原因。在翻译他的过程中，我常常承受的，就是一道语言的激流对我的冲刷……

"永远展翅在黎明,歌唱这麻烦的大地……"(《云雀》)这就是我所热爱的夏尔,他以他的爱,他的赤裸、神秘的创造力,以他"对顶峰和基础的寻找"(这是他一部诗集的题目),创造了一个诗的世界。而在这一切后面,是一个严峻而又光辉的诗人形象。他以绝不妥协的力量重铸了一种诗性人格,在一个现代世界奇迹般复活了"奥尔弗斯神话"——在所有现代诗人中,能够做到这样的,在我看来并不多。

3

现在,我还想谈谈我对夏尔的翻译。这种翻译的尝试,如用夏尔的话来说,它只是"爱的劳作"("散落的悲痛被鸟收集/留给森林一件爱的劳作",《一棵被雷电击中的树》)。在关于夏尔的文章中,加缪也引用过夏尔的这句诗:"你只为爱弯腰。"我的翻译,也正是"为爱弯腰"。说实话,没有这种爱的燃烧,这种生命的投入,任何人也翻译不了像夏尔这样的诗人。

夏尔的诗已被译进汉语不少了,但我们仍渴望读到更多(这也就是为什么我尽量挑选尚未译过的诗来译的原因)。并且,当我们阅读已有的译文时,很可能,它的"可能的译文"也会同时出现在我们面前。策兰在翻译波德莱尔时曾深感绝望地说"诗歌就是语言中那种绝对的唯一性"。这种"可能的译文",就指向了这一点。

这里还有其他因素,比如说为了"还债"——因为我们都曾受惠于夏尔这样的诗人。夏尔自己曾有"我们只借那些可以加倍归还的东西"这样的诗句,在今天,我们能通过翻译来从事如此意义上的"归还"吗?

此外,因为这些年来翻译和研究策兰,策兰对夏尔的翻译以及他们之间的关系也引起了我的关注。从很多意义上,要翻译和研究他们其中的一个而无视另一个是不可能的。

当然,这种翻译并非易事,它充满了难度和挑战性。德勒兹在《批评与临床》中说"作家在语言中创造了一种新的语言,从某种意义上说类似一门外语的语言,令新的语法或句法力量得以诞生。他将语言拽出惯常的路径,令它开始发狂"①。策兰和夏尔都正是这样的诗人。比如夏尔的《云雀》,它虽然只有四行,但它的"不可译"性、它的高度浓缩和含混性张力、它的"句法力量",我想对任何语言的译者都会是一种深深的"折磨"。

策兰在给夏尔的一封未发出的信中曾这样说道:"对你作品中没有——或尚未——对我的理解力敞开的东西,我以尊敬和等待来回应。"这当然也正是我的态度,如对"Evadne"一诗的翻译:

Evadne

夏日和我们,我们持续不停

---

① 吉尔·德勒兹:《批评与临床》(刘云虹、曹丹红译),南京大学出版社2012年版。

乡野挥霍掉你的甜味裙子的颜色
渴望和克制达成了和解
莫比克城堡沉陷在黏土里
里拉琴的颤动接着也将终止
植物的暴烈令我们发昏
一只阴沉的乌鸦突然掉头离群滑行
以温柔的节拍伴随着我们的理解
在这正午四等分的沉默火石上
任何地方镰刀都一定在歇息
我们的珍宝开始了统治
(无眠的风吹皱着我们的眼睑
夜夜翻过那赞许的一页
愿我保留的你的任何部分都能
在这饥饿年代和多泪石的土地上延伸)

那是一个可赞年代的开端
大地还有一点爱我们我记得。

相对来说,这首诗本身还不是那么"难懂"(除了"正午四等分的沉默火石"这类意象),或难翻译。难就难在该诗的题目,原诗题为"Evadné"(英译本为"Evadne",未加注),任何词典上都没有这个词,纯属诗人自己杜撰。为此我专门请教了法国汉学家林雅翎(Sylvie Gentil)女士,她最初这样发来短信:"你这个问题,德里达也回答不了。"后来她也认真了,从构词上帮我解了"密码",原来诗人以此为题,有意使它包含了多重意味:首先,作为古希腊神话中的一个人物,Evadne 为海神波塞冬的女儿,后和阿波罗交配并受孕,因此被赶出家门,在旷野生下一个儿子。另外,Evadné 作为一个词,还会使人联想到"Ève"(夏娃)、"Adam"(亚当)、"Éden"(伊甸)以及法语中的另一个词"évadé"(逃脱)等等。一个自造的词,不仅造成了翻译的难度,也由此使我更多地洞见了这首诗的内在起源和夏尔作为一个诗人的匠心所在,正因为这种词语的创造,诗人的这首诗立足于此而又为我们指向了那个遥不可及的神话的本源。

庆幸的是,我们的语言——汉语,好像是专门为夏尔这样的诗人准备的另一种语言。曾启示了庞德的美国汉学家费诺罗萨曾举示过这样一句汉诗"月耀如晴雪"——这不正是"夏尔式的"诗吗?在谈到中国语言和诗时,费诺罗萨还这样说过:"我们不可能只靠总结,靠堆砌句子来展示自然的财富。诗的思维靠的是暗示,靠将最大限度的意义放进一个短语,这个短语从内部受孕,充电,发光。"(欧内斯特·费诺罗萨《作为诗歌手段的中国文字》,赵毅衡译)

在翻译夏尔时,我也正是这样来要求自己的,以使夏尔的诗能从汉语的内部"受孕,充电,发光",这当然会是一项极其艰辛的语言劳作,甚至还得承受如本雅明在论翻译时所说的"自身语言降生的剧痛",但如果不这样,我们最好不要去做这种翻译。

我是依据由新方向出版社的英译本夏尔诗选(双语对照)

来翻译的。该英译本的译者大都是美国一些著名诗人和翻译家。这是一个可靠的也很有影响的译本。

任何译本与原文都是有"差异"的。问题是这种"差异"是否被"允许",是否具有诗的意义。如夏尔《"归还他们……"》的第六句,如按照英译本,可译为"因为他们中的一个已可以看到大地充满果实的尽头",最初我也是这样译的,后来我对照原文,发现应译为"因为他们中的一个已可以看到大地通向果实",我想这才是夏尔式的"句法",不仅简练,也更耐人寻味。至于《云雀》的第一句,其英译为"Sky's extreme ember, day's first flush"("天空极端的碳火,白昼最初的清洗"),这里的"flush"("清洗"),我认为不仅契合于原文的精神,甚至比原文的"ardeur"("活力""热情")更好!因此在对照原文后,我还是取了其英译。

译文中所做的变化和"改写"还有许多(如《朱砂》的结尾两句等等),有些是为了强化原诗的某种东西,有些是从汉语诗的独特表现效果来考虑的,或者说,是为了让夏尔能够在汉语中重新开口讲话——而我作为一个译者必须对此负责。再如《暴力的玫瑰》这首诗:

>   眼睛,在沉默恍惚的镜中
>   当我接近我分离
>   墙垛里的浮标
>
>   头靠着头以忘记一切

直到肩膀顶着心

这毁掉的暴力的

玫瑰,光辉的情人。

最后的"光辉的情人",本来按英译和法文原文都应译为"卓越的情人",但我考虑再三,还是译为"光辉的情人"。我想如此来译,才能使夏尔成为夏尔。夏尔的诗,在我看来,就是他用生命的全部重力"撞"出来的一种光辉。

正如人们已感到的那样,翻译的目的绝不止于"忠实"地复制原作,它还必须以自身富有创造性的方式为诗和语言的刷新而工作。苏珊·桑塔格在谈论茨维塔耶娃、里尔克、帕斯捷尔纳克三人通信时曾说他们在互相要求一种"不可能的光辉"。在我看来,那些能够真正磨炼、提升和照亮我们语言的翻译也正是这样——两个诗人、两种语言,他们在相互要求一种"不可能的光辉"!

"绿啊我多么希望你绿"

——洛尔迦的诗歌及其翻译

"我热爱这片土地。我所有的情感都有赖于此。泥土、乡村,在我的生命里锻造出伟大的东西。"在谈及自己的成长经历时,80年前蒙难、但至今仍活在世界上无数人心中的诗人洛尔迦曾如此说。

诗人所说的那片土地,是西班牙也是整个欧洲最南部的"诗意王国安达卢西亚",是他的"远离尘世的天堂"、有着"细密画"优雅魅力的格拉纳达,是他的出生地富恩特-瓦克罗斯,一个位于格拉纳达以西一二十公里外的被橄榄林和河流环绕的乡村小镇。

说来也是,去年6月初的一天,我和其他几位中国诗人竟出现在这个遥远异国的遥远小镇上。我们是在葡萄牙的诗歌活动结束后,乘飞机到马德里,又坐了近四个小时火车辗转来到这里的,这仿佛就是我们自己的"梦游人谣"!我们进入诗人出生(1898年6月5日)的房子,诗人从小睡的漂亮小摇床(原件)还在。而在参观完这座带阁楼的房子,来到幽静的带一口深井的绿色庭院时,我的眼前便浮现出诗人当年和弟妹们一起玩耍的情景,这金色的、让诗人歌唱了一生的童年!

让我难忘的,还有在镇上老酒馆的经历。安谧的正午,空气中是燃烧的火。我们在酒馆里坐下,忽然听到有马的踢踏声传来,出来一看,只见一位孤独的戴宽边帽骑手骑着一匹白马从杳无一人的街道上走来,像是梦游似的,绕过小广场边侧的阴影,又消失在另一条街巷中。在那一刻我多少有些惊异,差点要叫出诗人的名字了。

这是在乡下。在诗人十一岁时,全家搬到了格拉纳达的城边上,富裕的地主父亲在那里建了一座漂亮的别墅。诗人又有了另一个家。在那里他接受了钢琴演奏的系统训练(如果不是成为诗人,他会成为一个优秀的音乐家的),上中学,接着又上格拉纳达大学,先学法律,后改学文学、音乐和绘画。诗人后来的很多诗就是在这座房子里写的。我们去时,一眼就注意到二层楼外那个绿色掩映的白色大露台,那动人的声音也再次为我响起——"绿啊,我多么爱你这绿色。/绿的风,绿的树枝/……阴影裹住她的腰,/她在露台上做梦。"

不过,现在让我受震动的,更是这样的声音:"如果我死了,/请为我打开阳台"(《告别》),多么直截,又多么感人!诗人一生要打开的,都是他对这片土地和整个世界的爱!

到了格拉纳达,也就明白了诗人对她的情感。这真是一座迷人的城市,她依山傍水,位于积雪闪耀的斯拉纳瓦达山麓下。这座融汇着多种历史文化的名城,早已是西班牙一个文化和旅游热点。尤其是山上著名的阿尔罕布拉宫,原本为中世纪摩尔人(阿拉伯人)建立的格拉纳达王国的王宫,说实话,我去过世界上很多地方,还没有见过如此宏伟、瑰丽、充满了"东方"情调和色彩的宫殿城。

我们在那里的两天,正处在"基督圣体节"末尾,人们身着传统的安达卢西亚服装,乘着吉卜赛人马车,手摇戈雅画过的那种扇子,前往集市看歌舞或斗牛表演。格拉纳达被称为"石榴城",一上街就闻到不知是什么树的香气。让人难忘的,当然还有"佛拉门戈"歌舞表演。在吉他的伴奏下,当这永恒的悲歌唱起,便有一股电流一瞬间击中了我们。还有那震颤人心的伴着响板的舞蹈,没有那种"死的激情",怎么会有这样的艺术?我理解洛尔迦为什么会说吉卜赛歌手往往以一声"可怕的叫喊"开始,那仿佛"是死者一代的叫喊",而"安达卢西亚人除了战栗对这叫喊再也无能为力"。

这就是产生了一位天才诗人的摇篮。不仅格拉纳达,安达卢西亚的其他城市,这个地区的神话历史、地理气候、文化风俗、植物动物,等等,都一一出现在他的诗中。它们构成了他的诗歌宇宙,构成了他个人存在的地形学和天文学("橄榄树在等待／摩羯座之夜"),而在其核心,则是诗人从这片土地上所获取的"痛苦的知识"——那谜一样的爱与死!佛拉门戈永恒的悲歌浸透在他全部的诗中。他爱,但他知道"塞维利亚是一座塔／布满了精良的射手"。只是在最后,他没有"伤于塞维利亚",也没有"死于科尔多巴",而是死在了他自己的格拉纳达。1936 年 8

月19日凌晨,随着一阵枪响,这位才38岁的诗人倒在了他歌唱的这片土地上。这就是为什么我们在诗人故乡小广场看到的诗人青铜塑像那么忧郁的原因。洛尔迦,格拉纳达的骄傲;洛尔迦,格拉纳达的伤口!

这样一位诗人,走过了短暂的,但也足够丰富的、充满了戏剧性的路程。1919年,洛尔迦转赴马德里"寄宿学院"学习,该学院仿效英国牛津学院,旨在为西班亚各界培养精英。正是在那里,洛尔迦打开了他的"现代性视野",并成为大学生沙龙中的活跃人物。在马德里,他结识了许多诗人和先锋派艺术家,尤其是和超现实主义画家萨尔瓦多·达利的相识和亲密关系,对他的一生都很重要。正是由于这些刺激,他由早期现代主义转向了一种更奇异、更具叛逆性质的"超现实主义"。西班牙诗人、剧作家何塞·波尔加明曾引用洛尔迦当年给他的信,来描述洛尔迦的"超现实主义飞翔"(surrealist flights):

"把一只苏丹的公鸡放在你的写字台上(大概类似于一匹安达卢西亚小马)。如果他翘起的尾巴记起了西班牙的炫耀,那么他的胸腔就会打破那还未被践踏的水和土地;当他的歌声流星烟火般地升入高空,一道智慧之光,划破了人类那愚蠢睡意的夜空。……我们会等着你的。我们不想看到你的帽子上没有羽毛,像瑞士猎人一样。我们想看到你手持一只公鸡,看上去那么完美、快乐,就像拿着一对华美的斗牛短标枪。"

我们会看到,这种超现实主义式的飞跃,非理性的语言或智力突袭,甚至像斗牛士刺激公牛一样对读者的蓄意刺激,已成为洛尔迦的一种创作方式。达利和布努埃尔后来曾指责洛尔迦转向吉卜赛歌谣是"背叛"了超现实主义,但是他并没有。他只是把它和一种永恒的艺术结合到了一起。

诗人的第一部诗集《诗篇》为初期创作的一个总结,1921年出版。他自己可能太忙了,由他弟弟从他20岁前后写下的几百首中选出了68首诗。这些早期抒情诗显露了一种过人的才华,像《蝉》《树木》《风向标》《小广场谣》等诗,不仅奠定了洛尔迦基本的抒情品质,也以其形式、主题和风格上的多样性,预示了诗人在后来的发展和完善。这些早期作品显然还带有一些浪漫主义和早期现代诗的影响痕迹,它真实地反映出青春的稚嫩,但也有像《老蜥蜴》这样"早熟的"、令人惊异的作品。这些早期作品在中国最有影响的是《海水谣》,它把抒情谣曲的韵律、现代诗歌的技艺和超现实主义的想象力完美地结合了起来。

真正标志着获得自己声音的,是诗人1921年开始写作的《深歌集》。据传记资料,诗人从小就迷恋乡村戏剧,四岁起就能背诵很多民歌民谣。在20年代早期,他当然是那个时代的先锋派,但又不同,因为他知道一个诗人应该有自己的"根"。正如波尔加明所说,洛尔迦的诗也来自于传统血脉的滋养,"当到达安达卢西亚的时候,他从那片富饶明亮的面向大海的土地上捕获了深奥的地方口音"。1922年,他与他的音乐老师、著名作曲家法雅亲自组织了格拉纳达的安达卢西亚"深歌"艺术节,旨在从现代社会挽救这种古老的流传在安达卢西亚民间的抒情歌谣。它形式短小,有着高亢、近乎呐喊的神秘音调。它也不同于一般的通过重复达到自身圆满的音乐旋律,而重在表达永不实现的渴望,追求"死一般的激情"。与此相关,深歌中的感叹词也不同于一般的"啊"或"哦",这给翻译带来了难题,我姑且译为"噫!"或"啊呀",甚或"啊呀啊呀呀"。我们得承认,我们很难接近那"深奥的地方口音"。

不同于其他民歌,安达卢西亚深歌似乎还总是充满了古老的悲情,它有很多就直接以死亡为主题。在《深歌集》中,弗拉门戈歌手深情而绝望地呼唤着死神:"叫她,她没有来。/再次叫她,/人们/咽下抽泣。"(《卡巴莱咖啡馆》)不过,也正因为如此,安达卢西亚人有了他们说不出的安慰:"他的悲歌带着/海盐的滋味。/……他的声音里/有一个无光的大海/和压榨出的橙汁。"(《胡安·布雷瓦》)

洛尔迦对"深歌"的发掘,不仅以他的诗歌和音乐天赋促成了它的复活,也给他自己的创作开辟了一个新天地。那种谣曲式的奇异的迷人重复、谣曲中常见的对话(对唱),已成为他的抒情调性和最常见的诗的生成方式。另外值得注意的,是"深歌"的简洁、浓烈、本真对洛尔迦的强烈启示:"那些不知名的流行诗人能将人生的巅峰时刻浓缩在三四行之内,真是令人称奇、令人惊叹。"他曾这样感叹说。因而他自己也就由青春的抒情(他年轻时的很多诗都很长),成为一个如他自己所说的"想对浪漫主义及后期浪漫主义诗人留下的过于繁复茂密的抒情之树进行修剪并予以照料的诗人"。在很大意义上,《深歌集》就是这种化繁为简的产物。对此,美国的洛尔迦诗歌研究者克里斯多夫·毛雷尔把它放到一个更大范围来认识:"洛尔迦意识到西班牙诗歌史上的新时代已经开始:西语世界的诗人已经发现了短诗,并和英美意象主义者一样,认识到隐喻的重要。"

不过,比起英美意象主义者,洛尔迦有着更为神秘的诗性。他从深歌中学的,也不在表面的形式。他要接近或从他自己身上唤醒的,他称之为"魔灵"。这个词来自吉卜赛人的口语"duende",也可译为"精灵"。在吉卜赛传统中,"魔灵"可以让表演者进入"着魔""迷狂"的状态,并把观众也带入其中。洛尔迦所诉求的"魔灵",正是这样一种存在。在美国诗人、洛尔迦诗歌的译者W.S.默温看来,正是在"魔灵"的掌握中,洛尔迦的诗歌"有着它的最纯粹的形式、音调、生命、存在,那就是我从一开始就一直在倾听的"。

不管怎么说,对"深歌"及其魔力的领悟,在洛尔迦身上唤起了潜在的诗性本能,唤起了一种动物般、精灵般的灵性和表演能力。这在后来成为他天赋的最神秘体现。可以说,他也由此突破了西方人文主义的理性传统。洛尔迦自己就曾讲过缪斯、天使和精灵的区别:缪斯是智慧,天使是灵感,"而精灵则不同,需要从心灵的最深处将她唤醒"(见赵振江《西班牙当代诗坛的部神话》)。

在《深歌集》稍后开始创作的《组曲》和《歌集》,则延续和丰富了《深歌集》的追求，尤其是在1927年出版的《歌集》，如一些评论所盛赞的，它实现了"当代抒情诗的净化"，抵达了"抒情诗的顶峰"。

《歌集》从内容上看，主要的一类是表现西班牙的风景、风情，安达卢西亚这片土地上的生、死、爱，如《猎手》《传说》《树，树……》《骑士之歌》《哑巴街》等。另一类以自我的认知和抒情、个人的爱和记忆为主题，如《死于黎明》《第一愿望小曲》《另一种模型》《无用的歌》《赤裸橘树之歌》等等。当然，这两类诗往往是交融在一起的，正如那首美妙的《海螺》所写的：

> 他们带给我一只海螺
>
> > 那里面有声音唱着
> > 绿色之海图。
> > 我的心
> > 涨满了水，
> > 里面有棕色和银亮的
> > 小鱼儿游过。
>
> > 他们带给我一只海螺。

诗人的自我已成为一个敞开的容器，一个从这片土地"锻造"的有着奇妙回声和光影的容器。

《歌集》中另一类诗便是童诗或以"孩子"为主题的诗。比起《深歌集》对深歌的发掘，《歌集》的进展之一便是童谣、摇篮曲的运用。许多诗如《傻孩子之歌》《蜥蜴在哭叫……》《塞维利亚小曲》《哑孩子》《疯孩子》等等,都以孩子的眼光和口气道出,也都写到极其完美、动人的程度。也正因为回到自己身上的那个"孩子",诗人获得了与自然、与生命本源和语言的亲密性,而这是许多诗人没有做到的。因为戴望舒的翻译,《哑孩子》在中国已很有影响。这首诗如此奇异,孩子在"在一滴水中"中找寻他的声音("把它带走的是蟋蟀的王"),诗人也在寻找,为了把它做成个"指环",让他的"缄默"戴在孩子的指头上。这种比喻不仅使声音有了金属的质感,也体现了更深沉的感情。诗的最后,蟋蟀的隐喻又出现了,全诗也有了一种歌谣般的韵律。

这种"简单而又神秘的诗",已成为洛尔迦的一个特有标记。诗人早期最有影响的,大概就是这类诗。戴望舒当年之所以发现了洛尔迦,就是因为:"广场上,小酒馆,村市上,到处都听得到美妙的歌曲,问问它们的作者,回答常常是:费特列戈,或者是,不知道。这不知道作者是谁的谣曲也往往是洛尔迦的作品。"

但是,诗人洛尔迦远不止人们所以为的那样简单或单纯。他不仅是歌谣的能手、超现实主义式的奇才,还是叙事性的大手笔,史诗和神话传奇的锻造者,这便是他 1924—1927 年间创作、1928 年出版的《吉卜赛谣曲集》。

洛尔迦的弟弟弗朗西斯科·加西亚·洛尔迦曾向英语读者这样介绍这部诗集:"18 首叙事谣曲组成了洛尔迦最受欢迎的

《吉卜赛谣曲集》。谣曲（浪漫传奇）是一种叙事兼抒情的诗体，根本上源于西班牙民族史诗。古老的、传统的、无名的、流行的谣曲因西班牙语的传播而成长，在西班牙语地区获得滋养，一系列大诗人的作品拓展、丰富了这种西班牙诗歌的独特类型，同时又保持着对传统本质的忠实。除了固定的韵律构造，这种传奇谣曲在有天赋的诗人手中被证明具有惊人的弹性，能充分表达最为丰富多样的情感变化。……洛尔迦返回传奇的史诗传统，以富有生机的新的演绎丰富了这种诗体。"

无论从哪方面看，《吉卜赛谣曲集》都堪称一部杰作，我这样说，有点掩抑不住我在翻译过程中的兴奋。洛尔迦的贡献，不仅重新引入了"谣曲"（ballad）这种叙事传奇歌谣体，而且创造性地改造和激活了它。毛雷尔就指出，对洛尔迦来说，"在风格上，使他感兴趣的是叙事——传统谣曲多是叙事性的——与抒情结合的可能性。在传统谣曲中，隐喻的作用微乎其微，但在洛尔迦的诗集里，隐喻却至关重要，部分原因在于他对巴洛克诗人贡戈拉的崇敬"。

贡戈拉，西班牙黄金时代诗人，著名的"贡戈拉主义"（又被称为"夸饰主义"，其词义来源于"精心培育"的意思）的创始者。作品风格怪异，讲究修辞，富有巴洛克色彩，虽有争议，但影响深远。西班牙现代诗歌对贡戈拉的重新发现，犹如英国诗重新发现玄学派诗人邓恩，都是一个重要的诗学事件。波尔加明就认为洛尔迦和达利的艺术创作从某种程度上都来源于贡戈拉。

我们先来看"叙事性与抒情的结合"。《谣曲集》中许多作品似乎都有个叙事的框架，但它们往往是破碎的，或隐含的。达利就说过《梦游人谣》"似乎有个故事，但是它没有"。它当然也有一个线索：一个走私犯在与宪警的冲突中严重受伤，他从卡布拉关口回来，以寻找他所爱的吉卜赛姑娘，他与姑娘的父亲交谈并得以爬上露台，但是苦于等待的姑娘已从那里坠落，或是跳下（由于黑暗之水的诱惑），甚或是被害。故事就留下了这样一个含糊的模棱两可的结尾。但是，人们之所以喜爱这首诗，并不在于这个悲剧故事，更在于那深深吸引着人们的诗的声音和韵律，在于语言本身的奇异魅力。洛尔迦本人在谈到这首诗时，曾说该诗为谣曲集中最"神秘"的一首，"它是一个纯粹的诗歌事件，体现安达卢西亚人的本质，甚至对我这个写下它的人来说，它的光亮也总是在变化。如果你问我为什么这样写下'千百个水晶的铃鼓，／刺伤了黎明'，我会告诉你我在树林和天使的手中看见了这一切，但是我不可能对此说更多，我不能解释它们的意义。那是它们应该成为的样子"。

　　借助于叙事的抒情，美妙动人的歌谣性，诗中充满的奇异意象和隐喻，对每一行的"精心培育"，使《谣曲集》中的作品成为"它们应该成为的样子"。这里我还想特意提示洛尔迦对作品技巧、肌理和完美程度的关注和倾心经营，正如他自己讲过的："如果说我确实受到了上帝——抑或是魔鬼——的恩宠而成了诗人，那么我同样也因为受到了技巧和功夫的恩宠而成了诗人，因为我绝不辜负任何一首诗"（见赵振江《西班牙当代诗坛的一部神话》），如《西班牙宪警谣》中的"圣处女给孩子们敷伤，／用星星的唾沫止痛""空气中,黑火药的玫瑰花粉刺鼻"(指枪击声)等。正是这些看上去不起眼的语言细节,让我在阅读和翻译过程中充满了愉悦和兴奋。

完成《谣曲集》的洛尔迦,已是一位年轻而成熟的大师。它处处都透出了对西班牙历史、文化、人性的深刻理解和领悟,如波尔加明所说"仅仅用想象力的火花建立起我们的认知,颠倒了神秘主义的概念",并在叙述时显出史诗般的大手笔。《梦游人谣》就不用说了,《纠纷》着力揭示西班牙历史和人性中的暴力和神秘力量,《安东尼托·艾尔·坎波里奥之死》描写暴力搏斗及在河边神秘出现又消失的"死的声音",《被判死罪者谣》的最后是"洁白无瑕的裹尸布单/带着庄重的罗马字符,/以它端正的折叠/给予死亡以应有的体态"。残酷而不公的死亡,在一种反讽的笔调中,最后被赋予了某种神圣的仪式感。

性爱也是《谣曲集》的重要主题。《不忠少妇》(戴译《不贞之妇》),叙述的是一位吉卜赛男子把一位"不忠少妇"带到河滨的"故事",其性爱描写、暗示和比喻都令人惊异,这正如"故事"结束时诗人所给出的一个意象:"那时百合花的剑刃/仍在风中簌簌有声。"《圣女尤拉丽亚的殉道》则写残酷的宗教献祭,它也是一种"权力的考古学",和古老的性禁忌有关,全诗最后天使们的"三呼",听起来让人毛骨悚然。《塔玛与阿姆侬》是一首杰作,取材于以色列大卫王的儿女(同父异母)的乱伦故事,该诗字里行间都在播种着"老虎和火焰的隆隆声",既有大胆的欲望披露,又有"太阳的立方用力榨着/柔柔的葡萄藤"这样的奇异暗示,诗的最后也很精彩和耐人寻味:阿姆侬骑着一匹阉马在利箭中逃走,"当马的四蹄/渐渐变成四种回声,/大卫王,用一把大剪刀/剪断了他的竖琴"。

《圣米迦勒》《圣加伯列》《圣拉斐尔》这三部曲,则分别写安达卢西亚三座主要城市所敬奉的三位圣人。诗人的笔调有赞颂,也夹杂着一丝嘲讽,或者说,有一种穿透历史、文化、人性而来的幽默感,如在圣米迦勒日的朝拜庆典中,"乡下姑娘们来了,/嗑着葵花子,/她们的臀部硕大幽暗/宛如青铜的星体"。《唐·佩德罗骑士的滑稽剧》也堪称一首杰作,令人想起塞万提斯的《唐·吉河德》,它富有游戏精神,但也混合了宇宙的神秘,如当骑士的坐骑死去,"下午神秘的声音/呜呜地向天空哀诉;/缺勤的独角兽/打碎了角尖的水晶"。全诗的结尾也令人叫绝:"唐·佩德罗,已被遗忘,/独自与青蛙游戏!"这里面不仅有戏谑,其实也写出了宇宙的某种孤寂。

《谣曲集》大量引用了《圣经》、希腊、罗马神话和西班牙历史文化典故,这正如诗人自己的一句诗所说"从圣地亚哥到伯利恒,/犁铧在来回地耕着"。看来洛尔迦像同时代的艾略特、曼德尔施塔姆一样,有意将历史与现实相互比照,建立一个神话与现实相映照的世界,如那首旨在表现"沉默,遍及安达卢西亚和西班牙的潜伏的搏斗"的《纠纷》,当法官、宪警们来到,得到的报告却是:"先生们,/这只是一桩寻常的事:/四个罗马人死了,/还有五个迦太基人。"这看似荒诞不经的回答,却大大拓展了作品的历史张力。这里还要指出,洛尔迦的神话诗学,其实比艾略特或曼德尔施塔姆的都更进一步,也更难用理性解释:在《西班牙宪警谣》中,受屠杀的吉卜赛人跑向了"伯利恒的马槽前",而在《纠纷》的血斗最后,"黑色的天使/已乘着西风飞走。/天使们有着长长的发辫/和充满安抚油的心房"。诗人就这样立足于安达卢西亚悲哀而又神奇的土地,将过去与现在、传奇与现实、天上与人间、人类与动物及植物混合在一起,创造了一个自身的神话空间。毛雷尔就这样说:"洛尔迦的隐喻能力将欲望的表达推向更为极致的领域,进入了植物、岩石、昆虫的世界。"

至于《西班牙宪警谣》这首名诗,是诗人在谣曲集中最用力的一首,在我看来,也属登峰造极之作。西班牙宪警属于准军事警察组织,19世纪末以降,它成为各省专制者统治人民的野蛮工具。洛尔迦在给出版人的信中曾表达他对宪警残暴行径的憎恨并讲述了写作该诗的经过:"我开始写它还是在两年前——记得吗?……现在,宪警们到来并摧毁这个城市,然后回到他们的营房里喝茴香酒,为吉卜赛人的死碰杯。……宪警们不可思议地变成了古罗马的百夫长。这首谣曲会很长,但它会是最好的之一。……一本好书,我认为。但我将永不——永不!永不!——回到这个主题。"在一次演讲中,洛尔迦也说这首诗是谣曲集中"最有难度"的一首诗,因为它的主题是"极为反诗意的"。

然而,这首"反诗意的"的作品却成为一座诗的丰碑。洛尔迦对被排斥、压迫、剥夺的生命有一种天然的同情(用他的诗来说,他要"与所有又聋又哑又疲乏的被捕食者"在一起),对社会暴力、极权、暴政有一种本能的抵制,这是他贯穿一生的立场和态度。但他并不只是在诗中简单地表达他的爱与恨。在该诗中,他对被摧残的吉卜赛人城镇的爱有一种让人泪涌的力量,"啊,吉卜赛人的城镇!/谁能见了你而又忘记?"这在全诗中不断穿插出现,构成了主旋律。但他的生命之同情,又是超越性的,如在写宪警暴行时,也不时地来一笔"那些惊逃的姑娘,/她们的发辫在后面紧追",这不是什么噱头,而是一种视野的提升。伟大的作品都是对诗人自己的发掘和照耀,在写《西班牙宪警谣》时,我想洛尔迦是真正进入到一种创造的、燃烧的状态,因而诗中会充满那么多令人惊异的"神来之笔"。在艺术表现上,如诗人自己所说,该诗也是"最有难度"的,它远远超越了简单的谣曲。它是复调的、交响的,综合了多种复杂的元素,而又体现了高超的艺术控制力。如表现宪警进城那一节,富有节律和仪式感,它是传神的写照,又是辛辣的嘲讽:

> 他们列成双排驱进,
> 向着节日的街区,
> 鼠曲草的簌簌声,
> 侵入他们的子弹袋里。
> 他们列成双排驱进,
> 带着夜的双重链子。
> 而星空对他们,就像是
> 一个显耀马刺的箱柜。

屠城结束,但是"火焰还在燃烧",全诗的最后是:"啊,吉卜赛人的城镇!/谁能见了你而又忘记?/让他们到我的额头下来找你,/这月亮和沙的游戏。"谁能解释"这月亮和沙的游戏"?这已远远不只是现实的控诉,而是把一切提升到一个更为神秘的宇宙层次。不管怎么说,洛尔迦的这首《西班牙宪警谣》让我不禁想到了毕加索的《格尔尼卡》、戈雅的《5月3日夜的枪杀》(这两幅历史巨作也都是我们上次在马德里专门去看的),甚至也使我想到了叶芝的《一九一六年复活节》。与上述史诗性作品不同,《西班牙宪警谣》所叙述的并不是确凿的历史事件,但它同样上升到一个悲剧和史诗的高度。

以上为诗人早期及在20年代的创作。因为他业已取得的成就,他光彩夺目的创造活力,他很早就被视为"二七年一代"诗人的杰出代表,代表了西班亚现代诗歌一个激动人心的年代。

但在诗人的生活和创作中,还有另外一个重要的戏剧性插曲,那就是他的纽约之行(1929年6月至1930年3月)。他在这期间主要完成的诗集《诗人在纽约》,不仅显示了一个传统的"安达卢西亚之子"面对新工业文明和资本主义社会所经受的剧烈冲撞,而且诗的形式和风格也全变了,歌谣体变成了自由体,变成了近乎疯狂的喷发。

熟悉或不熟悉洛尔迦的人读到这些作品可能都会感到吃惊。它对那个现代大都市的痛苦谴责和充满嘲讽的荒诞性描述,它对人类社会预言家式的声音,对"惠特曼式的乐观主义"

的"噩梦般逆转",它的喷涌的语言能量、巴洛克式的繁复隐喻,它那一阵阵"从腐水中掠来的/黑鸽子的风暴"(《黎明》),都有点让人喘不过气来。正如默温指出的:"无论何人读到这激情的、咒语般的、神秘的作品,将把他带回到——除非他陷入了评论的泥潭——洛尔迦在纽约城敲打出的喷涌的烈焰中。"

这真是一种惊人的、"被激发"的并且"难以名状"的诗,可能在去纽约之前诗人自己也没有料到。毛雷尔就曾从创作的角度这样猜想:"截至返回西班牙时,洛尔迦已经向自己证明,他能够用自由体,在最不具有诗意的题材上写作长篇的、可吟诵的诗歌(书名'诗人在纽约'本身就含有悖论的意味)。"

的确,无论怎么看这部诗集,它都不是盲目被动的反映(洛尔迦并不是人们所想象的即兴式歌手,他的全部创作都是有计划的,一个主题、一个主要形式地推进和完成)。在一般人会面临"文化休克"和失语症的境况下,他却像个斗牛士一样起而应战,与纽约这头巨兽搏斗,并令人惊异地显示了他的创作活力和语言革新能力。可以说,他借助于纽约这座城市对他的撞击,再一次地打开了一个血肉淋漓的自我。

在今天,对许多诗人来说,这仍是一部启示录。出生于利比亚、现居美国的著名诗人哈立德·马塔瓦说他当年前往纽约随身携带的,正是这本诗集,"作为安达卢西亚人,他对纽约如此狂喜,又如此恐惧。他把纽约描绘成一个剧院,在那里,古老的、噩梦般的但丁式地狱遭遇了超现实主义,民间神话传说又与沿着高楼大厦爬升的现代冥界力量相融合。如这本诗集所示,洛尔迦碰到了如加西亚·马尔克斯所说的'本身即不成比例的现实'。在这种情况下,现实主义或基于共有知识的抒情口吻均不合时宜。在这些诗中,洛尔迦需要一种竞技般的想象力,以保护自己不被分解并冲刷进下水道里"。

《诗人在纽约》前后分为十章或十组,有一种整体性,因而有人也把它作为"一首诗"来看待。在该诗集中,以纽约为直接书写对象的有很多。《纽约》一开始便以"在乘法下面/有一滴鸭子的血;/在除法下面/有一滴水手的血"这样的"乘除法"来测量这"本身即不成比例的现实"。《向罗马呼喊,从克莱斯勒大厦塔顶》为第八章"两首颂歌"中的一首,和《沃尔特·惠特曼颂》放在一起。在洛尔迦看来,这个被傲慢的摩天大楼所标志的不平等资本世界,完全是对惠特曼理想的背叛和嘲讽,因此他要"从克莱斯勒大厦塔顶"上发出呼喊,并"为大象的伤口哀哭"。"向罗马呼喊",正如洛尔迦前期诗歌一再写到的"罗马",是在向作为一种隐喻的罗马帝国发出呼喊,向一种残暴的统治威权发出呼喊——它在现代已化为另一种资本帝国的形式。纵然在今天看来洛尔迦的社会批判可能"简单"了一些,带着那个时代很多左翼知识分子所拥有的乌托邦冲动,但它仍具有感人的诗性力量。该诗的最后一段是:"呼喊,以你们最可怕的声音,/……因为我们要我们每天的面包,/桤木花朵,源源不绝的温柔脱粒;/因为我们要大地的意愿得以实现,/将她的果实给予每一个人。"

"桤木花朵,源源不绝的温柔脱粒",这样的意象多么动人!

一个愤怒的洛尔迦同时又是一个温柔的洛尔迦,他要穿过现代地狱把人们带向被遗忘的生命本源。

"诗人在纽约",当然还有让他自己深感兴奋的重大发现,那即是惠特曼和黑人文化。《哈莱姆王》中的"哈莱姆"是曼哈顿一个以黑人为主的居住区,洛尔迦不仅为黑人文化所吸引,也不仅同情黑人的痛苦命运,如同他对"吉卜赛主题"的艺术处理,他还要把在哈莱姆感受到的现实提升到神话,这即是他笔下的"哈莱姆王"——"用一把勺子/他舀出鳄鱼的眼睛/并拍打猴子的屁股/用一把勺子",而在全诗接近结束的部分还出现了"那轮被文身的太阳正沿河而下/被一群美洲鳄追逐"这样的伟大诗句。对惠特曼的高度崇敬和至深柔情使他写出了《沃尔特·惠特曼颂》这首长篇颂歌:"你的声音,温和的黏土或白雪,召唤人们/守望着你的美丽无形的瞪羚。"虽然该诗有些部分显得"不必要"或松散,但从整体上看,仍有一种巨大的感人力量。它那宏伟的诗性伸展力量并不亚于惠特曼的许多重要作品。它同样是一片"伟大的草叶"。

《诗人在纽约》的内容十分丰富,难以一一描述,像《犹太人墓地》:"基督的儿子们在沉睡/而犹太人蜷缩在他们的铺位里/三千个犹太人在长廊的恐怖中哭泣/因为他们合起来只能凑出半只鸽子。"我深为诗人在那时就写出这样的诗惊异。在很多方面,它都与策兰的《死亡赋格》相通,或者用个说法来说,早在"奥斯维辛"之前,洛尔迦已到达那里了!

《诗人在纽约》还有一个重要的主题,即"孩子主题"和童年的记忆。《一九一〇年》一诗实则是在异国他乡回忆自己的童年:"我那些一九一〇年的眼睛/没见过埋葬死人,/没见过哭丧的灰烬头发在破晓时分,/没见过小海马颤抖的心在角落里。"诗人把这个孩子也带到了美国,正好遇到了一个十岁的小男孩斯坦顿。《小男孩斯坦顿》这首诗写于美国的乡下,似写给一个因癌症而死的男孩,诗一开始就很动情:"当我孤身一人/你的十岁便和我在一起。"因癌症(cancer)与巨蟹座在西班牙语(及英语中)都为同一词语,诗人别出心裁性地运用了巨蟹座、巨蟹这一意象和隐喻。"斯坦顿。我的孩子,斯坦顿,/在午夜巨蟹座从过道上滑落……"这令人想起了诗人早期的诗句"橄榄树在等待/摩羯座之夜",实际上,诗人也是在用安达卢西亚的意象来描述斯坦顿的命运:"啊斯坦顿,小动物中公正的傻瓜/你的母亲被村里的铁匠所伤,/一个哥哥被压在拱门下/另一个被蚁群蚕食……"当然,该诗的中心意象仍是巨蟹:"啊斯坦顿,你的天真,是一座狮子小山。/那一天巨蟹猛然将你击打,/并在住所里唾你……"诗人就这样把那个永恒的孩子从格拉纳达带到了美国,带到巨蟹座之下。诗中与巨蟹的搏斗,其实是诗人自己死亡传记的惨烈的一章。

1931年4月,在洛尔迦从纽约回国一年后,他的国家进入了历史新阶段。独裁者被迫下野,波旁王朝十三世退位,第二共和国成立。此后到1936年内战爆发,洛尔迦以剧作家和导演的身份为共和国的文化事业贡献力量。除了带领一个名为"茅屋"的大学生剧团深入西班牙各地为民众免费表演经典剧目外,他致力于自己的戏剧创作,创作了《血婚》《叶尔玛》等多部重要剧作,在西班牙、阿根廷上演后深受欢迎,产生了广泛影响。洛尔迦的戏剧同样是他的天才的一种卓越表现,它们在实质上也就是诗(其中许多都是用诗体悲剧形式写的),但他更重其社会参与功能,他宣称"戏剧是痛哭和欢笑的学校,是免费的特别法庭"。因为他的戏剧的思想锋芒,他也不断受到保守势力的攻击。

洛尔迦生命最后阶段的诗,首先要提到他那首伟大的挽歌《伊·桑·梅希亚斯挽歌》,"这节制而深远的感情,悲伤音乐里巨大又近于宏伟的乐章,以及极大的多种元素的复杂性,几乎是诗人诗篇里所有主要方面的综合——这些使这首挽歌成为洛尔迦最伟大的成就之一"——朗西斯科这样介绍这部诗集。

伊·桑·梅希亚思,著名斗牛士,生于塞维利亚,洛尔迦等诗人的朋友。1927年12月,他邀请洛尔迦等诗人、作家云集塞维利亚,举行一系列纪念诗人贡戈拉逝世三百周年的活动,直接促成了西班牙诗歌"二七年一代"的形成。作为一位斗牛士,他本来已退休,但又于1934年重返斗牛场,在同年8月一场斗牛中被严重刺伤,两天后死去。

这样一位朋友和英雄的死,对洛尔迦无疑是一次重创,"这好像就是我自己的死亡,一次我自己的死亡的预习",他在悲痛之余对朋友这样说。在梅希亚思蒙难后两个月,洛尔迦完成了这首长篇挽歌。

挽歌的第一章就非常惊人,一连串穿插了近三十个"在下午五点钟",这是英雄被公牛刺伤的时间,在诗人笔下,也是全部生与死的一个聚焦点。它具体、精确而又神秘,带着扣人心弦的节奏,直到死亡"在他的伤口里产卵"!

犹如斗牛场上的博弈,在这一章里,是词语的精确,感知的精确,更是命运的精确。这让人屏息的节奏、控而不发的技艺,不仅表达了对死亡逼近的预感,也与接下来的悲痛抒情形成了一种巨大张力。

《挽歌》之所以一开始就如此紧扣人心,是因为这就是诗人自己的"死亡预习",是他的一生在等待的时间。在洛尔迦蒙难后,诗人塞尔努达说他回过头来读洛尔迦,发现他的每一句"都浸透了死亡的声音"。波尔加明等人也干脆说诗人"创作"了他的死。不管怎么说,《挽歌》是诗人一生创作主题的最集中呈现:暴力和死亡。诗人由此把人们"带入一种命运中"。在《挽歌》中,另一个更强大、神秘的主角就是公牛,"他"在洛尔迦的诗中一再出现,致人于死命,但本身也是祭品,充满了哀痛。难忘的是"而那些吉桑多公牛,/一半僵死,一半成化石,/好像吼叫了两个世纪/不想再踩在地面上"这几句(见第二章),其悲哀和神秘性已超过了任何解释。正因为如此,这首挽歌超越了一般的事件层面,而成为献给整个西班牙这片土地的悲歌。

令人动容的,还有那笼罩全诗的"悲伤音乐"。在后两章"近于宏伟的乐章"里,诗人既运用了经典的挽歌体形式,又穿插了"公牛认不出你,无花果树认不出你,/还有马匹和你自己家里的蚂蚁……"这样的细节描述,真切地展现了悲剧的净化和复活力量。在死亡的巨大提升下,在对逝者至深的柔情中,诗中甚至产生了这样的精神吁求和"更高认可"的冲动:

> 这里我要的,只是圆睁的双眼
> 来见证这永不歇息的躯体。
>
> 这里我想要看见声音刚强的人,
> 那些能制服烈马和湍流的人;
> 那些躯干洪亮的人,那些
> 以满嘴的太阳和燧石歌唱的人。

这就是洛尔迦的伟大奉献。一方面是令人惊异的语言的准确性,一方面是死亡和暴力的神秘性(像"百合喇叭撑开绿色腹股"这样的创伤和死亡的意象);一方面是至深的悲痛抒情,一方面是精神的巨大提升。两者之间的神秘张力,多种元素的融汇和交响,使它无愧于西班牙历史上和整个世界现代诗歌中最伟大的挽歌之一。全诗的最后以"我用呜咽的声音歌唱他的优雅,/并记住穿过橄榄林的那一阵悲风"悲怆结束,正如历史上许多著名的挽歌,这首诗的最后成了作者自己的墓志铭和安魂曲。

在洛尔迦生命的最后几年间,还留下有其他几组(部)重要的诗作。即使戏剧和社会活动占据了他的主要精力,他也没有停下在诗歌艺术方面的追求,在《塔马里特波斯诗集》这部为向阿拉伯诗人致敬而写的诗集中,洛尔迦由《诗人在纽约》的喷发再次回到有节制的短诗,而且尝试借鉴古波斯的诗歌形式,写出了更具有经典意味的抒情诗,正如洛尔迦的弟弟弗朗西斯科所说:"在这次短抒情诗形式的回归中,毫无疑问,洛尔迦所有的诗歌经验得以提纯。"

的确,无论是语言形式的优美、抒情的深度和强度、意象的新奇和动人,洛尔迦的这部"波斯诗集"都令人惊奇和喜爱。集中很多诗作都堪称是他一生中最优美的诗篇:《意外的爱》《绝望的爱》《斜躺的女人》等诗作以传统的爱与死或女性的美为主题,都写到了一种极致;《被水所伤的男孩》写他自己惯有的一个主题,但是更令人惊心,诗人不仅要走下深井"去看那被水之暗器/刺穿的心脏",而且"我想要我自己的死,满嘴都是"! 正是痛苦创伤的再度迸裂,使精神的翱翔也显得格外真实和感人,"我曾一次次迷失在大海之上/耳中充满了新摘下的花朵,/满舌头尽是爱与苦痛"(《飞翔》)、"我愿与那黑暗的孩子一起生活/他想从高海上砍下他的心"(《黑暗的死亡》),这一切是多么动人! 正是在对死亡的无畏深入中,诗人获得了飞翔的翅膀和词语的复活力量。

《塔马里特波斯诗集》的最后一首诗《黑鸽子之歌》则堪称一首奇诗,"小小的邻居,我问它们,/我的坟墓在哪里?/在我的尾巴上,太阳说。/在我的喉咙里,月亮说"。这像是诗人早期诗中的吉卜赛谣曲,但又更奇异和神秘。诗人在该诗中称自己是一个"把大地拴在腰带上的漫游人",而他的漫游已到如此的境界,我们只能惊叹了。这就像默温在谈到这部诗集时所说的:"他再一次到达了一个似乎是崭新的起点,并让人不能不惊讶于他将走向何处。"

令人惊异的,还有洛尔迦晚期诗歌那种情感的强度。"魔灵"在他那里再次被唤起了,但这一次是一个受伤的魔灵,读了《六首加利西亚之诗》《黑暗爱情的十四行诗》这两组诗,就知道诗人为什么会说"人类艺术作品中最奇怪的品质就存在于那永远无法愈合的伤口愈合的过程中"。美国诗人勃莱说得没错,洛尔迦是关于欲望的诗人。但是洛尔迦的欲望表达又总是伴随着死亡冲动,在《六首加利西亚之诗》中,月亮"舞蹈,舞蹈,舞蹈/在死亡的院子里";在《黑暗爱情的十四行诗》中,尽管用了传统的十四行诗形式,但我们感到的,往往还是那种"深歌"式的爆发,"深歌"式的高亢和死一般的激情,"但是我因你而受苦,伤口撕裂,/老虎和鸽子在你的腰际/卷入啮咬与百合花的决斗"。《十四行诗》中还有这样的诗句"而我最后悔的/是没有花朵,果髓,或黏土,/来喂养我那绝望的蠕虫",这透出了怎样的悲哀!也许,他就像他歌颂的重返斗牛场的英雄一样,在寻求那最终的必死的一搏。

这样的死亡必然到来,它也说来就来了!虽然它的直接原因是出于政治谋杀。1936 年 7 月西班牙内战爆发。洛尔迦虽然不属于任何政党,但他天然地反对法西斯右翼势力。7 月,洛尔迦已经逃离了马德里,回到了家中,但是没想到格拉纳达也成了右翼军人势力的恐怖阵营("黑橡胶的寂静""细沙似的恐怖"！《西班牙宪警谣》）。在一个朋友家躲藏了一段时间之后，那些一再寻捕他的人找到了他，他被强行拖出来带走，三天后，8月19日凌晨，经弗朗哥的一位将军下令，诗人被带到乡下处决。他最终被死亡和暴力击中，化为橄榄林里的一阵悲风……

洛尔迦之死的真实原因，因为弗朗哥政权后来长期执政，直到20世纪70年代后才公布于众。但诗人的被害，在当时就引起了世界性的抗议浪潮。波尔加明很早就这样悲愤地说："那些谋杀了洛尔迦的人，同时也谋杀了西班牙活生生的灵魂。他们给野蛮人打开了大门，应该被判以该隐的杀亲罪。……诗人洛尔迦是西班牙所有殉难民众中最纯洁清白的一个代表。这同样是他的荣耀，以及我们的荣耀……这种铭记不是为了复仇，而是为了正义。"

这样一位诗人的声音传到中国，当然首先要感谢戴望舒先生。戴望舒对洛尔迦的翻译，具有任何后来者都不可替代的"发现"的意义，它也影响到包括我自己的好几代人。因此我的翻译，不仅是对洛尔迦，也是对这位前辈的一次致敬。

对洛尔迦的发现，是戴望舒1933年西班牙之行最让他兴奋的收获。洛尔迦被害后，也促使他开始翻译，这就是我们看到的在他逝世后经施蛰存整理出版的《洛尔迦诗钞》（人民文学出版社1956年出版）。

戴望舒的翻译虽然数量并不多，只有32首，其中许多可能还是未定译稿，经过了施蛰存的校订和润色，也不够全面（有几部诗集未译),但足以给中文读者一个集中和鲜明的印象。更重要的是,戴先生对一些诗作的翻译,几近完美地再现了洛尔迦的神韵。这是对声音奥秘的进入,是用西班牙谣曲的神秘韵律来重新发明汉语。当然,这也是相互发明。比如戴译"在远方/大海笑盈盈/浪是牙齿/天是嘴唇"(《海水谣》),多么神异的画面,多么奇妙的韵律! 一个来自汉语的"笑盈盈",顿时赋予了一切以生命!

戴先生的翻译,致力于传达洛尔迦的声音,他也以此几乎为汉语中的洛尔迦"定了音"。像《梦游人谣》的开头"绿啊,我多么爱你这绿色",译得多好! 既饱含感情,又使全诗获得了它的动人音调。当然,不仅是诗的韵律,戴先生对洛尔迦诗中奇异的意象、隐喻和词语,也往往有精湛的把握和富有创造性的处理,不说别的,单说《梦游人谣》中的"山象野猫似的耸起了/它的激怒了的龙舌兰"这一句,一个"激怒"用得是多么好!

正因为这样的翻译,使洛尔迦的魅力和汉语的神奇同时展现在中国读者面前。这就是为什么它会在"文革"中后期那个荒凉的年代悄悄流传,并成为早期"朦胧诗"的艺术源头之一的原因。

戴译洛尔迦不仅开启了北岛、芒克、多多、方含、顾城那一代人,也受到了后来更年轻的中国诗人的喜爱。像海子的一些诗、西川早期的《挽歌》等等,就明显传来洛尔迦的回声。我自己大概是在1978年上大学后从图书馆里发现那本已发黄的《洛尔迦诗钞》的,读到《海水谣》,一下子就被吸引住,从此洛尔迦的诗就在我的头脑中挥之不去。那时让我着迷的,不仅有《海水谣》《梦游人谣》等诗,还有一首《不贞之妇》,诗中写道,"她那沉睡的乳房""忽然为我开花,好像是鲜艳的玉簪两茎。她的浆过的短裙/在我耳朵里猎猎有声……"在"文革"刚过去的那个年代,仿佛读到这样的诗就是一种罪过。它真是令人战栗。

从此,这样的诗"在我耳朵里猎猎有声"了。现在我意识到了,它表现的不仅是性爱的不可遏制,不仅是西班牙的"风情",更是语言本身的力量。这种力量,不仅来自于原诗,也来自于(或者说更来自于)翻译本身。

的确,戴先生对洛尔迦的翻译,不仅代表了他译诗艺术的最高成就,也是他整个一生最富有异彩的一笔。

但是,正如历史上许多诗人,洛尔迦也正是一个有待于我们重新发现的诗人。洛尔迦诗歌的翻译,继戴望舒之后,尚有陈实、赵振江等人的辛勤耕耘和丰硕贡献,但从多方面看,它仍留有很大的空间。即使是《梦游人谣》《西班牙宪警谣》等名诗名译,在今天也有待于去刷新,以使其本质得到新的"更茂盛的绽放"。我自己尽力去做的,即是在前人的基础上,为读者提供这样一种新的参照。

比如《梦游人谣》,该诗的第一句也即全诗的主题句"Verde que te quiero verde",戴译"绿啊,我多么爱你这绿色"已很有影响,似乎也很难有比这更好的翻译了。但这句诗的韵味其实很丰富,诗人的弟弟弗朗西斯科就认为该句包含有多种读解的可能性,如"绿啊我想要你绿""绿啊我爱你这绿""绿啊我要你成为绿"。同时他认为在洛尔迦的诗中,"意愿的行为"比行为本身往往更是重心所在,"我们甚至可以假想诗人不是在设定一种实际的绿,而是一种理想的绿……""让绿存在,因为我要它如此"。而我手中的几种英译本也各不相同,或者说各有侧重,如"Green oh how I love you green"(Will Kirkland 译本)、"Green, how much I want you green"(Stephen Spender 译本)、"Green how I want you green"(Martin Sorrell 译本)等等。

因此我斟酌再三,把这一主题句译为"绿啊我多么希望你绿",以强调诗人的祈愿本身,并以此与诗中血腥、苦难的现实形成一种更强烈的对照。与此相关,与想象性的"绿"相呼应的是对"海"的渴望,洛尔迦本人在谈到这首诗时,就认为其主题之一即表现"格拉纳达人对海的渴望"。因此我就这样译了。

至于怎样传达洛尔迦诗歌特有的音乐性魅力,这是任何译者都会面对的一个难题。虽然戴先生在《雨巷》之后已对"音乐的成分"反叛了,在《诗论零札》中还这样说"诗不能借重音乐""韵和整齐的字句会妨碍诗情,或使诗情成为畸形的",但在翻译洛尔迦时,他重又回到了"押韵"。我则对这种翻译方法有所保留。因为洛尔迦的诗歌并非严格的格律诗,而是生气勃勃的吟唱,在翻译时刻意"押韵",很有可能伤害原作的天然之机。因此我的方式,不是刻意追求押韵,而是"还给它原有的自由"。而这样做,正是为了传达诗的声音。我首先要求自己的,是和翻译对象建立一种精神、语言和音调上的"亲密性",同时又能以汉语译文自身的节奏、句法和韵律(即使是不押韵),让人们听出洛尔迦诗歌的"热情、节拍、转折还有那原文的舞蹈"(默温语),听出那原初的生命,听出诗的在场。

而且,这里的"听出",也就是我们汉语的"听见":听即是见,或者说,听见一体。

这样来译,或许更能接近洛尔迦诗歌的"真精神"。诗人在谈到《歌集》的编选时就这样说"我删去了一些诗,尽管它们在韵律方面很成功,因为我要一切都拥有高山上的空气"。当有人告诉他们在模仿《歌集》中的诗时,他这样回答:"不会有比这些更真实的诗了。他们弄出的,是一些可怜的毫无疼感的东西。我并不认为音乐就是一切,就像某些年轻诗人所做的那样;我倾注我的爱在词语上,而不是一些声响。"

是的,洛尔迦的声音不是空洞的声响。它是爱和痛苦的灼人的燃烧。

该诗选①转译自英译,参照了多种不同的英译本、原文和一些研究资料。我从他不同阶段写作的诗集中选译了近 140 首诗,以尽量清晰地展现诗人的一生。另外更重要的,是力图在前人的基础上为读者提供一种新的参照,这种刷新不是局部的修补,而是整体上的刷新,不仅是词汇上的,也是句法和音调上的,不仅是读解上的,也是艺术表现上的。我要以此来译出"我心目中的"这位诗人。

---

① 《死于黎明——洛尔迦诗选》(王家新译),华东师范大学出版社 2016 年版。

我的翻译的前提仍是忠实，在深入透彻理解的前提下，尽量达成一种诗的精确，如"低音弦嘣地一声／在下午五点钟。／砒霜的钟声和雾／在下午五点钟"（《伊·桑·梅希亚思挽歌》）。没有这种译文自身的精确，就无法"传神"。再例如"肥重的水牛指控那些／在他们潺潺作响的／犄角和月亮间／洗澡的男孩们"（《被判死罪者谣》），没有这个"潺潺作响"，我们就听不出原诗，也不会传达出洛尔迦那令人惊异的感受力。

此外，在忠实的前提下，在一些细节上我有所置换和变动，如"啊心中之犬，围攻之声，／无边的沉默，炸裂的荆棘！"（《黑暗爱情秘密的声音》），如按原文来译，最后一个意象应是"成熟的百合"。我就这样冒昧替洛尔迦在汉语中写起诗来。还有已谈到的"桤木花朵，源源不绝的温柔脱粒"，如依据原文和英译（"alder-flower and everlasting harvest of tenderness"），这一句的意思为"桤木花朵和温柔的永久收获"。如果说我这样译能替原作"增色"，那也无非是出自一种诗的祈愿——"绿啊我多么希望你绿"！

至于"我愿与那黑暗的孩子一起生活／他想从高海上砍下他的心"中的"砍下"与"高海"，"砍下"本来就用得比较"大胆"，"高海"更属于我的"生造"。如按原文"alta mar"及其英译，只能译为深海或是远洋。"高海"这个词在任何语言中都属生造，带有陌异感，但这也正是我想通过翻译给我们的语言带来的一种刺激。这正如洛尔迦自己一次对人们说："'诗'？诗就是人们从来想象不到会结合在一起的两个词语，它们结合起来构成了某种神秘。"

洛尔迦永远地去了,这正如诗人自己所说"同一个精灵不会重复出现"。但是他永远不会"过时"。今年是他蒙难80周年的纪念,再过800年,他仍会是一个独具异彩、生气勃勃的诗人。美国诗人默温说过:"对我而言,现代诗不是从英语开始,而是从西班牙语开始的。"当代利比亚诗人马塔瓦也曾描述过他怎样试图让洛尔迦和达尔维什"充当蛇头,走私自己的声音"的努力。当然,我们不会再写他那样的诗,也写不出,但在大半年来的翻译过程中,我从中体察到和领会到的东西,已超出了言辞可以表述的程度。这不单是一些表面的东西,而是进入到一个更炽热的谜中,进入到一个公牛的世界、黑色天使的世界,进入到植物、岩石、昆虫的世界。当我这样说时,一个身影似乎就出现在那个"阳台"上。是的,他曾一次次为我出现在那里。

教我灵魂歌唱的大师

大家读大家

The master
who taught my soul
to sing